Nicole Boyle Rødtnes
Rachepakt
Die Töchter der Elfe

Nicole Boyle Rødtnes

Rache-pakt

Die Töchter der Elfe

Aus dem Dänischen von
Christel Hildebrandt

GULLIVER
von BELTZ & Gelberg

Dieses Buch ist auch als E-Book erhältlich
(ISBN 978-3-407-74782-2)

www.beltz.de
© 2016 Beltz & Gelberg
in der Verlagsgruppe Beltz · Weinheim Basel
Werderstraße 10, 69469 Weinheim
Alle deutschsprachigen Rechte vorbehalten
© 2014 Nicole Boyle Rødtnes
Die Originalausgabe erschien 2014 unter dem Titel *Elverskud 3. Skyggehævn* bei
Forlaget Alvilda, Kopenhagen
Aus dem Dänischen von Christel Hildebrandt
Neue Rechtschreibung
Lektorat: Elisabeth Bürgy
Einbandgestaltung: © Carolin Liepins, unter Verwendung von Motiven von
shutterstock.com (Mädchen © Aleshyn Andrei, Azaleenzweige © joloei,
Azaleenknospe © Ian Grainger, Azaleenblüte © MorganStudio,
Rahmen © Kompaniets Taras)
Gesamtherstellung: Beltz Bad Langensalza GmbH, Bad Langensalza
Printed in Germany
ISBN 978-3-407-74733-4
1 2 3   18 17 16

Inhalt

Der Nöck kam durch die Kirchentür
Und alle kleinen Bilder drehten sich nach ihm um.
Sein Haar war wie aus purem Gold,
seine Augen, sie waren so sorgenvoll.
»Höre nur, Agnete, was ich will sagen dir:
Deine kleinen Kinder, sie sehnen sich nach dir.«
»Lass sie sich sehnen, solange sie wollen,
ich werde nie wieder zu ihnen zurückkommen.«
Volkslied »Agnete und der Wassermann«

Die einzige Möglichkeit

Eine meiner Schwestern ist von den Elfen gefangen worden, die andere vom Nöck, und jetzt, da Rose und ich in Tørveby zurück sind, ist es unsere erste Aufgabe, Erle zu befreien. Wir sind nicht gekommen, um zu bleiben, sondern um sie zu holen. Und wenn wir die Stadt wieder verlassen, dann werden wir nicht nur Erle mitnehmen, sondern auch Malte.

Mitten in der Nacht erreichen wir unseren Heimatwald, auch im Dunkel ist er uns vertraut. Die Geräusche, die Gerüche – ganz gleich, wie weit wir fortgehen, hier werden wir uns immer zu Hause fühlen.

Rose will direkt zur Freiluftschule gehen, aber ich bleibe am Bach stehen.

»Wir müssen sichergehen, dass er uns nicht folgt«, sage ich.

Sie zögert einen Moment, dann nickt sie.

Aske. Sein Name hat etwas in mir aufgerissen. Der Junge,

dem ich nie hätte vertrauen dürfen ... der Junge, der uns verraten hat.

Ich knie mich am Bach hin. Der Tau durchnässt meine Hose.

»Nöck?«, rufe ich und lasse die Finger durchs Wasser streifen.

Ein Blitz spaltet den Himmel über uns und erhellt für eine Sekunde den Wald und Roses Gesicht, bevor uns die Dunkelheit wieder einhüllt.

»Nöck!«, rufe ich noch einmal, während der Donner über uns hinwegrollt und mich an einen anderen Blitz denken lässt. Einen Blitz, der sich an unserem Geburtstag, dem von mir und meinen Schwestern, nachts zeigte, als ich zusammen mit Aske auf dem Dach der Freiluftschule lag. Ein Blitz, der den Tod verkündete und einen Countdown einläutete, der seitdem läuft.

Rose steht neben mir. Ihre Hände liegen schützend auf dem Bauch. Auf der kleinen Kugel, in der langsam die Kinder heranwachsen.

»Nöck ...?«, rufe ich erneut und der Gedanke, dass der Nöck neben unserem Vater der Einzige ist, an den wir uns wenden können, bereitet mir eine Gänsehaut.

Durch die gekräuselte Wasseroberfläche kann ich sehen, wie sich der weiße Schädel nähert. Sehe das lange, gräuliche Haar, das sich wie Seetang im Wasser wiegt, als er die Oberfläche durchstößt.

»Kleine Elfenmädchen, ich dachte, ihr wäret abgereist«, sagt er. Doch dabei schaut er nicht mich an, er starrt nur auf

Rose, als könnten seine bleichen Augen durch das Kleid und die Bauchdecke hindurch die drei Kinder sehen.

»Wir haben beschlossen, zu bleiben«, sage ich.

Er lächelt.

»Das wird eure Schwester freuen.«

»Der Pakt ...«, fahre ich fort. »Der Pakt, den unser Vater eingegangen ist. Du hast versprochen, dass kein Elf den Bach überqueren kann. Gilt das immer noch?«

Er nickt.

»Bis auf die eine Ausnahme, die du gewünscht hast«, sagt er. »Der Elfenjunge darf den Bach überqueren, wenn er will.«

»Nein«, widerspreche ich. »Keine Ausnahmen. Die einzigen Elfen, die den Bach überqueren dürfen, sind wir.«

»Wie du willst«, sagt er und will wieder zurück auf den Grund gleiten.

»Warte!«, sage ich schnell. »Da ist noch etwas.«

Er dreht sich um. Legt den Kopf schräg, als überraschte ihn meine Hartnäckigkeit.

»Wir wollen Erle zurückhaben«, sage ich.

Seine Augen funkeln finster.

»Offenbar hast du ein schlechtes Gedächtnis, kleines Elfenmädchen. Hast du schon vergessen, was passiert ist, als du das letzte Mal auf solche dumme Gedanken gekommen bist?«

Das Wasser steigt bedrohlich, nähert sich meinen Füßen, und am liebsten würde ich zurückweichen und weglaufen. Natürlich habe ich nicht vergessen, wie er mich unter Wasser gezogen hat, aber ich bleibe stehen. Er soll mir keine Angst einjagen.

»Wir wollen sie nicht rauben«, sagt Rose. »Aber wir wollen sie zurückhaben. Sag uns, was wir tun müssen, damit du sie uns zurückgibst.«

Der Nöck zögert. Offenbar glaubt er, wir wollten ihn hereinlegen. Und das war ursprünglich auch mein Plan gewesen, aber Rose meinte, wir sollten ihn doch einfach ganz direkt fragen. Das sei sicherer, sagte sie. Und damit hat sie wohl auch recht.

Der Wassermann räuspert sich.

»Eine Frau für eine Frau«, sagt er. »Wenn eine von euch ihren Platz einnehmen will ...«

»Nie im Leben!«, sagt Rose.

Ich schlucke.

»Es muss eine andere Möglichkeit geben«, sage ich.

»Ich habe meinen Preis genannt«, erklärt der Nöck. »Wenn ihr nicht für sie zu mir kommen wollt, dann findet eine andere.«

»Das will wohl niemand«, flüstere ich.

»Wirklich nicht?«, fragt er und schaut dabei Rose an. »Auch die nicht, die du in deinem Schoß trägst?«

Rose legt beide Hände beschützend auf ihren Bauch.

»Die sind nicht zu verkaufen«, sagt sie.

»Dann ist Erle das auch nicht.«

Wir sind sprachlos, während am Himmel immer neue Blitze aufzucken.

Sein blasses Skelettgesicht hält Roses Blick fest, und ich

sehe, wie sehr ihm der Gedanke gefällt, eine neue Frau zu bekommen.

Ich weiß nicht, was ich mir erhofft hatte. Bisher ging es beim Handel mit ihm immer nur um Kleinigkeiten wie Ohrringe, aber das hier ist ein Preis, den wir niemals bezahlen wollen.

»Ihr habt gehört, was ich verlange«, sagt der Nöck. »Und merkt euch eines: Wenn ihr versucht, sie ohne meine Zustimmung zu holen, werdet ihr beide ertrinken.«

Er starrt uns drohend an.

»Verstanden«, sagt Rose.

»Gut.« Er bleibt im Wasser stehen und folgt uns mit seinen Augen, als wir gehen.

Erst als wir so weit entfernt sind, dass er uns hinter den Bäumen nicht mehr sehen kann, schaue ich Rose fragend an: »Und wohin jetzt?«

Wir haben keinen Plan. Bis auf das Ziel: nach Hause gehen.

Ihr Blick folgt meinem. In der einen Richtung liegt die Freiluftschule, in der wir die letzten Wochen gelebt haben. In der anderen das Haus, in dem wir aufgewachsen sind. Doch als Vaters Geheimnis gelüftet wurde, haben wir es dort nicht mehr ausgehalten.

Aber jetzt wohnt Vater nicht mehr dort …

Während der Donner weiterzieht, auf die Stadt zu, setzt Regen ein. Er lässt die Blätter über uns rascheln, während die Tropfen sich langsam ihren Weg durch die Baumkronen zu uns hinunter suchen.

»Eigentlich bin ich diese Etagenbetten ziemlich leid«, sagt Rose.

Ich lächle, wortlos gehen wir auf das Haus zu, und auf den Grabhügel, der sich dahinter erhebt.

Ich ziehe den Schlüssel aus der Tasche und während ich die Tür aufschließe, spüre ich, wie richtig sich das anfühlt. Auch wenn alles sonst das reine Chaos ist – es ist gut, wieder hier zu sein. Endlich sind wir daheim.

Das Haus ist dunkel und still. Erfüllt von Vaters und Azaleas Gespenstern und einer Zeit, die für immer vergangen ist.

Rose lässt sich schwer aufs Sofa fallen.

»Ich gebe die Kinder nicht weg«, erklärt sie.

»Das weiß ich«, stimme ich ihr zu.

»Das würde ja voraussetzen, dass ich sie bekomme«, fährt sie fort. »Und das werde ich nicht tun …«

»Ich weiß«, sage ich wieder. Das war ihre Forderung. Ihr Preis dafür, dass sie mit mir kommt. Ich soll ihr dabei helfen, dass die Kinder niemals geboren werden. »Aber es ist doch unmöglich, jemanden zu finden, der ihren Platz einnehmen will …«

»Ja …«, sagt Rose.

»Trotzdem werden wir nicht aufgeben«, erwidere ich.

Rose seufzt.

»Was schlägst du also vor?«, fragt sie.

»Alles stirbt irgendwann einmal«, sage ich, und meine Stimme zittert. »Auch der Nöck.«

»Mord?«, fragt sie.

Das Wort steht zwischen uns. Brennt sich fest. Denn wir wissen beide: das wäre nicht das erste Mal.

Der Mord an Benjamin war ein schrecklicher Entschluss, der uns beide verfolgt, aber er war notwendig, um Rose und mich zu retten. Jetzt steht Erles Leben auf dem Spiel, und für das werde ich ebenso hart kämpfen.

»Das ist die einzige Möglichkeit«, sage ich.

Diese Feststellung lässt mich ruhig werden. Es ist nicht das erste Mal, dass mir dieser Gedanke kommt. Vor nicht einmal einer Woche wäre ich nicht bereit gewesen, aber jetzt ... nachdem Aske uns verraten hat. Seit ich begriffen habe, dass es die Elfen waren, die Azalea vergiftet haben, weiß ich, dass wir uns auf niemanden verlassen können. Nur auf uns selbst. Und auch wenn ein Mord etwas Schreckliches ist, so würde ich es mir nie verzeihen, wenn ich nicht alles für Erle getan hätte.

»Und wie?«, fragt Rose.

»Das weiß ich noch nicht«, antworte ich. »Aber wir werden es herausfinden.«

Sie seufzt.

»Soll ich versuchen, Vater anzurufen?«, frage ich kurz darauf.

Rose schüttelt den Kopf. »Er war es schließlich, der ...«

»Ich weiß«, unterbreche ich sie. »Aber gerade deshalb ist es doch seine Pflicht, uns zu helfen, sie zu befreien.«

»Vielleicht«, sagt Rose. »Aber jetzt noch nicht.«

»Was meinst du damit?«

»Nicht, bevor wir das geregelt haben ...« Ihre Stimme bricht ab, und ihre Hand rutscht wieder auf den Bauch.

»In Ordnung«, sage ich. »Wenn du dir sicher bist, dass du das wirklich willst ...« Jetzt ist es meine Stimme, die zittert.

Rose erwidert meinen Blick nicht. Streicht stattdessen mit den Fingern über das Kleid, während ihr Gesicht sich vor Unbehagen verzieht. Dann nickt sie.

»Das bin ich«, erklärt sie. »Ich bin mir sicher. Machst du einen Termin für mich aus?«

Ich schaue aus dem Fenster, auf dessen Scheiben der Regen Streifen malt.

»Ja«, sage ich. »Morgen rufe ich den Arzt an.«

Sie sagt nichts, schaut nur finster vor sich hin.

»Aber es gibt andere Möglichkeiten ...«, sage ich.

»Birke.« Sie seufzt. »Du hast versprochen ...«

»Ja, ich will nur sicher sein, dass du es ernst meinst, dass du die Abtreibung wirklich willst.«

»Sicher?« Sie springt auf. »Kannst du dir nicht denken, dass es schrecklich genug ist, so einen Entschluss zu treffen, musst du mich auch noch zwingen, ihn immer und immer wieder auszusprechen?«

»Entschuldige«, sage ich.

»Komm, lass uns ins Bett gehen«, antwortet Rose.

Wir gehen die Treppe hinauf zu unseren Zimmern. Rose verschwindet in ihrem. Ich bleibe in meinem erst einmal stehen, schaue auf alles, was noch genauso dasteht wie zu der Zeit, als wir hier gewohnt haben. Ich gehe zu dem Tisch am

Fenster. Auf ihm liegen Reste von Vogelfutter. Ich fege sie auf die Hand. Sommer. Mein Wellensittich. Den habe ich bei Elexa gelassen, als wir dachten, wir würden für immer fortgehen.

Ich öffne das Fenster und puste die Schalen vorsichtig hinaus. Jetzt, da wir zurück sind, gibt es so viele Dinge, die zu regeln sind. Mein Wellensittich ist nur ein kleiner Teil davon.

Es klopft an der Tür. Ich öffne, und da steht Rose mit ihrer Bettdecke in der Hand.

»Darf ich bei dir schlafen?«

Birke, wach auf! Erles Ruf reißt mich aus dem Schlaf. Schiebt die wirren Träume von Malte, Aske, Benjamin und Vater beiseite.

Ich setze mich schnell auf. Roses Atemzüge sind wie ein leises Flüstern in der Nacht.

Birke, wach auf, komm schnell zum Bach!

Plötzlich scheint sich eine dünne Eisschicht auf meine Knochen zu legen. Ich weiß, warum Erle mich ruft. Weiß, was da gerade geschieht.

Leise schleiche ich mich aus dem Zimmer. Drehe mich noch einmal zu der schlafenden Rose um, dann laufe ich schnell hinunter und hole meine Jacke.

Ich ziehe sie über das Nachthemd und schlüpfe mit den Füßen in die Gummistiefel. Laufe zum Bach.

Das Gras ist immer noch nass vom Regen.

Der ganze Wald schläft, doch als ich mich meinem Ziel

nähere, kann ich Wasserplatschen hören und krampfhaftes Luftschnappen.

Ich laufe noch schneller. Jetzt kann ich den Bach sehen und erkennen, wie der Nöck ihn hinunterzieht.

Aske.

Ein Tauschhandel

Ich wusste, dass Aske uns folgen würde. Deshalb habe ich ja mit dem Nöck gesprochen, als wir zurückkamen. Ich wusste, dass das hier geschehen würde, und trotzdem bin ich jetzt wie vor den Kopf gestoßen.

»Hilfe!« Aske schreit, während die weißen Arme des Nöcks ihn nach unten ziehen. Er kämpft, so gut er kann, schnappt nach Luft, bevor der Nöck ihn packt und er unter der Wasseroberfläche verschwindet.

Kurz darauf kommt Aske wieder zum Vorschein. Das schwarze Haar klebt ihm im Gesicht, die blauen Augen sind voller Panik. Sie erinnern mich an Benjamins Blick, bevor er ertränkt wurde.

Da entdeckt Aske mich.

»Birke!« Sein Ruf ist verzweifelt und ich zucke zusammen. Auch wenn ich ihn hasse, weil er uns belogen hat und schuld daran ist, dass Vater verhaftet wurde, so kann ich nicht zulassen, dass der Nöck ihn ertränkt.

»Aufhören …«, flüstere ich.

Doch der Nöck lässt ihn nicht los und wieder verschwindet Aske im Wasser. Ein Schwall großer Blasen steigt auf und ich muss daran denken, wie der Nöck mich hinuntergezogen und versucht hat, mich zu ertränken. Damals hat Aske mich gerettet.

»Aufhören!«, wiederhole ich.

»Womit aufhören?« Die Stimme des Nöcks klingt durch die Nacht. »Du hast doch gesagt *keine Ausnahme.*«

»Du musst ihn aber nicht gleich umbringen«, erwidere ich.

»Wer den Bach ohne meine Erlaubnis überquert, gehört mir«, sagt er.

»Bitte, sei so gut und lass ihn frei. Er wird es nicht wieder versuchen«, sage ich.

Der Nöck hält Aske fest im Griff wie eine Wasserschlange, die sich weigert, ihre Beute freizugeben. Unsere Blicke begegnen sich in einem wortlosen Kampf.

»Wie du willst …«, sagt er schließlich und lässt Aske los, der keuchend das gegenüberliegende Bachufer hochkriecht.

Der Nöck wirft noch einen letzten Blick auf ihn, dann verschwindet er in der Tiefe.

Aske liegt zusammengekrümmt am Boden, den Mund weit aufgerissen, er kämpft darum, seinen Atem wieder unter Kontrolle zu bekommen.

»Du … du … hast ihm gesagt, er soll mich angreifen?« Wasser läuft an seinem Körper herab, er hat noch nicht genug Kraft gesammelt, um aufzustehen.

Ich erwidere nichts, spüre aber ein Prickeln unter der Haut.

»Du hast ihm gesagt, er soll mich angreifen ...«, wiederholt Aske, und seine Stimme klingt in einer Art und Weise verletzt, zu der er ganz einfach nicht das Recht hat.

»Ihr habt Azalea vergiftet«, erkläre ich. »Du hast Vater ins Gefängnis gebracht. Du hast mich gezwungen, Malte dazu zu bringen, alles zu vergessen. Du hast gelogen. Du ...« Die Worte sprudeln nur so aus mir heraus.

»Okay«, räumt er erschöpft ein. »Ich habe eine Menge dummer Sachen gemacht.«

»Dumme Sachen?« Meine Stimme zittert. »Du hast uns verraten, uns in Gefahr gebracht, du ...«

»Entschuldige«, sagt er. »Ich weiß genau, du musst mich hassen, aber ...«

»Ja«, bestätige ich. »Ich hasse dich. Wenn du also gedacht hast, es reicht, dass du einfach herkommst und um Entschuldigung bittest ...«

»Das ist nicht der Grund, warum ich gekommen bin«, sagt er und steht unsicher auf. Seine Worte enttäuschen und erschrecken mich zugleich.

»Und warum dann?«, frage ich.

»Wegen der Kinder.«

»Wegen der Kinder?« Meine Stimme ist nur noch ein Flüstern.

»Roses Kinder«, sagt er und wischt sich das nasse Haar aus dem Gesicht. »Die würden bei uns ein besseres Leben haben.«

»Es wird keine Kinder geben«, sage ich.

»Ach, und wer lügt jetzt?«, fragt er und spuckt das letzte Wasser aus. »Ich weiß, dass sie schwanger ist. Ich weiß das schon seit Langem.«

»Es wird keine Kinder geben«, wiederhole ich. »Weil Rose sie nicht haben will.«

Er öffnet den Mund, nur, um ihn gleich wieder zu schließen.

»Nein ...« Askes Stimme bricht ab. »Das darf sie nicht.«

»Sie will sie nicht haben«, sage ich. »Und das kannst du ihr ja wohl nicht verübeln. Schließlich haben wir den Vater der Kinder getötet.«

»Aber die Kinder töten ...«

Eine Windböe lässt die ersten Blätter des Frühlings an den Bäumen rascheln.

»Das ist Roses Entscheidung«, sage ich.

Er tritt einen Schritt näher. Das Wasser tropft immer noch an ihm hinunter, und für einen kurzen Moment sieht es so aus, als überlegte er, noch einmal den Bach zu überqueren, nur um Rose dazu zu bringen, ihre Meinung zu ändern.

Auch der Nöck muss das gemerkt haben, denn das Wasser steigt bedrohlich an, bis Aske schließlich ein paar Schritte zurückweicht.

»Sprich mit ihr, Birke«, bittet er mich. »Wenn sie die Kinder nicht haben will, dann können wir sie zu uns nehmen. Wir können uns um sie kümmern.«

»Rose würde sie euch niemals geben.«

»Birke, bitte, um der Kinder willen.«

»Das ist Roses Entscheidung«, wiederhole ich nur und drehe mich um.

»Warte!«, ruft er mir nach. »Sag Rose, wenn sie die Kinder leben lässt, dann hole ich Azalea zurück.«

»Was?« Ich bleibe stehen.

»Wenn Rose die Kinder kriegt, dann bringe ich Azalea zu euch ...«

Ich wende mich ihm wieder zu.

»Aber Dahlia hat doch gesagt, dass sie nie mehr zurückkommen kann«, flüstere ich.

»Vielleicht macht Dahlia ja eine Ausnahme, wenn damit drei Kinder gerettet werden können.«

Ich beiße mir auf die Lippe.

Eine Ausnahme ... Das ist ein Spiel. Dessen Regeln verändert werden können, solange man dafür etwas bekommt.

Das ist Erpressung. Rose vermisst Azalea genauso sehr wie ich. Aber sie dazu zwingen, die ungewollten Kinder zu gebären, nur um sie dann wegzugeben ... Daran wird sie zerbrechen, schon jetzt ist Rose sehr schwach.

»Nein«, sage ich. »Aus diesem Tauschhandel wird nichts.«

»Das sollte ja wohl Rose entscheiden, oder?« Askes Blick bohrt sich in meinen. Das Wasser rinnt immer noch an ihm hinunter.

»Hast du nicht schon genug kaputt gemacht?«, frage ich. »Man darf doch nicht mit Menschen schachern, weder mit Kindern noch mit Erwachsenen.«

Aske sagt nichts.

»Auch nicht, wenn man damit Leben rettet?«, fragt er.

Aber ich gebe ihm keine Antwort. Gehe wortlos zurück zum Haus. Und während ich gehe, spüre ich, wie mir die Tränen in die Augen treten. Und ich weiß nicht, ob ich weine, weil die ganze Situation so hoffnungslos ist. Weil ich denke, dass Aske eigentlich recht hat und dass ein Leben in Gefangenschaft besser ist als gar kein Leben. Weil ich Rose versprochen habe, ihr bei einer Entscheidung zu helfen, die ich hasse. Oder weil beim Anblick von Aske tausend Wunden in mir wieder aufgebrochen sind.

»Wo warst du?« Rose sitzt auf dem Sofa im Wohnzimmer. Ihr scharfer Tonfall lässt mich zusammenzucken.

»Erle hat mich gerufen ...«, setze ich an.

»Du darfst nicht weggehen«, sagt sie. »Ich will nicht aufwachen und du bist weg. Ich dachte schon ...« Ohne Vorwarnung beginnt sie zu weinen.

»Rose ...« Ich setze mich dicht neben sie.

»Was, wenn du wieder geschlafwandelt wärst?«, fragt sie. »Was, wenn dir etwas zustößt?«

»Tut mir leid«, sage ich und nehme sie in die Arme. Trotz allem habe ich mich immer noch nicht an diese Seite von Rose gewöhnt. War sie doch immer die Starke und ich die Schwache.

Unwillig trocknet sie ihre Tränen.

»Sag mir einfach Bescheid, wenn du gehst, ja?«

»Okay. Das verspreche ich.«

Wir sitzen schweigend nebeneinander, und während die Sonne draußen langsam aufgeht, erwarte ich, dass sie nach Erle fragt, doch das tut sie nicht. Und es wäre jetzt so einfach, zurück ins Bett zu gehen und so zu tun, als wenn nichts gewesen wäre. Aske und seinen Vorschlag zu vergessen – aber wir haben uns versprochen, dass es keine Geheimnisse mehr zwischen uns geben wird.

»Es ging um Aske«, sage ich. »Der Nöck hat versucht, ihn zu ertränken ...«

Rose reißt die Augen weit auf.

»Versucht?«, fragt sie mit einer Stimme, die ich nicht deuten kann.

»Ich habe ihn gerettet«, sage ich.

Sie sagt nichts.

»War das verkehrt?«, frage ich.

Sie zuckt nur mit den Schultern. Und ich spüre, wie jetzt erneut Tränen in mir aufsteigen. Ich weiß, eigentlich sollte ich ihn hassen. Sollte ihm den Tod wünschen. Er hat uns angelogen. Hat mit Dahlia zusammengearbeitet, die Azalea vergiftet hat. Und er war bereit, auch uns zu vergiften.

»Man kann nicht einfach damit aufhören, Leute zu mögen«, sagt sie.

Ich nicke. Erinnere mich daran, dass sie das Gleiche über Benjamin gesagt hat: dass sie ihn weiterhin liebe, obwohl er sie angegriffen hat.

Und die Art, wie Rose mich anschaut, sagt mir, dass sie alles versteht, obwohl ich ihr nie erzählt habe, wie Aske mich geküsst hat oder von unserem Tanz, der so intensiv war, dass er mein Blut zum Glühen gebracht hat.

»Er ...«, setze ich an und schlucke, »er will die Kinder haben, Wenn du sie den Elfen gibst, dann bringt er Azalea zu uns zurück.«

Roses Gesicht erstarrt. Und ich weiß nicht, wie ich reagieren soll, aber ihr Blick lässt mich wünschen, ich hätte es ihr nie gesagt.

Sie steht auf, und ich warte darauf, dass der Sturm ausbricht, doch sie lässt nur die Arme am Körper schlaff hinunterfallen.

»Ich kann nicht«, flüstert sie.

Ich nicke.

»Das weiß ich«, sage ich.

»Nein«, widerspricht sie mir und breitet die Arme aus. »Du weißt gar nichts! Du kannst das nicht verstehen! Glaubst du etwa, ich wüsste nicht, wie schrecklich das ist? Glaubst du, es würde mir nichts ausmachen? Wie gerne würde ich allen gerecht werden. Ein Kind für den Nöck gegen Erle, zwei für Aske gegen Azalea. Aber ich kann nicht«, sagt sie. »Nicht um Erles willen. Nicht um Azaleas willen. Für niemanden.«

Wir gehen noch für eine Weile ins Bett. Ich liege mit offenen Augen da, sehe, wie sich draußen der Himmel rosa färbt. Der Morgen kommt, doch auch wenn der Schlaf nach mir ruft – ich kann nicht schlafen.

Birke? Erles Ruf ist in meinen Gedanken.

Ja, antworte ich.

Aske ist immer noch hier, sagt sie. *Er geht auf die Stadt zu. Soll ich ihn für euch im Auge behalten?*

24

Ja, erwidere ich in Gedanken. *Und sag Bescheid, wenn er sich wieder nähert.*

Das werde ich.

Danke, antworte ich.

Ich habe gehört, was du dem Nöck gesagt hast. Ihre Stimme ist schwach, fast ein Flüstern, als fürchte sie, er könne sie selbst hier hören.

Wir geben nicht auf, verspreche ich ihr.

Danke, flüstert sie. *Aber seid vorsichtig. Wenn ihr ihn hintergeht, wird er euch umbringen.*

Ich weiß, flüstere ich. Wenn es etwas gibt, über das kein Zweifel herrscht, dann die Tatsache, dass der Nöck meint, was er sagt. Erle verschwindet aus meinen Gedanken. Neben mir ist Rose eingeschlafen, und auch ich schließe jetzt die Augen, doch sofort sehe ich Aske vor mir. Sehe seinen verletzten Blick, und es beunruhigt mich, dass er in der Stadt bleibt.

Ein paar Stunden später wachen wir auf. Rose geht hinunter in die Küche, setzt Wasser auf und wühlt im Schrank herum, bis sie die Dose mit Kaffeepulver findet. Normalerweise trinken wir Tee, aber heute brauchen wir etwas Stärkeres. Und selbst nach dem Kaffee bleibt mein Kopf wie benebelt. Rose geht es genauso, wir sitzen nur da und starren auf den Wald, der im Morgenlicht alle frischen Grüntöne des Frühlings zeigt.

»Wir müssen einen Termin machen«, sagt Rose.

Ich nicke und suche die Telefonnummer der Ärztin heraus. Die haben wir bisher noch nie gebraucht. Vater hat alle Impfungen abgelehnt und krank sind wir auch nie gewesen.

Ich rufe an. Hänge in der Warteschleife ... Ich muss an die kleinen Babys mit einem Loch im Rücken denken, einem Loch genau wie bei uns. Drei kleine Babys, die niemals geboren werden ...

»Praxis Erika Knutsen«, meldet sich endlich eine Stimme.

»Guten Tag, mein Name ist Birke Bisgård. Ich hätte gern einen Termin für meine Schwester Rose. Sie ist schwanger und ...«

Die Sprechstundenhilfe möchte mit Rose direkt sprechen, und so muss ich den Hörer weiterreichen. Während Rose auf die Fragen einsilbig antwortet, wandere ich ruhelos herum.

Dann legt sie endlich auf und macht eine Miene, als würde sie das Telefon am liebsten an die Wand schmeißen.

»Ich brauche eine Einwilligung von Vater«, sagt sie.

Ich schlucke. Vater ist in Næstbæk, und wir sind uns einig, dass es das Beste ist, wenn er dort bleibt.

»Wenn wir den Elfenblick benutzen, ist es vielleicht nicht nötig ...«, sage ich.

»Aber sie braucht eine Unterschrift unter dem Formular«, sagt Rose.

»Ich kann doch einfach seine Unterschrift fälschen«, schlage ich vor. »Hat sie noch etwas gesagt?«

»Ja, ich muss eine gynäkologische Untersuchung machen lassen, erst dann bekomme ich eine Überweisung für eine Abtreibungsklinik!«, sagt sie.

»Ich werde immer mitkommen«, versichere ich ihr.

»Danke, aber was ist, wenn sie sehen können, dass ...?« Angst flackert in Roses Augen auf.

»Das können sie nicht«, versuche ich sie zu beruhigen. »Und wenn sie etwas entdecken, dann benutzen wir den Elfenblick.« Ich klinge sicherer, als ich bin, aber zumindest gelingt es mir, etwas von der Sicherheit auf meine Schwester zu übertragen.

»Okay«, sagt sie.

»Wann hast du den Termin?«, frage ich.

»Übermorgen«, antwortet sie. Und bevor ich weiterfragen kann, klingelt das Festnetztelefon. Wir starren es beide an. Das kann eigentlich nur Vater sein, denn unsere Freunde rufen uns alle nur übers Handy an. Aber Vater hat immer darauf bestanden, dass wir das Festnetztelefon behalten.

Ich nehme den Hörer ab.

»Birke hier.«

»Hallo Birke. Hier ist Dorrit von der Tørveby-Schule. Ich rufe an, weil Rose und du die letzten Tage gefehlt habt.«

»Äh, ja, wir haben ...«, meine Stimme erstirbt, weil ich keine Lüge parat habe.

Wer ist das?, fragt Rose mimisch.

»Werdet ihr morgen zum Unterricht kommen?«, fragt Dorrit.

»Ob wir morgen in die Schule kommen?«, flüstere ich und sehe Rose an. Sie wieder in die Schule zu schicken ist das Letzte, was ich gern tun würde. Aber wenn wir hier noch länger wohnen bleiben wollen, müssen wir uns dort zeigen.

Rose nickt.

»Ja, machen wir«, antworte ich.

»Gut, dann sehen wir uns morgen.« Sie legt auf.

»Dann müssen wir also wieder hin«, seufzt Rose.

»Leider, sonst fällt es auf.«

»Ja, dann heißt es also wieder, den Alltag durchzustehen.« Rose wickelt sich eine Locke um den Finger. »Und was machen wir mit der Tanzshow?«

»Die sollten wir auch bald organisieren«, sage ich. Der Hunger meldet sich bereits in meinem Körper, also müssen wir tanzen, nicht nur, um Aufsehen zu vermeiden, sondern auch, um die nächsten Wochen zu überstehen.

»Ich bin müde«, seufzt Rose. »Ich glaube, ich lege mich noch mal hin.«

»Ich auch«, sage ich.

»Nein, du redest mit Malte!«, widerspricht sie. »Wenn wir morgen in der Schule auftauchen, muss er doch wissen ...«

»Ja ...«, flüstere ich. Malte ... Ich muss daran denken, was ich ihm angetan habe, als wir uns das letzte Mal gesehen haben. Ich habe mit seinen Gedanken gespielt. Ihn gezwungen, mich zu vergessen ... Ihn stärker verletzt, als ich es je für möglich gehalten hätte.

»Nun geh schon«, sagt Rose.

Maltes Erinnerungen

Es ist nur wenige Tage her, seit ich Malte das letzte Mal gesehen habe, doch es kommt mir vor wie tausend Jahre. Ich erinnere mich daran, wie ich in seine Gedanken eingedrungen bin und alles mit einem Schleier zugedeckt habe. Wie etwas in ihm kaputtgegangen ist, als ich ihm meinen Willen aufgezwungen habe. Übelkeit steigt in mir auf ...

Ich denke an Aske. Ich will ihn tausend Dinge fragen. Wie man diesen Schleier wieder entfernt. Ob das Narben in Malte hinterlässt und ob es gefährlich ist, ihn wiederzusehen. Aber ich kann Aske nicht fragen. Er hat mich dazu gezwungen, Malte zu manipulieren, und er hat mir nicht gesagt, was ich tun muss, um das rückgängig zu machen. Vielleicht ist das überhaupt nicht möglich. Und selbst wenn er antworten sollte, weiß ich nicht, ob ich ihm vertrauen kann.

Mein Weg führt mich durch den Wald mit Büschen voller Beeren, die in ein paar Wochen reif sein werden. Die Vögel kosten sie schon einmal. Ich denke an Großmutter und daran, wie sie für Erdbeergrütze und Johannisbeermarmelade Früchte gesammelt hat.

Als ich den Bach überquere, spüre ich Erle in meinen Gedanken, schiebe sie aber beiseite. Ich habe genug zu bedenken, kann jetzt nicht mit ihr reden.

Auch in der Stadt ist der Frühling ausgebrochen. Der kleine Eisladen unten am Markt hat geöffnet. Zwei Jungs sitzen davor und genießen das erste Eis des Jahres.

Ich gehe weiter auf Maltes Haus zu.

Bevor ich den Klingelknopf drücke, hole ich noch einmal tief Luft. Die Glocke spielt eine fröhliche kleine Melodie, die irgendwie nicht zu Malte oder seiner Mutter passt.

Die Tür wird geöffnet.

»Malte ...« Weiter komme ich nicht.

Das ist nicht Malte. Es ist seine Mutter. Ihre patronengrauen Augen sehen mich scharf an.

»Was willst du?« Ihre Stimme klingt nach Verhör, offensichtlich hat sie nicht vergessen, dass sowohl Vater als auch Rose erst vor Kurzem vorläufig festgenommen worden waren.

»Ich würde gern mit Malte sprechen ...«

Sie zögert, als suchte sie nach einem rechtlich vertretbaren Grund, mir den Zugang zu verweigern. Aber den gibt es nicht, kein Gesetz verbietet es mir, hier zu sein, also dreht sie sich schließlich doch nach hinten um und ruft: »Malte ...«

Schweigend stehen wir uns gegenüber und warten auf seine Schritte. Ihr Blick hält mich fest, wieder ist dieses wortlose Suchen in ihm, als könnte sie mein schlechtes Gewissen spüren.

Lange stehen wir so da, denn breche ich endlich den Augenkontakt und schaue ins Haus, auf die Treppe, wo sich Malte immer noch nicht zeigt.

»Er hört wohl Musik«, sagt sie.

»Dann gehe ich rauf zu ihm«, erwidere ich und trete einen Schritt vor.

Sie verharrt in der Tür, einen Moment lang stehen wir fast Nase an Nase da, bis sie schließlich doch zur Seite tritt und mich hineinlässt.

Ich schlüpfe aus den Schuhen und hänge meine Jacke auf, dann laufe ich die Treppe hoch.

Als ich die Tür öffne, kann ich das leise Kratzen seiner Kopfhörer hören. Er sitzt am Schreibtisch und starrt konzentriert auf den Bildschirm.

Schon als ich eintrete, kann ich sehen, dass etwas anders ist, aber es dauert eine Weile, bis ich erkenne, was.

Die Wand. Die Bilder. Seine Fotos. Der Hirsch ist weg. Das Fahrrad ist weg. Stattdessen hängt hier jetzt eine Reihe von Fotos von mir. Das erste habe ich früher schon gesehen. Ich, beim Tanzen. Das nächste ist fast gleich, es wurde nur wenige Sekunden später aufgenommen.

Man sieht mich herumwirbeln, und auf dem letzten … Das ist das Foto, auf dem ich einen Blitz auf meinem Rücken zu haben scheine. Es sieht aus wie ein Fehler im Bild, aber ich weiß, dass dem nicht so ist. Dass mein Kleid beim Tanzen verrutscht ist. Dass er den Bruchteil einer Sekunde eingefangen hat, in dem mein Rücken zu sehen war. Und dass es kein Blitz ist, es ist ein Scheinwerfer, den man durch meinen Rücken hindurch sehen kann.

Malte tippt auf die Tastatur und reißt mich aus meinen Gedanken. Ich schaue auf den Bildschirm. Er schiebt Fotos hin und her. Arbeitet an einer riesigen Collage. Und ich bin erleichtert, als ich erkenne, dass es keine Fotos von mir sind, sondern Bilder aus der Stadt. Menschenleere Orte, voller Dunkelheit. Bei ihrem Anblick zieht sich mein Unterleib zusammen, erinnert mich an das Gefühl von Verlust und Einsamkeit, das mich überfiel, als ich ihn verlassen habe.

Er seufzt, schiebt die Bilder hin und her, als wäre er nicht zufrieden.

Noch immer hat er nicht bemerkt, dass ich hier bin. Und ich sammle all meinen Mut, um vorzutreten.

»Malte«, sage ich und lege ihm eine Hand auf die Schulter. Er zuckt zusammen, dreht sich um.

»Birke«, flüstert er und schiebt die Kopfhörer zur Seite. Er starrt mich an. »Aber du ...« Seine Stimme bricht ab, die grauen Augen werden zu trübem Wasser im Mondschein.

»Du bist fortgegangen«, sagt er.

Die Kopfhörer hängen an seinem Hals und knacken und knistern. Rockmusik. Düster. Wütend.

»Ich bin zurückgekommen«, sage ich.

Sein Gesicht lässt sich nicht deuten.

»Dann bist du doch nicht für immer fort?«

»Nein.« Wie gern würde ich ihn anfassen. Ihn in einem Kuss an mich ziehen, doch ich traue mich nicht.

32

»Aber du hast doch gesagt …«

»Ja, aber ich habe meine Meinung geändert. Ich bleibe hier«, entgegne ich und füge hinzu: »Bei dir …«

»Birke, du kannst doch nicht einfach sagen, dass du für immer wegfährst, und dann … und dann …« Seine Stimme bricht ab.

Es klopft an der Tür, seine Mutter öffnet sie. Ihr Blick ist hart und bohrend.

»Ich fahre aufs Revier«, sagt sie nur, doch weder Malte noch ich antworten etwas darauf.

Sie schließt die Tür wieder, und ich warte, bis ich ihre Schritte auf der Treppe höre, erst dann drehe ich mich wieder zu Malte um.

»Es tut mir leid«, sage ich. »Das war ein Fehler. Ich hätte nie gehen sollen.«

»Nein.« Er nickt. »Das hättest du nicht.«

»Malte«, sage ich wieder und strecke meine Hand nach seiner aus.

Er ignoriert die Geste.

Ich kann seine Wut spüren. Mit Verwirrung oder Gleichgültigkeit hatte ich gerechnet und mich darauf vorbereitet. Aber nicht auf Wut.

Seine Finger gleiten weiter über die Tastatur, der Augenkontakt bricht ab.

»Du kannst nicht einfach so kommen und gehen«, sagt er dann. »Ich … ich war …« Er reibt das Gesicht mit beiden Händen und unterbricht sich selbst, aber auch so weiß ich, was er sagen will. Er hat versucht, weiterzugehen, versucht, die Gefühle beiseitezuschieben, genau wie ich es ihm befohlen habe.

»Malte«, sage ich, und er schaut mich wieder an.

Dieses Mal sehe ich ihm tief in die Augen. Versuche einzudringen, aber es scheint, als hätte er einen Stacheldrahtzaun um sich errichtet.

»Ich habe dich geliebt«, sagt er. »Und du hast mich verlassen.«

Ich umgehe den Stacheldraht, schlängele mich tiefer in seinen Blick hinein. Vorsichtig dieses Mal, ich will nicht noch weiteren Schaden anrichten. Ich finde die Erinnerungen von ihm und mir. Sie erscheinen mir wie zugedeckte Figuren in einem riesigen Saal.

Vorsichtig entferne ich den Schleier. Als würde man die Fäden einer Wundnaht ziehen, und jedes Mal zucken wir beide leicht zusammen.

In seinen Gedanken sehe ich unsere erste Begegnung auf dem Schulhof wieder, unsere Klettertour aufs Dach, die Vorladung bei der Schulleiterin, wie er mir mit dem Schloss an meinem Spind geholfen hat. Das Fest und unseren ersten Kuss. Unsere Begegnung in Næstbæk, als ich vollkommen aus der Spur geraten war, unser Date im Schwimmbad (den schönen wie den schlechten Teil), wie er mir das Klettern beigebracht hat, wie wir Boot gefahren sind, das Boot umkippte, wie wir getanzt haben. Hier lasse ich jedoch einen Schleier zurück, damit er sich nicht daran erinnert, wie sehr er diesen Tanz genossen hat. Dann gelange ich zu der Erinnerung an meinen Abschied. Ich lege alle Schleier, die ich bisher entfernt habe, über diesen einen. Lasse ihn vergessen, worum ich ihn gebeten habe.

»Ich liebe dich«, flüstere ich.

Ich sehe Tränen in seinen Augen. Dann steht er auf. Zieht mich in einer festen Umarmung an sich.

»Du darfst nie wieder von mir gehen«, flüstert er in mein Haar.

»Das werde ich auch nicht«, verspreche ich. Denn wenn wir das nächste Mal fortgehen, dann soll er mitkommen.

»Niemals«, sagt er.

»Niemals«, verspreche ich und gebe ihm einen Kuss. Zuerst vorsichtig, dann immer intensiver. Seine Hände brennen auf meinem Körper. Und der Gedanke daran, wie kurz ich davor war, ihn für immer zu verlieren, lässt mich erzittern.

Ihm geht es genauso. Das kann ich an seinem Blick erkennen und an der Art, wie er mich berührt.

Wir wollen nur eins, dicht beieinander sein und uns nie wieder verlieren. Unsere Lippen lassen nicht voneinander, schicken heiße Wellen durch unsere Körper.

Seine Hände schieben sich unter meine Bluse. Ich lasse sie kommen, immer weiter, Stellen erkunden, die nie jemand zuvor berührt hat.

Als er meinen Hosenbund erreicht, weiß ich: Jetzt ist es soweit, jetzt sollte ich gehen. Aufstehen und vernünftig sein. Aber ich höre nicht auf meine innere Stimme. Ich will nicht mehr vernünftig sein, denn als ich es das letzte Mal war, da habe ich ihn fast verloren.

Meine Finger suchen den Kontakt. Maltes Augen strahlen. Die Luft zwischen uns ist voller Erwartung.

Meine Finger zittern, als ich das Licht lösche. Die Dunkelheit hüllt uns ein, mein Herz setzt einen Schlag lang aus. Ich habe mich hingegeben. Bin vollkommen verloren, aber das macht mir keine Angst, macht mich nur glücklich.

Ich lasse mich aufs Bett gleiten. Der Rücken ist von der Matratze geschützt. Ich kann sehen, wie Malte in der Dunkelheit lächelt. Er kommt zu mir. Wieder finden sich unsere Lippen.

Ich ziehe ihn dicht zu mir heran. Unsere Haut brennt. Kein Abstand mehr, keine weiteren Lügen.

Heute gibt es nur uns zwei und sonst nichts.

Ich gebe ihm einen langen, intensiven Kuss und ziehe ihm das Hemd aus. Er hilft mir bei meiner Bluse.

Seine Hand findet meine Brust und streichelt sie. Lässt mich erschaudern und ich lasse meine Finger über seinen Oberkörper gleiten. Sie folgen den langen, schlanken Muskeln bis ganz nach unten.

Seine Hände finden den Weg in meine Hose. Er schaut mich fragend an, ich nicke. Der Knopf öffnet sich und seine Finger streifen meine Schenkel. Alles in mir zittert. Wie tausend Seifenblasen, die auf einmal platzen.

Wir sind nackt, wir sind zusammen.

Ein Neuanfang

Hinterher liegen wir dicht beieinander. Mein Kopf auf seiner Brust. Ich kann sein Herz schlagen hören, jeder Schlag rollt über mich hinweg. Zum ersten Mal seit langer Zeit fühlt sich alles vollkommen richtig an. Ich spüre die Wärme seines Körpers, während er meinen Arm liebkost.

»Ich liebe dich«, flüstert er.

»Ich liebe dich auch«, erwidere ich.

Wieder küsst er mich. Leicht und sanft.

»Ich muss nur ...« Er zeigt auf das Kondom.

Ich nicke und hebe den Kopf, damit er aufstehen kann.

Er klettert aus dem Bett und drückt auf den Lichtschalter.

Das Licht flackert auf.

»Du bist noch nie schöner gewesen«, sagt er und betrachtet mich, während ich immer noch nackt daliege.

Ich lächle nur.

Als er die Tür hinter sich zuzieht, greife ich schnell nach

BH und Bluse. Ich hasse es, dass ich den perfekten Augenblick zerstören muss, aber ich muss das Bett verlassen. Auch wenn ich alles mit ihm geteilt habe, so gibt es immer noch ein Geheimnis zwischen uns. Ein Geheimnis, das zu teilen ich noch nicht bereit bin.

Ich ziehe mich an, werfe einen Blick in den Spiegel. Meine Wangen sind gerötet und das Haar etwas zerzaust, aber sonst sehe ich aus wie immer.

Dabei finde ich, dass ich anders aussehen sollte. Denn ich fühle mich anders.

Ein Vogel krächzt laut draußen und erinnert mich an einen weiteren losen Faden, den ich wieder zusammenknüpfen muss.

Elexa und Sommer.

Ich gehe zur Tür, bleibe aber vor der Fotostrecke von mir stehen. Ich schaue mir das Foto an, auf dem es einen kurzen Blick auf meinen Rücken gibt. Lasse die Finger über den Punkt gleiten, wo man das Scheinwerferlicht durch mich hindurch sehen kann.

Malte kommt zurück, immer noch nackt und sexy. Er gibt mir einen Kuss in den Nacken.

»Ja, das ist wirklich sonderbar«, sagt er und legt einen Arm um mich. »Ich weiß nicht, woher dieser Blitzer kommt.«

»Wahrscheinlich ist das nur ein Fehler beim Entwickeln«, flüstere ich.

»Kann sein, sieht aber stark aus«, sagt er.

Ich nicke. Ziehe meinen Pullover zurecht.

»Willst du gehen?«, fragt er. Unruhe taucht in seinem

Blick auf, als hätte er Angst, ich könnte wieder verschwinden.

Ich versuche, seine Sorgen wegzuküssen.

»Das war … Du bist …« Einige Dinge brauchen keine Worte, also küsse ich ihn einfach wieder. »Es ist so viel zu organisieren, jetzt, da wir doch nicht wegziehen.«

»Und das muss sofort erledigt werden?« Seine Hand streicht über meinen Arm.

»Leider ja«, sage ich.

Er ergreift meine Hand, und unsere Finger verschränken sich ineinander.

»Und wenn ich dich jetzt nicht gehen lasse?«, fragt er mit schelmischem Blick.

»Das musst du wohl«, erwidere ich und gebe ihm einen Kuss auf die Nase.

»Okay«, sagt er und gibt mir einen letzten Kuss, bevor er mich freilässt.

Ich fühle mich unsagbar leicht, als ich Maltes Haus verlasse. Scheine fast zu schweben, als wäre all das Dunkle und Traurige in den Hintergrund geschoben worden. Malte liebt mich und ich liebe ihn. Nur das ist von Bedeutung. Bald werde ich soweit sein, dass ich ihm die Wahrheit sagen kann. Er wird sie verstehen, und wir werden zusammen weggehen, nachdem wir Erle befreit haben.

Ich schicke eine SMS an Elexa und steuere ihr Haus an. Ihr Zimmerfenster steht offen, sie sieht mich schon von Weitem.

»Dann ziehst du doch nicht weg?«, fragt sie, hängt dabei halb aus dem Fenster.

»Nein«, antworte ich.

Sie starrt mich eine Weile nur an.

»Ihr seid schon eine merkwürdige Familie«, stellt sie dann fest. »Fenster oder Tür?«

Ich grinse, ziehe meine Schuhe aus und springe in ihr Zimmer. Elexa war immer begeistert davon, dass ihr Zimmer direkt zur Straße hinaus liegt, so könnte sie Jungsbesuch kriegen, ohne dass ihre Eltern davon etwas mitbekommen. Aber bis jetzt war ich wahrscheinlich die einzige Person, die diese Abkürzung benutzt hat.

»Schau mal, was ich bekommen habe«, sagt sie und zeigt auf einen kleinen Flachbildschirmfernseher.

»Wow«, sage ich.

»Ja, der Alte ist endlich auf dem Sperrmüll gelandet.«

»War der kaputt?«, frage ich.

»Nein«, erklärt sie, »der hier ist ein Geschenk von meinen Eltern, weil es genau zwei Jahre her ist, dass ich aufgehört habe ...«

Sie verstummt und fährt sich mit einer Hand übers Handgelenk. »Du weißt.«

Sie meint, sich zu ritzen. Elexa war ein Cutter, bevor sie nach Tørveby kam. Die Narben sind immer noch auf ihren Armen zu erkennen.

»Oh«, sage ich. »Ich wusste nicht, dass das jetzt zwei Jahre her ist. Sonst hätte ich dir auch ein kleines Geschenk mitgebracht.«

»Nein, das brauchst du nicht«, wehrt Elexa ab. »Ist schon ein bisschen komisch, das zu feiern, aber meine Eltern waren total heiß drauf, und bei so einem Geschenk will ich mich nicht beklagen. – Aber du kommst doch bestimmt wegen Sommer?«

Ich nicke.

Wir gehen ins Wohnzimmer.

»Meine Eltern sind einkaufen«, fährt sie fort. »Die werden sich auch freuen, dass du doch nicht weggehst. Mein Vater findet, dass er ziemlichen Krach macht.« Sie nickt zu Sommer, der seinen Platz auf der Anrichte in der Stube gefunden hat.

Als der kleine Vogel mich sieht, lässt er eine fröhliche Melodie hören. Eines dieser kleinen Liedchen, die meine Oma immer gesummt hat und die Sommer gelernt hat, als er noch ein Wellensittichküken war.

»Er hat ein paar Federn verloren«, sagt Elexa. »Mein kleiner Bruder findet es so witzig, ihn zu jagen.«

»Das macht nichts«, sage ich, obwohl Sommer mir schon ein bisschen leidtut. Ich lege die Hand auf den Käfig. Sommer kommt herangehüpft und reibt sich mit seinem Schnabel an meiner Hand. Das ist seine Art, darum zu bitten, rausgelassen zu werden.

»Also ... was war denn los?«, fragt Elexa und wirft ihr Haar nach hinten, dass die großen Totenkopfohrringe laut klirren.

»Was meinst du?«

»Na, du weißt schon, die ganze Sache ... einfach den Vogel

mit einem Abschiedsbrief in der Garage zurücklassen und dann doch nicht abreisen.«

»Ich ... wir mussten einfach für eine Weile weg.«

Elexa wirft mir einen forschenden Blick zu, lange Zeit sagt sie nichts, als hoffte sie, ich würde das näher erklären. Aber weil ich das nicht tue, sagt sie nur: »Nun ja, so merkwürdig ist das wohl nicht. Ich meine, bei der ganzen Aufregung mit Leichen im Garten und Mordanklagen. Da wäre ich auch abgehauen.«

»Ja, das war schon total crazy«, stimme ich zu.

»Nur gut, dass sie den Täter gefunden haben«, fährt sie fort. »Also, wenn du mich fragst, so war das doch echt verrückt, dass sie deinen Vater überhaupt festgenommen haben. Ich meine, er ist ja nun wirklich nicht der Killertyp.«

Ich zwinge mich zu einem Lächeln, weil man über so etwas natürlich lachen würde, wenn es nur ein dummes Missverständnis wäre.

»Gehst du auch zur Gerichtsverhandlung?«, fragt sie.

»Gerichtsverhandlung?«

»Ja, nächste Woche, und sie ist öffentlich.«

»Ich weiß noch nicht«, antworte ich. Versuche dabei meine Stimme neutral zu halten, aber allein der Gedanke daran erzeugt bei mir eine Gänsehaut. Schließlich ist der Angeklagte auch ein Teil von Askes Spiel. Ein Puzzlesteinchen in der Rettungsaktion, die nicht nötig gewesen wäre, hätte Aske uns nicht verraten. Und jetzt steht ein unschuldiger Mann unter Anklage und ist bereit, alles zu gestehen, weil Aske ihn dazu gezwungen hat.

»Es wird mehrere Termine geben, nächste Woche ist der erste. Bist du nicht neugierig?«

»Neugierig?«, frage ich zurück, denn das Gericht ist ja wohl der letzte Ort, an dem ich gern wäre.

»Nicht? Ich meine ... Warum hat er das getan? Und warum so nahe bei eurem Haus?«

»Tja ...« Ich lasse Sommers Käfig los, meine Hand fällt schlaff hinunter. Ich weiß ja nicht, ob Aske Antworten auf alle Fragen in den Kopf dieses armen Kerls gepflanzt hat. Das Einzige, was ich weiß: Er hat ihn dazu gebracht, die Tat zu gestehen.

»Du kannst es dir ja noch überlegen«, sagt Elexa. »Es werden bestimmt alle darüber reden.«

»Da kannst du recht haben«, sage ich.

Sie wackelt leicht mit dem Kopf.

»Weiß Malte, dass du zurück bist? Seit du weg warst, ist er wie ein ausgesetzter Hundewelpe herumgelaufen.«

»Ja, ich habe Malte schon gesehen«, sage ich, und auch wenn der Gedanke an die Gerichtsverhandlung noch wie ein kalter Nebel im Raum liegt, so muss ich doch lächeln.

»Du wirst ja rot«, stellt Elexa fest. »Was ist passiert?«

Als sie das sagt, merke ich es auch, und es wird nur noch schlimmer. Ich spüre, wie mir das Blut in die Wangen schießt, während ich daran denke, wie Malte und ich eben noch so eng zusammen waren.

»Tja ...«, sage ich nur, aber da kreischt sie schon auf.

Elexa will natürlich alles hören, und sie ist etwas enttäuscht, als ich nicht mit mehr Details herausrücken will, aber schließlich ist das Ganze noch so frisch. So ungewohnt, dass ich noch nicht bereit bin, darüber zu sprechen. Am liebsten würde ich alles für mich behalten, aber Elexa durchschaut mich.

Als ihre Eltern nach Hause kommen, benutze ich das als Vorwand, um mit Sommers Käfig unter dem Arm aufzubrechen.

Ich muss an die Gerichtsverhandlung denken. Alle werden darüber reden. Elexa hat recht, und sie werden nicht nur darüber, sondern über alles reden. Als ich entschieden habe, dass wir zurückkehren, da habe ich nicht daran gedacht, in welchem Sumpf aus Tratsch und Klatsch wir landen werden.

Auf dem Heimweg begegne ich Aske. Oder genauer gesagt: Ich versuche, ihm auszuweichen, aber er kommt direkt auf mich zu.

»Wessen Vogel ist das denn?«, fragt er.

»Meiner«, antworte ich. »Er heißt Sommer.«

»Du solltest ihn nicht in einem Käfig halten«, sagt er.

»Tagsüber ist er die meiste Zeit draußen«, rechtfertige ich mich.

»Nein, ich meine: Er sollte *überhaupt nicht* in einem Käfig sein.« Aske streicht mit der Hand über die Gitterstäbe.

»Aber wenn er wegfliegt, wird er nicht überleben. Er braucht ein anderes Klima, hier wird er sterben.«

»Vielleicht hätte er nie hierhergebracht werden dürfen«,

sagt er nur, und sein Blick bohrt sich in meinen. Ich weiß, dass es bei seinen Worten um mehr als nur um Sommer geht.

»Ich muss nach Hause«, sage ich abwehrend.

»Hast du Rose erzählt, was ich vorgeschlagen habe?«

»Ja. Und sie hat Nein gesagt.«

»Tatsächlich?« Er scheint verblüfft zu sein.

»Du kannst nicht immer deinen Willen durch Manipulation durchsetzen«, antworte ich und lasse ihn stehen.

Am nächsten Tag müssen wir in die Schule gehen. Rose ist früh aufgestanden, um Make-up aufzulegen und die richtige Kleidung auszusuchen. Eigentlich bin ich überrascht, dass sie mitkommt. Ich hatte befürchtet, sie würde zu Hause bleiben und sich wie nach der Sache mit Benjamin verstecken.

»Welche ist besser ... diese hier oder die da?«, fragt sie mich und zeigt mir zwei Blusen, die beide eher für einen Stadtbummel als für einen Schultag geeignet sind.

»Ist das wichtig?«, frage ich.

»Äh ... ja ... Als sie mich das letzte Mal gesehen haben, da bin ich in Handschellen durch die Stadt geführt worden, und mein Haar hat auch nicht richtig gesessen. Deshalb muss ich jetzt einfach fantastisch aussehen«, erklärt sie.

»Was meinst du, werden sie uns anstarren?«, frage ich.

»Natürlich werden sie uns anstarren! Die Frage ist nur, wen sie mehr anstarren, dich oder mich. Ich meine, mich haben sie mit der Polizei gesehen, während du verschwunden warst. Was ist wohl unheimlicher?« Sie blinzelt mir lachend zu, und ich würde mich gern von ihrer lockeren Stimmung anstecken lassen, aber ihre Worte versetzen mir einen Stich. Verschwunden. Ja, ich befand mich am Grund des Sees, in einer Sauerstoffblase, die Erle für mich gemacht hatte.

»Ach, keine Panik, Birke«, sagt Rose. »Das Schlimmste, was passieren kann, ist doch sowieso schon passiert. Ab jetzt kann es nur noch bergauf gehen.« Ich kapiere nicht, woher ihr neuer Optimismus kommt, aber ich begrüße ihn sehr.

Eine halbe Stunde später brechen wir auf. Als wir auf den Schulhof kommen, verstummen die Gespräche und alle sehen uns an. Die vielen Blicke rauben mir fast den Atem, doch Rose strafft nur die Schultern. Sie hat schon immer am besten funktioniert, wenn sie im Mittelpunkt stand. Und als ehemals Verdächtige in einem Mordfall richtet sich zweifellos alle Aufmerksamkeit auf sie.

Die ersten Minuten schweigen alle, doch dann wagt sich ein Mädchen aus Roses Klasse, eine erste Frage zu stellen:

»Wie ist es so im Gefängnis?«, fragt sie.

»Eng und kalt und einfach nur nervig, vor allem, wenn man gar nichts gemacht hat«, antwortet Rose mit einem Grinsen.

Und dann prasseln die Fragen auf uns ein. Sie wirbeln durch die Luft und Rose beantwortet sie souverän. Mehrere Male lacht sie laut auf, um zu zeigen, wie lächerlich das alles war. Aber sie achtet auch darauf, ein angestrengtes, trauriges Gesicht zu zeigen, wenn Benjamin erwähnt wird.

Ich dagegen kämpfe mich durch die Menge und entdecke Malte, der auf dem Weg ins Gebäude ist. Ich fange seinen Blick ein, sofort ändert er seinen Kurs und kommt auf mich zu. Die anderen um mich herum schließe ich aus, sehe nur ihn. Sehe die Wärme in seinen Augen.

Er legt den Arm um mich und zieht mich in eine Blase der Sicherheit. Schnell schaue ich zu Rose, aber sie kommt gut allein zurecht, und wir ziehen uns ein wenig von den anderen zurück.

»Tut mir leid, dass ich so spät bin«, flüstert er. »Aber meine Mutter hat noch mal schnell für mich heute Morgen einen Surprise-Drogentest arrangiert. Sie meinte offensichtlich, ich sähe etwas zu glücklich aus.«

»Nur gut, dass du glücklich bist«, sage ich mit einem kleinen Lächeln.

»Ja, und das habe ich nur dir zu verdanken«, sagt er und gibt mir einen Kuss. »Aber das kann sie natürlich nicht verstehen.«

»Also, ich sage ja nur, dass es schon *merkwürdig* ist, dass sie einfach verschwunden war«, sagt Emma ein ganzes Stück von uns entfernt. Aber absichtlich so laut, dass ich es hören muss. Vielleicht hofft sie ja, dass ich darauf antworte.

»Ich meine nur«, fährt Emma fort. »Warum sich verstecken, wenn man unschuldig ist?«

»Ignoriere sie einfach«, flüstert Malte.

Und ich nicke. Weiß, er hat recht. Das hier wird noch eine Weile so laufen. Gerüchte halten sich in dieser Stadt hartnäckiger als Unkraut.

Emma macht weiter mit ihrem Vortrag. Sie erzählt von allen Spuren und wie viel auf uns hindeutet.

»Sag Bescheid, wenn wir abhauen sollen«, flüstert Malte mir ins Ohr.

Ich lächle. Kann uns lebhaft im Wald verschwinden sehen, die Kletterwand hinauf, aber ganz gleich, wohin wir auch laufen, es gibt keinen Ort, der weit genug weg ist. Und ich bin gezwungen, diesen schrecklichen Tag zu überleben.

Doch gerade als ich hätte schwören können, dass es nicht mehr schlimmer kommen kann, betritt Aske den Schulhof. Quer durch die Schülermenge sieht er mich an, sodass alles in mir erstarrt. Dann geht er auf Rose zu, die sich auf eine der Bänke gesetzt hat und jetzt in allen Details berichtet, wie es in Polizeigewahrsam war.

Ich löse mich aus Maltes Armen, bereit, Aske aufzuhalten, aber zum Glück kommt er von allein zur Vernunft.

Er bleibt einige Schritte von ihr entfernt stehen und wartet ab. Er hat wohl verstanden, dass es der verkehrte Zeitpunkt und der verkehrte Ort ist, um das Thema Abtreibung zur Sprache zu bringen.

Dann ertönt die Schulglocke.

Ich drücke Maltes Finger. Jetzt muss ich ihn loslassen. Bleibe allein mit Emma und dem Rest der Klasse.

»Schick 'ne SMS, wenn du Hilfe brauchst«, sagt er und ich nicke.

Ich schaue zu Rose hinüber. Sie nickt mir leicht zu, um zu sagen, dass sie alles im Griff hat. Dann gehen wir zum Unterricht.

»Warum bist du gekommen?«, frage ich Aske auf dem Weg die Treppe hinauf.

»Ich muss doch auch auf meine Fehlzeiten achten«, sagt er und zwinkert mir zu.

Ich seufze. Als wenn es nicht so schon schwer genug wäre, ihm aus dem Weg zu gehen. Jetzt werde ich ihn jeden Tag in der Schule sehen.

Als die Englischstunde halb vorbei ist, klopft es an der Tür. Dorrit, die Schulsekretärin, die uns zu Hause angerufen hat, schiebt ihren Kopf durch die Tür.

»Birke, die Schulleiterin möchte mit dir sprechen.«

Ich erstarre, erneut richten sich die Blicke meiner Mitschüler auf mich. Was gibt es denn jetzt schon wieder? Was ist los? Aske fragt wortlos mit seinem Blick, ob er mitkommen soll, aber ich stehe einfach auf und folge Dorrit. Worum es sich auch immer handeln mag, das werde ich ohne seine Hilfe klären können.

Das Gespräch

Als wir im Büro ankommen und Dorrit die Tür zum Zimmer der Schulleiterin öffnet, sehe ich Rose dort drinnen sitzen. Sie dreht den Kopf und wirft mir ein angestrengtes Lächeln zu.

Rose hat die Hände im Schoß gefaltet.

»Setz dich bitte, Birke«, sagt Ingerlise, unsere Schulleiterin. Ich setze mich neben meine Schwester.

Dorrit schließt die Tür hinter uns, und die Stille kribbelt für einen Moment in mir, bis Ingerlise sich räuspert und sagt: »Ihr wisst sicher, worüber ich mit euch reden möchte.«

»Eigentlich nicht«, antwortet Rose.

»Ihr seid letzte Woche nicht zur Schule gekommen.«

Ich nicke. Geht es jetzt wieder darum? Ich hatte gehofft, das Thema wäre mit dem Anruf von Dorrit erledigt, aber die Schulleiterin will die Sache offenbar mit uns erörtern.

»Es ist eine Menge passiert ... Wir brauchten ein bisschen Zeit«, sage ich.

»Das kann ich gut verstehen, Birke, aber deshalb kann man nicht einfach die Schule schwänzen«, sagt sie. »Dann muss man zumindest Bescheid sagen.«

»Tut uns leid«, räumt Rose ein. »Tut uns wirklich leid.« Sie versucht ernsthaft, schuldbewusst zu klingen, aber ich bemerke dennoch einen letzten Rest von Trotz in ihrer Stimme.

Ingerlises Blick ist jetzt auf Rose gerichtet.

»Was dich betrifft, so ist es noch um einiges ernster – du hattest ja schon davor diverse Fehlzeiten«, sagt sie. »Das schadet deiner Ausbildung. Wenn du noch mehr Stunden versäumst, wirst du die Zeit nachholen müssen.«

»Es wird keine Fehlzeiten mehr geben.«

»Gut«, nickt Ingerlise. »Ich habe versucht, euren Vater anzurufen, konnte aber niemanden erreichen. Ich habe eine Nachricht hinterlassen, damit er weiß, dass ich mit euch gesprochen habe, und wenn es wieder Probleme gibt, dann werde ich ihn zu einem Gespräch in die Schule einladen. Verstanden?«

Wir nicken.

»Ausgezeichnet«, sagt sie. »Ihr könnt gehen.«

Wir stehen auf, öffnen die Tür und verlassen den Raum.

Draußen auf dem Flur bleiben wir erst einmal stehen und sehen einander lange an.

»Bist du okay?«, frage ich.

»Keiner hat gesagt, das würde einfach werden«, sagt Rose. »Aber wie freue ich mich auf den Tag, an dem wir für immer von hier verschwinden können.«

51

Am nächsten Tag gehen wir nach der Schule zusammen zur Gynäkologin. Sie versucht Rose zu überreden, ohne mich in den Behandlungsraum zu gehen, aber mit dem Elfenblick ist es kein Problem, sie vom Gegenteil zu überzeugen. Rose legt sich auf die Liege, die Beine in den Bügeln. Die Ärztin untersucht sie und nimmt schließlich noch eine Blutprobe, um sicher zu sein, dass Rose auch tatsächlich schwanger ist. Wir müssen einige Tage auf das Ergebnis warten, anschließend kann Rose dann in eine Abtreibungsklinik überwiesen werden. Die Ärztin erklärt uns, dass der Eingriff vermutlich erst in der nächsten Woche durchgeführt werden kann. Dann fragt sie nach unserem Vater und sagt, er müsse zu ihr kommen und die Einverständniserklärung unterschreiben, erst dann bekomme Rose die Überweisung. Wieder benutzen wir den Elfenblick. Ich überzeuge die Ärztin davon, dass unser Vater die nächsten Tage verreist ist und sie uns das Formular mit nach Hause gibt, damit er es dort unterschreiben kann. Sie kämpft dagegen an, doch zum Schluss siegt der Elfenblick, und sie gibt uns, was wir wollen.

Auf dem Heimweg ist Rose still. Ich weiß, sie hasst es genau wie ich, dass wir in dieser Wartezeit gefangen sind. Als sie schließlich etwas sagt, hat das nichts mit der Abtreibung zu tun.

»Diese Gerichtsverhandlung ist morgen«, sagt sie nur.

Ich nicke. Wir kommen am See vorbei. Jemand hat ein halbes Baguette ins Wasser geworfen, und jetzt streiten sich die Enten darum, zerreißen es in Stücke und schlingen diese hinunter.

»Wir sollten uns anhören, was er sagt«, fährt Rose fort. »Denn es werden tausend Fragen kommen.«

»Ich weiß«, stimme ich ihr zu.

»Kannst du hingehen?«, fragt sie, während eine Ente mit einem großen Brotbrocken davonfliegt, so groß, dass sie kaum von der Wasseroberfläche abheben kann.

Ich nicke.

»Danke«, sagt sie.

Wir bleiben eine Weile am Seeufer stehen. Gehen auf die Brücke und schauen zu, wie die Enten sich die Brotstückchen schnappen, die vom Wasser aufgeweicht sind und aussehen wie helle Schwämmchen.

Birke ... Erle ist wieder in meinen Gedanken.

Was?, flüstere ich, während ich aufs Wasser schaue und mir wünsche, sie könnte hochschauen. Seit wir zurückgekommen sind, habe ich sie nicht mehr gesehen.

Ich möchte gern mit Rose sprechen.

Worüber? Ich schiele zu Rose hinüber. Sie sieht nicht aus wie jemand, der überhaupt reden möchte.

Zunächst begegnet mir nur Schweigen.

Über alles, was sie gerade durchmacht, sagt Erle dann. *Kannst du sie dazu bringen, ihre Gedanken für mich zu öffnen?*

Wenn du versuchen willst, es ihr auszureden, dann kannst du das gleich vergessen, warne ich sie.

Das will ich nicht, erwidert Erle. *Ich will ihr nur sagen, dass ich sie verstehe ...*

Ich öffne den Mund, um etwas zu sagen, da schüttelt Rose sich.

»Komm, lass uns nach Hause gehen«, sagt sie, und ich nicke zustimmend. Es wäre auch nicht gerade fair, sie zu fragen, während Erle uns im Blick hat. Dann könnte sie ja wohl unmöglich Nein sagen.

Ich warte bis zum Abend, erst dann erzähle ich Rose, was Erle gesagt hat. Sie schüttelt nur den Kopf.

»Ich will nicht reden. Ich will das hier nur hinter mich bringen.«

Ich nicke. Verstehe sie. Lange liege ich noch wach und denke mit Unbehagen an die morgige Gerichtsverhandlung. Rose schläft auch nicht, obwohl sie sich doch die ganze Zeit darüber beschwert, wie müde sie ist.

Die Gerichtsverhandlung

Vor den mehrere Meter hohen Türen fühle ich mich winzig. Die Türen im Gerichtsgebäude sind schwer und meine Hände zittern, noch bevor ich überhaupt versuche, sie zu öffnen. Absichtlich komme ich erst im letzten Moment, habe keine Lust, neben Elexa oder den anderen zu sitzen. Habe keine Lust, mit ihnen Small Talk halten zu müssen oder ihrem Tratsch zu lauschen. Am liebsten wäre ich gar nicht hier, doch Rose hat recht: Eine von uns muss sich das anhören und die eine bin ich.

Also betrete ich das alte Gerichtsgebäude, das an eine Kirche erinnert. Es gibt einen Mittelgang und Bänke zu beiden Seiten, aber der Unterschied ist, dass hier vorn kein Altar steht, sondern der Richterstuhl.

Es wimmelt nur so von Menschen. Ein Gerichtsdiener weist mir den Weg in die hintersten Reihen. Viele aus der Schule sind da und werden auf mich aufmerksam. Flüstern kurz ihren Nachbarn etwas zu, während ich mich hinsetze.

Elexa versucht, mich zu sich zu winken, aber ich tue so, als sähe ich sie gar nicht.

Dann werden die Türen geschlossen und die Verhandlung beginnt.

Der Angeklagte wird hereingeführt.

Als ich ihn sehe, überfällt mich ein kalter Schauer. Aske hat mir versichert, er sei krank, das Gefängnis werde für ihn eine Verbesserung bedeuten. Aber als er an den Zuschauerreihen entlanggeht, sieht er überraschend normal aus. Seine Kleidung ist unauffällig, weder besonders hübsch noch besonders hässlich, eher unscheinbar. Und das gilt für seine ganze Person: Er sieht aus wie ein ganz normaler Mensch, der plötzlich aus seinem Alltag herausgerissen wurde und jetzt im Mittelpunkt eines Mordfalls steht.

Dann schaut er auf, und ich habe das Gefühl, er würde mich direkt anblicken. In seinen Augen kann ich es erkennen. Sehen, dass er nicht wie die anderen ist, dass es tief in seinem Inneren etwas gibt, das nicht so ist, wie es sein sollte.

Ich weiß nicht, wie ich das beschreiben soll. *Fern* trifft es nicht, auch nicht *verwirrt* oder *verloren*. Es ist eine Kombination aus allem, als stünde er mitten in einem Labyrinth, in dem er schon so lange gefangen ist, dass er aufgegeben hat, jemals wieder herauszufinden. Und jetzt hat Aske ein weiteres Hindernis aufgebaut, noch eine Sackgasse, eine Anklage, der zuzustimmen ihm seine Gedanken befehlen, weil Aske sie mit falschen Erinnerungen vernebelt hat.

Der Beamte führt ihn zu seinem Platz, der Anklagebank.

Dann tritt der Richter ein. Wir stehen alle auf, und wieder kommt mir der Gedanke, wie viel ein Gerichtssaal doch mit einer Kirche gemeinsam hat.

Die Anklageschrift wird laut vorgelesen. Mord. Benjamin Skjoldæk. Angeklagt: Gustav Davidsen.

»Erklärt der Angeklagte sich gemäß Anklageschrift für schuldig oder nicht schuldig?«, wird gefragt.

Gustav Davidsen lässt seinen Blick im Saal kreisen, als stünde die Antwort irgendwo an einer Wand geschrieben.

Sein Anwalt nickt ihm zu, und er flüstert: »Schuldig …«, woraufhin der Anwalt aufsteht und sagt, sein Mandant sei zum Tatzeitpunkt nicht zurechnungsfähig gewesen.

Es wird viel geredet. Jede Menge Fragen werden gestellt. Und Gustav sitzt da, schüttelt den Kopf, ohne antworten zu können, nachdem er eine lückenhafte Erklärung des Tathergangs gegeben hat, dass er Benjamin unter Wasser gezogen und ertränkt habe. Sein Blick wird immer hektischer, je mehr Fragen gestellt werden.

Dann sagt der Richter alles Mögliche, was den Ablauf betrifft, verkündet den Termin für die nächste Sitzung und damit ist es zu Ende.

Gustav wird hinausgeführt. Und während ich sehe, wie der kräftige Polizeibeamte ihn packt und ihm die Handschellen anlegt, wächst das schlechte Gewissen in mir.

Wir verurteilen einen Unschuldigen. Zerstören sein Leben. Übelkeit steigt in mir auf und plötzlich wünsche ich mir, dass ich auf Rose gehört hätte und wir irgendwo anders hingegangen wären, nur nicht wieder hierher zurück.

Um mich erheben sich die Leute langsam und ich wache aus meiner Trance auf. Elexa versucht, mich einzuholen, aber ich drängle mich so schnell wie möglich hinaus. Laufe hinter das Gerichtsgebäude, weg von den Menschengrüppchen, die eifrig miteinander flüstern.

»Er sah gar nicht aus wie ein Mörder«, höre ich Katinka sagen.

»Was hast du erwartet?«, erwidert Emma. »Blutige Axt und Narben am ganzen Kopf? Nein, es sind immer die Sonderlinge, so stille Typen, vor denen man sich in Acht nehmen muss.«

Mir schwirrt der Kopf.

Hinter dem Gebäude finde ich ein wenig Ruhe. Ich setze mich auf eine Bank auf dem Friedhof, der direkt ans Gerichtsgebäude grenzt.

Gustavs Blick hat sich in mir eingebrannt, ich kann nicht vergessen, was wir getan haben.

»Wie ist es gelaufen?« Ich zucke zusammen, schaue zu Aske auf. Bin wütend, dass er es wieder einmal geschafft hat, einfach aus dem Nichts aufzutauchen.

»Hau ab«, sage ich.

»Nun hör auf, Birke«, entgegnet er und setzt sich neben mich. »Ich habe doch nur gefragt, wie es gelaufen ist.«

»Es war schrecklich.« Meine Stimme ist brüchig.

»Was heißt schrecklich?« Seine Stimme dagegen klingt freundlich und mitfühlend, aber ich balle nur die Fäuste.

»Wir zerstören sein Leben«, sage ich. »Das eines unschuldigen Menschen.«

»Glaub mir«, entgegnet Aske, »er ist alles andere als unschuldig. Ich habe in seine Gedanken geschaut.«

»Wie meinst du das?«

»Er hat jemanden umgebracht, ist aber nie erwischt worden.«

»Dann ist er wirklich ein Mörder?« Meine Stimme zittert. Darauf wäre ich nie gekommen und irgendwie erschreckt mich das nur noch mehr.

»Ja, deshalb ist es nur fair, wenn er verurteilt wird«, sagt Aske. »Aber jetzt erzähl mir, was bei der Verhandlung passiert ist.«

»Wenn du das wissen willst, hättest du ja hingehen können.«

»Nein, hätte ich nicht«, widerspricht er mir leise.

»Warum nicht? Du warst doch sowieso hier und hattest Zeit, hinter mir herzulaufen. Dann hättest du auch dafür eine Stunde opfern können.«

»Das wäre zu gefährlich gewesen.« Als er das sagt, glänzen seine blauen Augen auf eine merkwürdige Art und Weise.

Ich runzle die Stirn.

»Ich meine das ernst, Birke. Gustav darf mich unter keinen Umständen sehen.«

»Und warum bitte schön nicht?« Ich bin seine Geheimnistuerei gründlich leid. Diese mysteriösen Behauptungen ohne Erklärung.

»Weil es sein kann, dass er anfängt, sich an Dinge zu erinnern, an die er sich nicht erinnern darf.«

Ich runzle die Stirn.

»Meinst du damit ...?«

»Ja, ich habe versucht, ihn dazu zu bringen, den Abend zu vergessen, an dem ich ihn gefunden habe. Alles, was mit mir zu tun hat. Aber wenn ich jetzt wie aus einem Traum heraus einfach auftauche, kann es sein, dass er anfängt, vermeintliche Erinnerungen infrage zu stellen.«

»Aber du hast gesagt, es sei sicher«, rufe ich. »Du hast versprochen, das zu regeln.«

Ein leichter Wind lässt ein Bonbonpapier raschelnd über die Straße trudeln.

»Das habe ich auch, und es war sicher – bis zu dem Moment, als du plötzlich gemeint hast, zurückkehren zu müssen. Dass ich hier bin, dass ihr hier seid – das kann seine Überzeugung ins Schwanken bringen.«

»Willst du damit sagen ... Er könnte sich wieder erinnern?«

»Ich sage nur, dass wir vorsichtig sein müssen«, erklärt Aske. »Es war ja nie geplant, dass wir zurückkommen. Ich habe nicht gedacht, diese Möglichkeit berücksichtigen zu müssen ...« Er seufzt.

»Dann ist er eine tickende Zeitbombe?« Meine Stimme zittert wieder.

»Nein«, widerspricht Aske und legt mir eine Hand auf die Schulter.

»Nein, Birke, ich verspreche dir, dass ich auf euch aufpasse. Aber wir müssen vorsichtig sein ...«

Ich stehe auf.

»Bring das in Ordnung«, sage ich kurz.

»Warte ...« Er hält mich zurück.

»Ich muss für kurze Zeit weg«, sagt er.

»Was?«, frage ich.

»Nur für ein paar Tage, dann bin ich wieder da ...«

»Was hast du vor?«

»Ich muss einiges erledigen.«

Wieder eine unbefriedigende Antwort, ein Rätsel, aber ich mag nicht weiter nachfragen.

»Passt du auf Rose auf, solange ich weg bin?«

»Ich passe immer auf sie auf.«

»Wann will sie ...?«, fragt er.

»Das geht dich nichts an.«

»Wann?« Sein Blick brennt. »Birke, das ist wichtig! Wann?«

»Nächste Woche«, sage ich. »Aber du sollst sie in Ruhe lassen.«

Er seufzt nur, dreht sich um und geht.

Und ich hasse ihn, weil er geht. Eigentlich sollte ich mich erleichtert fühlen, weil Aske fort ist, doch dem ist nicht so ... Alles, was Aske über Gustav gesagt hat, erzeugt Angst in mir. Wenn Gustav anfängt, sich an die Wahrheit zu erinnern, wird alles zusammenbrechen.

Eine Entscheidung

Als ich heimkomme, sitzt Rose auf dem Sofa. Ihre Hand liegt auf dem Bauch. Mit dunklem Blick schaut sie mich an.

»Weißt du, was das Schlimmste ist?«, fragt sie aufs Geratewohl.

»Nein«, flüstere ich und würde am liebsten sagen, dass alles so schrecklich ist, dass ich nicht weiß, was ich auswählen sollte.

»Wenn Benjamin am Leben wäre, würde ich sie behalten wollen.«

Ihre Worte erzeugen bei mir eine Gänsehaut.

Sie kichert.

»Kannst du dir das vorstellen? Ich und drei kleine Knirpse. Wir würden die ganze Stadt auf den Kopf stellen.«

Das Kichern schlägt um in Schluchzen und Weinen. Ich lege meinen Arm um sie.

»Es wird alles gut«, flüstere ich. »Und wenn du willst …«

»Nein, das will ich nicht.« Sie schubst meine Hand weg

und zeigt mir wieder ihr Steingesicht. »Das muss ich jetzt hinter mich bringen.«

Rose fragt nach der Gerichtsverhandlung, aber da gibt es nicht viel zu erzählen. Und von Askes Bedenken will ich ihr nichts sagen, denn welchen Sinn hätte es, ihr Angst zu machen? Außerdem weiß ich gar nicht, ob es wirklich stimmt oder ob das nur wieder eine seiner Lügen ist. Eine neue Taktik, um uns dazu zu bringen, zu den Elfen zu fliehen.

Und als mir erst einmal dieser Gedanke gekommen ist, kann ich nicht mehr schlafen, denn was ist, wenn ich mich nicht auf Aske verlassen kann? Was hindert ihn daran, die Blockierungen in Gustavs Kopf zu entfernen und damit die falschen Erinnerungen wieder auszulöschen, sodass er sein Geständnis widerruft und erneut alle Beweise auf uns hindeuten?

Die Tage fließen dahin. Rose scheint ein Doppelleben zu führen. In der Schule tritt sie selbstsicherer auf als je zuvor. Es ist ihr gelungen, wieder in die Mädchengruppe aufgenommen zu werden und fast noch spannender und populärer aufzutreten als je zuvor. Daheim verkriecht sie sich jedoch immer mehr. Ich versuche, mit ihr zu sprechen, versuche, ihr Raum zu geben, doch es nützt alles nichts. Ihre Gedanken kreisen die ganze Zeit um die Abtreibung, und ich weiß, dass es für sie nicht nur darum geht, die Schwangerschaft zu beenden, sondern auch darum, dass sie damit die Möglichkeit verliert, Azalea und Erle zu retten.

Stattdessen gehe ich lieber zu Malte, und wenn ich mich eng in seine Arme kuschle, dann habe ich das Gefühl, dass ein Teil meiner Probleme verschwindet.

Eines Nachmittags ruft dann die Ärztin an. Sie hat das Ergebnis der Blutprobe, und die bestätigt, was wir bereits wissen.

Drei Tage später fahren wir in die Abtreibungsklinik. Wir sind früh dort. Beide können wir es nicht aushalten, daheim herumzusitzen und einfach zu warten. Ich rufe in der Schule an und melde uns krank. Rose und ich haben beschlossen, wenn die Schulleiterin deshalb Ärger machen will, dann benutzen wir den Elfenblick.

Als wir an der Klinik ankommen, überfällt mich ein kalter Schauder. Wir beeilen uns, hineinzukommen. Wenn uns nur keiner sieht ... Der Klatsch verbreitet sich in Tørveby schneller als ein Schnupfen.

Wir gehen hinein. Das Wartezimmer ist groß und weiß, und auch wenn sie sich alle Mühe gegeben haben, es mit karierten Kissen, Teelichtern und Zeitschriften etwas einladend zu machen, erscheint es doch nicht gerade gemütlich. Roses Finger suchen meine. Wir rücken dicht zusammen, und ich frage mich, ob sie genau wie ich überlegt, wie viele ungeborene Kinder wohl hier schon gestorben sind.

Zum Glück sind wir allein und nach zehn Minuten geht die Tür auf.

»Rose Bisgaard«, ruft eine Frau in Weiß, und Rose und ich stehen gleichzeitig auf.

»Das bin ich«, sagt Rose und gibt ihr die Hand.

Die Frau wendet sich mir zu.

»Und wer bist du?«, fragt sie.

»Das ist meine Schwester, Birke«, sagt Rose. »Ich möchte gern, dass sie dabei ist.«

»Okay«, sagt die Ärztin, öffnet die Tür, und wir gehen hinein.

Sie fragt nach der Einverständniserklärung von Vater und wir geben sie ihr. Dann fragt sie, warum er heute nicht mit hier ist, aber wir stoppen weitere Fragen mit dem Elfenblick.

Anschließend erklärt sie den »Eingriff«. Es beginnt mit einer Pille, die die Föten tötet. Die Ärztin reicht Rose die Pille und sagt, sie könne sie jetzt sofort nehmen oder erst später, wenn sie zu Hause ist. Nach der Einnahme wird Rose stark bluten, wie bei einer heftigen Menstruation, und nach ein paar Tagen muss sie wieder in die Klinik kommen, dann werden die Reste ausgeschabt. Das ist ein kurzer Eingriff, er dauert nicht länger als zwanzig Minuten und wird unter Vollnarkose vorgenommen.

Die Tablette liegt auf dem Tisch, bis Rose sich endlich dafür entscheidet, sie lieber zu Hause zu schlucken. Es wäre nur gut, wenn jemand anschließend bei ihr ist, betont die Ärztin. Sie sieht mich an, während sie das sagt, und ich nicke.

Ein paar Minuten später verlassen wir die Klinik. Rose läuft zu einem Kiosk und kauft eine Flasche Selters, anschließend nehmen wir den Bus nach Hause.

Auf der Fahrt sagt sie nichts. Starrt nur auf das Wasser

in der Flasche, das im Rhythmus des Busses hin und her schwappt, je nachdem, ob der Fahrer Gas gibt oder bremst. Ich schaue aus dem Fenster, sehe Gesichter und Gebäude vorbeiziehen.

Wir gehen durch den Wald. Im Bach schlagen hohe Wellen, und ich weiß, dass der Nöck und Erle uns beobachten. Rose merkt es auch. Sie schüttelt sich und läuft schneller. Als wir uns dem Haus nähern, geht sie weiter zum Seeufer.

Es ist immer noch so zeitig im Frühjahr, dass hier kaum jemand vorbeikommt. Die Steinchen knirschen unter unseren Füßen, während wir am Ufer entlanggehen, auf das kleine Wellen zurollen. Eine Möwe schwebt über uns. Rose sagt immer noch nichts, lässt sich aber schließlich auf einem Stein nieder. Dort bleibt sie reglos sitzen und starrt aufs Wasser.

»Was den Eingriff betrifft ...«, sagt sie.

»Ich werde bei dir sein«, verspreche ich.

»Und wenn sie dich wegschicken?«

»Das werden sie nicht«, versuche ich sie zu beruhigen und drücke ihre Hand.

»Gut«, sagt sie. »Denn ich hasse es, mir vorzustellen, dass ich nicht weiß, was passiert.«

Ich lege ihr den Arm um die Schulter und versichere ihr, dass ich auf sie aufpassen werde.

Rose holt die Tablette und die Seltersflasche heraus. Lange starrt sie die Pille an, und ich denke, das Schrecklichste ist wohl, dass sie sie selbst nehmen muss.

Ganz offensichtlich selbst entscheiden muss, dass die Babys sterben.

In der Ferne sind Rufe zu hören. Also haben wir den See doch nicht für uns allein. Rose reagiert nicht darauf. Sie schaut nur auf die Tablette in ihrer Hand.

Dann ruft wieder jemand, und ich sehe zwei Gestalten, die auf uns zukommen. Sie laufen. Ihr dunkles Haar wird vom Wind zerzaust.

Die Rufe werden deutlicher. Jemand will etwas von uns.

»Rose«, sage ich, als klar ist, dass die beiden auf dem Weg zu uns sind.

»Nicht jetzt ...«, sagt sie.

»Aber Rose ...«, wiederhole ich, als ich zuerst Aske erkenne und dann ...

»Lass mich ...« Mehr bringt Rose nicht heraus, denn jetzt starrt auch sie auf die Person an Askes Seite. Das letzte Mal habe ich sie in einem Traum gesehen, voller Blut und wie einen toten Geist, aber jetzt ist sie hier, am Leben und gesund.

Azalea.

ie Rückkehr

»Azalea ...«, flüstere ich.

Sie ist am Leben. Ihre Wangen sind gerötet vom Laufen und die dunklen Augenränder nur noch als leichte Schatten zu erkennen.

Rose springt auf und stößt Aske von sich. Weil er das nicht erwartet hat, verliert er fast das Gleichgewicht.

»Ich habe gesagt: kein Tauschhandel«, erklärt sie schroff. »Wenn du glaubst, du könntest sie einfach herbringen und dann ... und dann ...« Rose beginnt zu weinen.

»Rose.« Azalea streckt die Hand nach ihr aus, aber Rose zieht sich zurück.

»Nein«, sagt sie. »Ich will sie nicht haben, nicht einmal dir zuliebe.«

Aske hat wieder seinen Halt gefunden.

»Das ist kein Tauschhandel«, erklärt er. »Azalea ist hier, weil sie es selbst so wollte.«

»Dann ... dann bist du zurück?«, frage ich.

»Ich habe euch so schrecklich vermisst«, flüstert Azalea und läuft zu mir. Ich umarme sie, zuerst vorsichtig, als hätte ich Angst, sie zu zerbrechen, aber sie ist wirklich wieder da, nicht nur eine Erscheinung.

Dann lässt sie mich los. Geht zu Rose, die immer noch wie erstarrt an einem Fleck steht, und nimmt ihre Hand. Öffnet einen Finger nach dem anderen, sodass die kleine Tablette zum Vorschein kommt.

»Ich will sie nicht haben«, wiederholt Rose nur.

»Du wärst bestimmt eine fantastische Mutter«, sagt Azalea.

»Ich weiß nicht ... Ich kann nicht ...«

»Wir finden eine Lösung«, entgegnet Azalea. »Ganz gleich, welche, aber wir finden eine.«

Rose fängt wieder an zu weinen. Azalea nimmt sie in die Arme und ich schließe mich ihnen an. Ganz still stehen wir da, fest in den Armen der Schwester, bis Roses Tränen versiegen.

Sie wischt sich die Augen.

»Ich weiß nicht, was ich tun soll«, sagt sie.

»Komm, lass uns nach Hause gehen«, sagt Azalea. »Du brauchst Zeit zum Nachdenken, und wenn du das nächste Woche immer noch willst, dann gehen wir mit dir«, erklärt sie. »Aber du musst dir ganz sicher sein.« Sie schiebt Rose eine Haarlocke hinters Ohr. »Und im Augenblick bist du alles andere als sicher.«

Als Azalea das sagt, scheint es, als würde Roses Gesicht auseinanderbrechen, die wütende, entschlossene Maske verschwindet, und ich sehe Unsicherheit, Angst, Schuldgefühle und bin verblüfft, dass es immer noch Azalea ist, die Rose am besten kennt.

Als wir zu Hause angekommen sind, setze ich Wasser für einen Tee auf, während Rose auf dem Sofa zusammensinkt und Azalea sie mit einer Decke zudeckt.

Anschließend krieche ich zu den beiden aufs Sofa. Zunächst sitzen wir einfach nur dicht beieinander, bis Rose schließlich fragt: »Wie war es bei den Elfen?«

Ich kann die Entschlossenheit in ihrer Stimme hören. Wenn es nach ihr geht, wird heute kein anderes Thema mehr zur Sprache kommen.

»Das war ...« Azaleas Gesicht ist nicht zu deuten. »Das ist schwer zu erklären.«

»Na, irgendwas musst du doch erzählen können«, bohrt Rose nach. »Wie waren sie? Wie wohnen sie? Und sind alle Typen dort so sexy wie Aske?«

Ihre letzte Frage kommt für uns vollkommen überraschend, wir müssen alle drei darüber lachen, und damit ist das Eis gebrochen.

»Es gibt tatsächlich verblüffend wenige männliche Elfen«, sagt Azalea.

»Damit ist es entschieden«, sagt Rose. »Da gehen wir niemals hin.«

Wieder lachen wir, doch dann kippt die Stimmung erneut.

»Jetzt mal ehrlich«, sagt Rose. »Wie war es dort?« Ihre Stimme enthält hörbar wieder diese Sehnsucht, die sie beherrschte, bis wir Askes Verrat entdeckt hatten. Vorher hat Rose über nichts anderes geredet als darüber, wie fantastisch es doch sein würde, bei den Elfen zu leben.

Wieder zögert Azalea lange Zeit.

»Anders …«, sagt sie dann.

»Ja, aber wie?«, fragt Rose nach.

»Das Ganze ist … Das ist eine ganz andere Form zu leben. Wie eine Art große Familie …«

Familie … das Wort versetzt mir einen Stich.

»Warum haben wir nie etwas von dir gehört?«, frage ich.

»Von dort konnte ich nicht schreiben oder euch anrufen. Sie wollen nichts mit den Menschen zu tun haben. Und auch nicht mit den Dingen, die die Menschen geschaffen haben. Sie benutzen nur das, was sie selbst bauen und herstellen können … Alles bei ihnen besteht aus Natur. Was übrigens wirklich schön ist.«

»Wie bist du dort weggekommen?«, frage ich.

»Aske hat die anderen überredet, mich gehen zu lassen.«

»Um mich zu überreden, die Kinder zu behalten?«, fragt Rose, und augenblicklich sind wir wieder in einer Dornenhecke von Konflikten gefangen.

»Das hätten sie gern, ja, aber ich habe ihnen gesagt, dass ich dich niemals zu etwas zwingen werde. Aber mit dir darüber reden, das würde ich gern. Schließlich ist es ein schwerer, entscheidender Entschluss …«

Roses Gesicht verschließt sich wieder.

»Lass uns das morgen besprechen«, sage ich und schiebe meine Hand an Azalea vorbei, um Rose zu streicheln.

»Du weißt schon, dass es Dahlia war, die dich vergiftet hat?«, fahre ich an Azalea gerichtet fort.

»Ja«, bestätigt sie. »Sie hat es mir gesagt, als wir angekommen sind.«

»Aber warum bist du dann nicht geflohen?«, frage ich. »Haben sie dich eingesperrt?«

»Nein«, beschwichtigt sie. »Anfangs war ich zu krank. Es hat eine Weile gedauert, bis das Gift aus meinem Körper war. Ich war schrecklich müde und bin immer noch nicht vollkommen wiederhergestellt, aber als ich langsam wieder zu Kräften gekommen bin, da habe ich dort auch viele gute Dinge gesehen. Andere Elfen getroffen, denen ich wichtig war und die nur Gutes für mich wollten ...«

»Aber hast du uns nicht vermisst?«, frage ich.

»Doch, natürlich«, sagt sie. »Aber ich wollte sicher sein, dass ich ganz gesund bin, bevor ich zurückkomme.«

»Und bist du das jetzt?«, fragt Rose. »Gesund ...«

»Bald«, antwortet Azalea, wobei ich finde, dass sie sehr blass aussieht und plötzlich bin ich mir ganz sicher, dass sie lügt.

Sie sieht mich mit einem besorgten Blick an und wirft mir ein Lächeln zu.

Ich erwidere es, aber das skeptische Gefühl bleibt.

Ich schaue zu Rose, doch sie scheint es nicht zu bemerken. Sie ist einfach erleichtert, und ich sollte das eigentlich auch sein. Vielleicht liegt es nur an mir, vielleicht sehe ich überall schon Gespenster. Warum sollte Azalea lügen?

Warnungen

Am Abend, als Rose und Azalea sich immer noch unterhalten, gehe ich hinaus. Ich brauche frische Luft, Zeit, um nachzudenken und zu verstehen. Azalea ist zurück, und es scheint, als wäre sie wieder genauso gespalten wie früher. Doch dieses Mal nicht aufgrund einer Sehnsucht, sondern einer inneren Unruhe. Denn sie ist nicht weggelaufen. Sie wäre gar nicht zu uns zurückgekommen, hätte Aske sie nicht darum gebeten. Und sie spricht gut von den Elfen. So gut, dass ich fürchte, sie wird versuchen, uns dorthin zu locken.

Und Rose ... Rose wollte schon immer gern dorthin gehen, es dürfte also kein Problem sein, sie zu überreden. Also liegt es nur an mir. Ich werde allein zurückbleiben, denn ich habe Malte versprochen zu bleiben, und ich stehe zu meinem Wort. Wenn ich weggehe, dann soll er mitkommen, aber er wird niemals bei den Elfen willkommen sein.

»Kleines Elfenmädchen«, ruft es vom Bach. Die Blätter

hängen wie dunkle Girlanden von den Bäumen, ich trete näher an das dunkle Wasser.

Am liebsten wäre ich einfach weitergegangen und hätte so getan, als merkte ich nichts, aber ich kann den Atem des Nöcks hinter mir hören.

»Ich bin nicht klein«, sage ich.

Er erwidert nichts, zeigt nur beim Lächeln seine scharfen Zähne.

»Was willst du?«, frage ich.

»Es waren Leute hier draußen«, sagt er. »Leute, die lange von den Flecken auf dem Körper des toten Jungen gesprochen haben. Davon, wie er hinuntergezogen worden ist. Sie haben davon geredet, dass gewisse Dinge nicht in die Geschichte des Angeklagten passen ...«

Seine Worte lassen mein Blut gefrieren. Wenn sie anfangen, misstrauisch zu werden ...

»Aber er hat sich für schuldig erklärt«, flüstere ich. »Da ist es doch ganz gleich, was die denken.«

»Ist es das?«, fragt er. »Ein junger Mann mit so verwirrten Sinnen und einer Geschichte voller Ungereimtheiten?«

Ich beiße mir auf die Lippe.

»Diese Polizistin hat das Wort geführt. Sie ist sich so sicher, dass es da etwas gibt, was sie übersehen hat.«

Maltes Mutter. Die Polizeibeamtin Eva Jeppesen. Der Gedanke an ihre stahlgrauen Augen überzeugt mich, dass sie niemals aufgibt, wenn sie erst einmal misstrauisch geworden ist.

»Vielleicht solltet ihr mit ihr reden. Ein bisschen mit ihren Gedanken spielen«, sagt er, aber allein bei der Vorstellung, in ihre Sinne einzudringen, bekomme ich eine Gänsehaut. »Oder ich kann mit ihr reden«, fährt er fort. »Sie könnte ja stolpern und nicht wieder hochkommen ...«

»Nein«, wehre ich ab. »Keine weiteren Morde.«

»Sei nicht so wütend, kleines Elfenmädchen«, sagt er. »Du vergisst wohl, dass der letzte Mord auf deinen Befehl hin begangen wurde.«

Ich schaue weg.

»Ich habe ihn hinuntergezogen. Aber du hast den Befehl dazu gegeben, vergiss das nie ...«, sagt er und sinkt langsam zurück in den Bach.

Eine Weile bleibe ich noch stehen und starre auf das Wasser, auf die Stelle, wo er verschwunden ist. Seine Worte haben mich getroffen. An der dunklen Stelle, an der ich vor lauter Schuldgefühlen zu zerbrechen drohe. Über Benjamins Tod. Über Gustav, der jetzt wegen eines Mordes angeklagt wird, den er nicht begangen hat. Über das ganze Unglück, an dem ich schuld bin.

Wieder wird das Wasser unruhig und ich mache mich bereit, ihm meine Meinung zu sagen, doch es ist nicht der Nöck, der da zum Vorschein kommt, sondern Erle.

»Hör nicht auf ihn«, versucht sie mich zu beruhigen.

»Ist er ...?«, frage ich.

»Weg«, sagt sie. »Glaub ihm nicht. Das mit Benjamin ist nicht deine Schuld. Er hätte es auch so getan. Er sieht es zu gern, wie sie zappeln, wenn er ihre Körper unter Wasser zieht.«

Ich schaue weg.

»Stimmt es, dass Azalea zurück ist?«, fragt Erle.

Ich nicke.

»Kann ich sie treffen? Ich möchte sie so gern sehen.«

»Ja«, sage ich. »Aber nur, wenn der Nöck es akzeptiert. Es wird zu schwierig, das vor ihm zu verheimlichen.«

»Ich werde es versuchen«, antwortet sie, wobei sich ihr Blick verdüstert, und ich weiß, dass das alles andere als leicht wird.

Sie schiebt sich das Haar hinter das Ohr, und ich sehe lange rote Striemen an ihrem Hals.

»Was ist passiert?«, frage ich.

Jetzt ist es meine Schwester, die mit ihrem Blick ausweicht.

»Ach, das ist nichts«, sagt sie und erinnert mich an Rose, die mit Spuren am ganzen Körper nach Hause kam. Aber hier brauche ich gar nicht zu fragen, wer das getan hat. Es gibt nur einen, der dort unten an sie herankommt.

Wir werden dich befreien, flüstere ich eindringlich in ihren Gedanken.

Als ich zurückkomme, sitzt Azalea allein auf dem Sofa. Sie schaut zur Fensterbank, auf der kleine Tierchen aus Kastanien stehen, die wir als Kinder gebastelt haben. Rose eine Katze, ich ein Pferd und Azalea einen Vogel. Immer wieder haben wir Vater vorgeschlagen, sie doch wegzuwerfen, aber jeden Herbst stehen sie wieder auf der Fensterbank – bis der Sommer kommt.

»Rose ist ins Bett gegangen«, sagt Azalea. »Hast du einen schönen Spaziergang gemacht?«

»Ich habe mit Erle gesprochen«, sage ich.

»Mit Erle?«

Ich nicke.

»Ich habe sie jetzt schon ein paarmal getroffen.«

Ihre Augenbrauen ziehen sich zusammen.

»Und der Nöck lässt das zu?«

Ich öffne den Mund, schließe ihn aber gleich wieder.

»Er muss ja nicht alles wissen«, sage ich dann. »Aber er weiß, dass ich sie kennengelernt habe. Unsere erste Begegnung hat er als Geburtstagsgeschenk für sie arrangiert.«

Azalea seufzt.

»Das ist gefährlich, Birke.«

»Er ist gefährlich, ja.« Ich nicke. »Und er ist nicht gut zu ihr, deshalb haben Rose und ich beschlossen, dass wir sie befreien ...«

»Oh Birke«, seufzt Azalea erneut, und ihre Augen werden ganz groß. »Das könnt ihr nicht.«

»Wir müssen es versuchen«, entgegne ich. »Sie ist unsere Schwester.«

»Er wird sie niemals freigeben.«

»Nein, das wissen wir, aber wir wollen ...« Ich schlucke. »Wenn er tot ist, kann er nichts mehr dagegen tun.«

Azalea schnappt nach Luft.

»Willst du damit sagen ...«

»Sie ist unsere Schwester«, wiederhole ich. »Wir sind ihr das schuldig.«

Azalea schüttelt den Kopf.

»Sie möchte dich gern treffen«, sage ich.

»Das kommt gar nicht infrage«, erklärt sie.

»Willst du sie denn gar nicht sehen?«, frage ich.

Ich bin vollkommen verwirrt. Natürlich habe ich gewusst, dass Rose zunächst skeptisch war, aber von Azalea hätte ich das nie erwartet. Sie hat sich doch immer am fairsten von uns dreien verhalten. War die Selbstlose, die die ganze Welt retten wollte, wenn sie könnte. Aber jetzt schüttelt sie nur den Kopf.

»Ich habe schon Kontakt mit ihr gehabt«, flüstert sie.

»Was? Wann?«, frage ich.

»Schon als wir noch ganz klein waren, sie hat mich in meinen Träumen gerufen, immer wieder, seit unserer Kindheit.«

»Dann hast du gewusst, dass sie ...?« Ich wage es nicht, die Frage zu beenden.

»Nein«, antwortet sie. »Ich dachte, sie ruft mich aus dem Himmel. Ich wusste nicht, dass ...« Auch ihre Stimme bricht ab.

»Aber möchtest du sie dann nicht einmal wirklich sehen?«

»Nein«, sagt sie. »Dabei kommt nichts Gutes raus. Wir können sie nicht retten.«

»Sicher, es ist gefährlich, aber es ist nicht unmöglich ...«, widerspreche ich, und auch wenn wir noch keinen Plan haben, macht es mich wütend, dass sie so skeptisch ist.

»Birke«, sagt Azalea und sieht mich an. »Sie ist nicht wie wir.«

»Sie ist unsere Schwester«, beharre ich. »Es hätte jede von uns sein können, die da unten landet. Was, wenn es Rose oder ich gewesen wäre?«

»Sie tut mir leid«, sagt Azalea. »Das tut sie wirklich. Es ist ein schreckliches Schicksal.«

»Dann kannst du doch wenigstens einmal mit ihr sprechen«, sage ich.

»Das verstehst du nicht ... Ich habe sie viele Jahre lang in meinen Träumen schreien hören. Sie ist so wütend, Birke, so voller Hass ...«

Ihre Worte erschrecken mich.

»Nein, das ist sie nicht«, sage ich nur.

»Ich glaube nicht, dass so ein Hass irgendwann stirbt«, erwidert Azalea. »Die Dinge, die sie damals zu mir gesagt hat ... Sie hat schreckliche Drohungen ausgestoßen. Wollte Rache nehmen und uns töten. Sie ist niemand, den wir einfach mal so problemlos treffen können. Das Wasser hat sie vergiftet.«

»Das kann nicht sein«, rufe ich. »Sie ist freundlich und nett und hat mir schon mehrere Male geholfen.«

Azalea nimmt meine Hand.

»Vertrau mir, Birke«, sagt sie. »Das Wasser hat sie verändert.«

Ich ziehe meine Hand zurück.

»Und die Elfen haben dich verändert. Die Azalea, die ich gekannt habe, würde ihrer Schwester immer eine Chance geben.«

Azalea öffnet den Mund, um zu widersprechen, aber ich

schnappe mir meine Jacke und gehe, bevor sie dazu die Gelegenheit hat.

Ich laufe zum Bach. Rufe in Gedanken nach Erle, immer und immer wieder. Ich muss Antworten finden. Nach einer Weile kann ich sie endlich in mir hören.

Birke, was ist los?

Ich muss sofort mit dir reden. Kannst du kommen?

Eine Viertelstunde später treffen wir uns. Ich sitze auf der Brücke, lasse die Beine über dem Wasser baumeln. Die Abende sind nicht mehr so kalt, und ich kann hier mit offener Jacke sitzen, ohne zu frieren.

Die Frösche quaken, während die Blüten sich zum Abend hin schließen. Ich schaue übers Wasser und sehe, wie sich kleine Kreise unter mir bilden und schnell vergrößern, bis Erle – fast lautlos – zum Vorschein kommt.

Das schwarze Haar klebt an ihrem Körper, die braunen Augen sehen mich an.

»Ist etwas passiert?«, fragt sie. Ihre Sorge scheint echt zu sein. Ich kann keinerlei Bosheit oder Hinterhältigkeit erkennen.

»Azalea will dich nicht sehen«, sage ich.

Sie senkt den Blick. Die Enttäuschung ist ihr deutlich anzumerken.

»Sie sagt, dass du ihr gegenüber eiskalt gewesen seist, als wir noch klein waren. Wütend und rachsüchtig, und dass du sie bedroht hast.«

Erle schweigt. Mit ihrem Finger malt sie Muster ins Wasser.

»Das stimmt«, gibt sie dann zu. »Alles, was Azalea sagt, ist wahr.«

Ich starre sie ungläubig an.

»Du musst verstehen, ich konnte spüren, dass sie mich hört, aber sie hat mich einfach ignoriert. Das hat mich rasend gemacht.«

Sie schaut weg.

»Zuerst habe ich sie gerufen, dann habe ich gebettelt, sie angefleht, dann geschrien und zum Schluss habe ich ihr gedroht. Ich habe es nicht so gemeint ... Ich war nur so verzweifelt und es tat so weh, dass sie mir nicht antwortet. Zu sehen, wie ihr euch des Lebens freut, während ich hier unten gefangen war.«

Ich schaue in die Wellen. Stelle mir vor, ich wäre sie. Erinnere mich an das kalte Wassergefängnis. Schon der Gedanke, für alle Zeiten unter der Wasseroberfläche gefangen zu sein und zu uns nur hinaufschauen zu können, wie wir gespielt und uns vergnügt haben, lässt mich erzittern. Ich wäre auch wütend geworden.

»Ich habe es nicht so gemeint, Birke«, wiederholt sie. »Ich war nur so verzweifelt und frustriert. Das Einzige, was ich wollte, war doch, euch zu sehen, mit euch zu sprechen. Ich wollte euch nie etwas Böses, Birke. Niemals.«

Ich seufze.

»Sei so gut und rede mit Azalea. Damit ich mich bei ihr entschuldigen kann. Ich verspreche, ich habe niemals gewollt, dass ...« Tränen glitzern in ihren Augen. »Aber du verlässt mich doch nicht, oder?«

»Nein«, antworte ich. »Und ich werde noch einmal mit Azalea reden.«

Die Worte brennen mir auf den Lippen, denn ich weiß, auch wenn ich mit Azalea spreche, wird sie ihre Meinung nicht ändern. Nicht nur Rose ist stur, das ist eine Schwäche, die in der Familie liegt. Sie ist ebenso fest verankert in uns wie der Drang zum Tanzen.

Erle schluchzt.

»Willst du mir immer noch helfen?«, fragt sie.

Ich nicke.

»Du hast das hier nicht verdient«, sage ich. »Niemand hat so ein Schicksal verdient.«

Wir bringen ihn um, flüstere ich in meinen Gedanken. Erle zuckt zusammen, und ich weiß, dass es gefährlich ist, ihr von dem Plan zu erzählen, aber wir brauchen ihre Hilfe.

Ist das die einzige Möglichkeit?, fragt sie.

Ich nicke.

Aber ich weiß nicht, wie. Vielleicht, wenn du eine Waffe hättest, dann könntest du …

Ihr Blick schweift in die Ferne.

Ich kenne ihn ja schon mein ganzes Leben lang, fügt sie hinzu.

Ich kann ihre Gefühle nicht lesen. Beginne aber langsam zu verstehen, was meine Bitte für sie bedeuten muss. Sie hat ja recht. Sie ist ihr ganzes Leben lang nur bei dem Nöck gewesen. Er ist alles, was sie an Familie hat, und ich habe sie gerade darum gebeten, ihn umzubringen …

Denk drüber nach, sage ich. *Ohne deine Hilfe können wir nichts tun.*

Sie nickt und wirft mir einen letzten Blick zu, bevor sie unter der Wasseroberfläche verschwindet. Einen Blick, so voller Trauer und Frustration, dass er mir eindeutig sagt, dass Azalea sich geirrt hat.

Erle ist alles andere als böse.

Ein neuer Nöck

Am nächsten Morgen wache ich auf, bevor der Wecker klingelt. Neben mir schläft Rose noch tief und fest. Weil ich in einer halben Stunde sowieso aufstehen muss, beschließe ich, gleich aus dem Bett zu steigen.

Außerdem höre ich Geräusche von unten, also muss Azalea auch schon wach sein.

Vielleicht kann ich heute mit ihr über Erle sprechen. Vielleicht hat sie ihre Meinung geändert, nachdem sie eine Nacht darüber geschlafen hat. Doch als ich in die Küche komme, sitzt dort nicht Azalea, sondern Aske.

»Was?« Ich kann es nicht fassen.

Er sitzt am Küchentisch und trinkt Tee, als würde er hier wohnen.

Kurz darauf kommt Azalea von der Toilette und sieht meinen irritierten Blick.

»Ich habe Aske eingeladen«, sagt sie ruhig und schenkt sich selbst auch eine Tasse Tee ein.

»Was hast du?«, frage ich ungläubig.

»Ich habe ihn gebeten, zu kommen«, sagt sie erneut.

»Aber der Bach ...«

»Ich habe mit dem Nöck geredet.« Azaleas Stimme ist weiterhin ruhig und unaufgeregt, als sprächen wir übers Wetter.

»Was hast du?«, frage ich erneut. »Das war zu unserem Schutz!«

Fast schreie ich sie an.

Die Treppe knarrt.

»Was ist hier los?« Rose kommt herunter. Noch in Nachthemd und mit zerzaustem Haar.

»Azalea hat unsere Abmachung mit dem Nöck aufgehoben. Sie hat Aske eingeladen ...« Meine Stimme bricht vor Wut ab.

Rose schüttelt sich fröstelnd, anscheinend entdeckt sie jetzt erst Aske, der auf dem Platz sitzt, auf dem sonst unser Vater saß.

»Reg dich nicht so auf, Birke«, sagt Azalea.

»Ich soll mich nicht aufregen?«, erwidere ich. »Du hast kein Recht, unsere Vereinbarung mit dem Nöck aufzuheben!«

»Eure Vereinbarung?«, fragt sie. »Vater hat sie getroffen, und in seiner Abwesenheit können wir alle drei in seinem Namen verhandeln, und für mich ist es wichtig, dass Aske hier ist.«

»Und für mich ist es wichtig, dass er nicht hier ist«, sage ich.

Aske versucht, meinen Blick einzufangen, aber ich schaue weg. Will seine blaue Augen nicht sehen, damit er mich nicht verwirren und dazu bringen kann, all die schlimmen Dinge zu vergessen, die er getan hat.

»Birke, hör auf«, sagt Azalea.

»Du hättest uns vorher fragen sollen«, wirft Rose ein.

Azaela und ich sehen uns an. Die alte Azalea hätte so etwas niemals getan. Sie hätte das nicht allein entschieden. Etwas ist verändert an ihr.

»Es bleibt bei einem kurzen Treffen«, versucht sie abzuwiegeln, als ob damit alles okay sei.

Ich öffne den Mund, um zu antworten, aber sie hält mich mit einer abwehrenden Handbewegung zurück.

»Hör erst einmal zu, was Aske zu sagen hat. Und wenn du es dann immer noch willst, gehe ich hinterher mit dir zum Bach und bestätige die alte Abmachung. Aber erst sollst du ihn anhören.«

Ich lehne mich an die Wand, verschränke die Arme vor der Brust. Rose kommt die Treppe herunter und stellt sich mit skeptischem Blick daneben. Wir alle schauen Aske an, der sich leise räuspert.

»Heute ist Samstag«, sagt er dann.

»Wie scharfsinnig«, faucht Rose.

»Und das bedeutet, dass ich am kommenden Mittwoch meine Show haben werde«, fährt er fort. »Ich wollte euch vorschlagen, dass ihr mit mir zusammen auftretet.«

Seine Worte überrumpeln mich. Ich hatte erwartet, er werde nach Rose und der Abtreibung fragen oder nach unseren weiteren Plänen, jetzt, nachdem wir zurück sind, stattdessen redet er vom Tanzen.

»Und warum sollten wir?«, frage ich.

»Weil Rose Energie braucht«, antwortet er und sieht sie dabei an.

Rose schnaubt nur verächtlich.

»Die drei Kinder im Bauch fordern viel Energie«, sagt Azalea. »Und ihr habt ja noch nicht einmal angefangen, Karten für eure Show zu verkaufen.«

»Genau«, stimmt Aske zu. »Und ich habe einen vollen Saal mit Zuschauern, die nur darauf warten.«

Für einen Moment sagt keine von uns etwas. Ich schiele zu Rose hinüber. Die dunklen Ränder unter ihren Augen sind nicht zu übersehen, und ihre Klagen darüber, dass sie immer so müde ist, häufen sich in den letzten Tagen immer mehr. Auch ich spüre den Hunger. Es gibt keinen Zweifel. Aber mit Aske zu tanzen ...

»Zum einen wollen sie *dich* sehen und nicht uns«, sage ich. »Zum anderen wird dieser Saal nicht ausreichen, wenn wir zu viert sind und Rose besonders viel Energie benötigt, auch wenn er vollbesetzt ist.«

»Azalea und ich brauchen nicht so viel«, erklärt Aske. »Bei den Elfen haben wir bekommen, was nötig war, es geht also vor allem um Rose und dich. Ich denke, wir können eine Art Extranummer für euch einbauen, bei der wir nur im Hintergrund auftreten.«

Aske versucht wieder, mir in die Augen zu sehen, aber ich weiche ihm weiterhin aus. Schaue aus dem Fenster zur Anhöhe mit den Gräbern, auf der das Gras langsam wieder wächst, dort, wo Vater Benjamins Leiche begraben hat.

»Das ist doch ein guter Vorschlag«, sagt Azalea, und ich hasse es, sehen zu müssen, wie die beiden einer Meinung sind.

Ich habe tausend Gründe dafür, warum ich das nicht will, aber sie werden glauben, dass nur Malte mein Argument ist, und das zählt nicht für sie.

»Rose soll entscheiden«, sage ich also.

Rose wirft ihr Haar nach hinten. Sie sieht mich an, als wolle sie um Verzeihung bitten, aber das hier muss sie entscheiden.

»Okay«, erklärt Rose dann, »aber nur dieses eine Mal. Danach machen wir wieder unsere eigene Show.«

»Das klingt vernünftig«, sagt Aske.

»Gut, dann ist das also abgemacht«, sage ich. »Du kannst also wieder gehen.«

Doch Aske macht keine Anstalten aufzustehen.

»Da ist noch eine Sache«, sagt er und wirft Azalea einen Blick zu, der meine Haut zum Kribbeln bringt.

»Und was?«, hakt Rose nach, die auch nicht länger auf die Folter gespannt werden will.

»Ihr könnt den Nöck nicht töten«, sagt Aske trocken.

Rose bleibt der Mund offen stehen, ich sehe Azalea sprachlos an.

»Hast du ihm erzählt, dass ...?«

»Hört erst mal zu«, sagt sie nur.

»Ihr könnt den Nöck nicht töten«, wiederholt Aske und

fährt dann fort, »weil derjenige, der ihn tötet, selbst zu einem Wassermann wird.«

Etwas in seiner Stimme hindert mich daran, zu protestieren. Ein Ernst, der selten bei ihm zu hören ist.

»Was meinst du damit?«, fragt Rose.

»Es funktioniert folgendermaßen: Es muss immer einen Nöck geben; wer ihn tötet, wird selbst seinen Platz einnehmen.«

Ein leiser Jammerton entfährt mir.

»Du lügst«, flüstere ich dann. Ich kann nicht glauben, dass seine Worte wahr sein sollen.

»Es ist die Wahrheit«, widerspricht Aske mir. »Ich hasse es auch, dass der Nöck Erle in seiner Gewalt hat, und wenn es eine Möglichkeit gäbe, sie zu befreien, würde ich es sofort tun. Das kannst du mir glauben.«

Ich denke daran, wie Dahlia reagiert hat, als sie entdeckte, was mit Erle geschehen war. Sie war so wütend, so traurig, und es hat mich immer gewundert, dass sie nicht sofort zum Bach gegangen ist und gefordert hat, dass der Nöck sie herausgibt. Vielleicht hat Aske ja tatsächlich recht. Wenn es eine Möglichkeit gegeben hätte, dann hätte sie es doch sicher versucht, oder?

»Ich glaube Aske«, sagt Azalea.

»Natürlich tust du das«, entgegne ich.

In der Hoffnung, dass sie mir hilft, wende ich mich Rose zu, aber ihr Gesicht zeigt nur große Verwirrung.

»Es stimmt«, bestätigt Aske. »Und wenn ihr den Kampf mit dem Nöck aufnehmt, kann es nur böse enden. Entweder er tötet euch, oder ihr seid an seiner Stelle im Bach gefangen.«

»Wir können Erle nicht ihrem Schicksal überlassen«, sage ich. »Ich habe versprochen ...«

»Man kann nicht alle Versprechen halten«, wendet Azalea ein. Ihre Stimme klingt viel zu kalt und neutral.

Rose sieht nachdenklich aus. Ich werfe ihr einen flehenden Blick zu. Sie hat versprochen, mir zu helfen. Erle zu befreien.

»Ich vertraue Aske auch nicht mehr«, sagt Rose schließlich. »Und wir werden nicht aufgeben, bis wir nicht genau wissen, dass es stimmt, was er sagt.«

»Wie wollt ihr das überprüfen?«, fragt Aske. »Ihr könnt ihn ja wohl schlecht selbst fragen. Soll ich nach Dahlia schicken?«

»Als ob wir ihr etwas glauben würden«, erwidere ich höhnisch.

»Vater«, sagt Rose. »Vater muss das wissen.«

Wiedersehen

Am nächsten Tag mache ich mich auf den Weg. Ich kann nicht länger warten. Erle hat mich am Tag zuvor in Gedanken gerufen, aber ich habe sie nicht an mich herankommen lassen. Ich ertrage die Vorstellung nicht, dass ich ihr vielleicht sagen muss, dass wir sie doch nicht retten können.

Auf dem Weg zur Bushaltestelle versuche ich, meine Gefühle zu ordnen. Seit wir Vater in Næstbæk verlassen haben, habe ich ihn nicht mehr gesehen. Ich weiß nicht, wo ich anfangen soll, ihn zu suchen. Und wenn ich ihn finde, was soll ich dann sagen?

Ich habe Rose versprechen müssen, nichts von den Kindern zu erzählen oder davon, dass wir zurück sind. Wir haben abgemacht, dass ich nur sage, wir wollten Erle retten, und ihn dabei um seine Hilfe bitten. Was nicht so schwer sein kann. Ich weiß, er wird nicht zögern, uns zu helfen. Ich habe nie vergessen, wie sehr es ihn gequält hat, dass der Nöck es ihm nie erlaubt hat, Erle zu sehen.

Der Bus fährt vor. Es dauert noch zehn Minuten, bis er weiterfährt, aber ich setze mich schon hinein, um in dem leichten Frühlingsregen nicht nass zu werden.

Mein Handy vibriert.

Guten Morgen, meine Schöne, schreibt Malte.

Ich habe ihm gesagt, dass ich den ganzen Tag weg sein werde. Er war etwas ungehalten, dass er mich an diesem Wochenende nicht hat sehen können. Schon der Gedanke an ihn lässt alles in mir kribbeln. Ich vermisse ihn. Vermisse, ihn zu spüren. Wenn ich die Augen schließe, kann ich ihn fast auf meiner Haut fühlen. Er ist mein Anker, mein Licht in all dem Chaos. Aber heute gibt es keinen Platz für Malte.

Während ich aus dem Fenster starre und darauf warte, dass der Bus losfährt, steigen weitere Fahrgäste ein. Nicht viele, und als sich jemand neben mich setzt, würde ich ihn am liebsten fragen, ob er nicht einen der anderen freien Plätze im Bus nehmen kann. Doch als ich mich ihm empört zuwende, sehe ich, dass es Aske ist.

»Was machst du hier?«, frage ich.

»Er wird nicht so leicht zu finden sein. Ich dachte, vielleicht brauchst du ein bisschen Hilfe.«

»Nein danke«, erkläre ich, während der Busfahrer die Türen schließt.

»Ich hatte gehofft, dass du nicht mehr ganz so wütend auf mich sein würdest, nachdem ich Azalea zurückgebracht habe.«

»Das hast du doch nur getan, um Rose zu erpressen«, erwidere ich.

»Ach, du siehst alles nur schwarz oder weiß.« Er fährt sich mit der Hand durchs Haar. »Manchmal sind die Dinge nicht so einfach.« Der Bus fährt an und nimmt Kurs auf Næstbæk.

»Ich bin nicht so böse und widerlich, wie du mich gern sehen würdest«, sagt er.

»Du hättest nicht mitfahren müssen«, erwidere ich nur.

Er zuckt mit den Schultern, als hätte er gerade nichts Besseres vorgehabt.

Als wir ankommen, beginne ich mit meiner Suche an unserer Tanzhalle. Vater ist nicht dort, es hängen noch die alten Plakate von unserer letzten Show, sie sollten dringend ausgetauscht werden. Seit Vater nicht mehr bei uns ist, müssen wir das alles allein organisieren. Die Anfragen koordinieren und Touristen aus anderen Städten heranlocken. Das ist nicht leicht, nein, es ist sogar ziemlich viel Arbeit.

»Wir könnten im Hotel nachfragen«, schlägt Aske vor, und ich nicke zustimmend.

Während wir dorthin gehen, kommt mir Rose in den Sinn.

Sie wollte nicht mitkommen. Hat ihre Schwangerschaft als Vorwand benutzt, obwohl davon noch nichts zu sehen ist. Ich weiß, dass es darum gar nicht geht. Es geht um morgen, dann hat sie den Termin im Krankenhaus. Wenn sie bis dahin die Tablette genommen hat ... aber die liegt immer noch auf dem Wohnzimmertisch.

Vater hat kein Zimmer im Hotel gemietet. Wir gehen weiter zur Jugendherberge, die würde eigentlich auch besser zu ihm passen.

Hier hat er übernachtet, aber seine Reservierung ist heute ausgelaufen und der Mann an der Rezeption weiß nicht, wohin er gegangen ist. Wir sind wieder bei null angekommen, und mir kommt ein schrecklicher Gedanke. Und wenn er jetzt fortgegangen ist? Næstbæk verlassen hat, ja vielleicht sogar das Land?

Aber wir geben nicht auf. Fragen im Sägewerk nach ihm und im Baustoffhandel, gehen dorthin, wo er vielleicht versucht hat, Arbeit zu finden, doch niemand hat von ihm gehört.

In einem kleinen Café essen wir etwas.

»Hat er irgendwelche Freunde hier?«, fragt Aske, während er von seinem Sandwich abbeißt.

Ich schüttle den Kopf. »Niemanden, den ich kenne.«

»Familie?«

»Nur meine Großmutter, aber die ist schon gestorben, als ich noch klein war.«

Ich seufze. Der Gedanke an sie macht mich traurig. Erinnert mich daran, dass wir alles waren, was Vater hatte. Und wir haben ihn verlassen.

»Doch, er hatte einen Bekannten«, fällt mir plötzlich ein. »Einen, der sich mit Kräutermedizin auskannte.« Vater hat von ihm erzählt hat, als Azalea krank geworden war. Er glaubte, der könne ihr vielleicht helfen.

»Weißt du, wo er wohnt?«, fragt Aske, doch ich schüttele nur den Kopf.

»Wie er heißt?«

Wieder muss ich den Kopf schütteln. Kann mich nicht an einen Namen erinnern.

Aske findet meine Hand auf dem Tisch. Drückt sie vorsichtig.

»Wir werden euren Vater schon finden«, sagt er.

Ich spüre ein leichtes Lächeln auf meinen Lippen, verbiete es mir aber sofort. Löse meine Hand aus seinem Griff. Er soll nicht freundlich zu mir sein. Wir sind keine Freunde.

Ich greife nach einer Zeitung, die auf dem Nachbartisch liegt. Blättere in ihr, um ein wenig Abstand zu Aske zu bekommen. Über die Gerichtsverhandlung gegen Gustav gibt es einen großen Artikel in der Zeitung, und als ich die Überschriften sehe, kommt mir die Warnung des Nöcks wieder in den Sinn.

Der Mord an Benjamin – eine Geschichte mit vielen offenen Fragen!

Wen deckt der Mörder?

Schnell blättere ich weiter. Schaue die Seite mit dem Kreuzworträtsel und dem Horoskop an.

Ich hätte nicht zulassen sollen, dass Aske mitkommt. Das hätte ich schon am Bach spüren müssen. Es ist gefährlich für mich, ihn neben mir zu spüren. Obwohl ich genau weiß, dass er uns verraten hat. Obwohl ich ihn hassen müsste ...

Mein Handy klingelt. Eine SMS von Malte.

Freue mich, dich morgen wiederzusehen. Es ist hart, ein ganzes Wochenende ohne dich klarzukommen. Kuss

Ich muss lächeln.

»Ist es Malte, der schreibt?«, fragt Aske.

»Das geht dich gar nichts an.«

»Du siehst ihn also immer noch«, sagt er unbeirrt. Das ist keine Frage. Aber er sieht uns natürlich sowieso in der Schule.

»Dann hast du ihn dazu gebracht, sich wieder an dich zu erinnern, dich wieder zu lieben?«, fragt er und versucht, ein Gespräch anzufangen.

Aber ich antworte nicht.

»Der arme Kerl«, fährt er fort. »Dann muss er das Ganze noch einmal durchmachen, wenn du ihn wieder verlässt.«

»Wer sagt denn, dass ich das vorhabe?«, frage ich.

Er zieht die Augenbrauen hoch.

»Das heißt, du willst hierbleiben, mit den Tanzshows weitermachen, bis zum Abitur in die Schule gehen und dann zusammen mit Malte in Tørveby alt werden?«

»Tja«, sage ich nur und hebe immer noch nicht den Blick von der Zeitung.

»Und was passiert an dem Tag, an dem ihm ein Küsschen nicht mehr reicht? An dem Tag, an dem er mehr will?«

»Das schaffe ich schon«, sage ich, ohne zu zögern.

Er schnaubt nur.

»Was weißt du denn davon«, sagt er. »Du glaubst, du bist so klug. Aber dabei weißt du gar nichts.«

Sein Gesichtsausdruck verändert sich.

»Hast du ...«

Ich zucke nur mit den Schultern. Das geht ihn absolut nichts an. Aber gleichzeitig weiß ich, dass er auch ein wenig recht hat. Dass Malte sich bald darüber wundern wird, warum ich immer das Licht ausmache und immer auf dem Rücken liege. Aber erst, wenn es so weit ist, muss ich mich den Herausforderungen stellen.

Er legt den Rest seines Sandwiches zurück auf den Teller.

»Bist du wahnsinnig geworden?«, fragt er.

»Komm, lass uns gehen«, sage ich nur.

»Du weißt, was mit Benjamin passiert ist«, fährt er fort, während ich schon aufstehe.

»Aber ich bin nicht Rose, und Malte ist nicht Benjamin«, erwidere ich nur.

»Ich kann nicht glauben, dass du so dumm sein kannst«, sagt er.

Jetzt reicht es mir.

»Verschwinde! Ich finde meinen Vater auch ohne dich.« sage ich und laufe davon.

»Birke ...« Aske folgt mir auf die Straße. »Es geht doch nicht nur um dich, sondern auch um ihn. Bist du dir klar darüber, wie sehr du ihm schaden kannst?«

»Ich habe das im Griff«, sage ich nur.

»Natürlich, genau wie letztes Mal. Hat er dich da nicht nackt durch den Wald gejagt?«

»Er war nicht nackt«, erwidere ich.

Doch die Erinnerung verpasst mir eine leichte Gänsehaut. Diesen Fehler werde ich nicht wieder machen. Jetzt kenne ich den Elfenblick. Ich weiß, wie ich ihn benutzen kann. Und wann ich es lieber sein lasse.

»Verdammt noch mal, Birke«, sagt er.

»Verdammt noch mal, Aske«, werfe ich nur zurück. Bereue, dass ich mein Zusammensein mit Malte nicht einfach geleugnet habe. Ich hätte doch wissen müssen, dass Aske bei der Vorstellung ausflippt.

Gerade will ich wiederholen, dass er endlich verschwinden soll, da bleibe ich abrupt stehen. Ich habe etwas entdeckt. In einer Kneipe im Keller. Hinter einer schmutzigen Fensterscheibe sitzt jemand in dem fast leeren Lokal, mit einem großen Bier vor sich auf dem Tisch: mein Vater.

Der einzige Ausweg

Der Boden klebt unter meinen Füßen. Die schmutzigen Fensterscheiben lassen die Frühlingssonne nicht herein, und mitten am Tag sind hier in der Kneipe nur wenige Gäste. Der Barkeeper steht hinter dem Tresen und stellt saubere Gläser ins Regal.

Vater sitzt in einer Ecke am Fenster. Sieht aus wie jemand, der sich vollkommen aufgegeben hat.

»Vater ...« Meine Stimme zittert leicht.

Zuerst reagiert er gar nicht. Schaut nur tiefer in sein Bierglas. Ich starre es an. Früher hat Vater nie Alkohol getrunken. Ab und zu bei Festen mal ein Bier, aber selten mehr. Und niemals so früh am Tag.

»Vater«, wiederhole ich, und als er immer noch nicht reagiert, lege ich ihm die Hand auf die Schulter.

Er zuckt zusammen, dann dreht er sich um.

Seine Augen sind trüb. Graue Bartstoppeln sprießen an den Wangen. Seine Kleidung ist zerknittert und scheint die gleiche zu sein, die er trug, als wir uns von ihm verabschiedet haben.

»Birke?«

»Vater«, wiederhole ich zum dritten Mal. Plötzlich weiß ich nicht, was ich sagen soll. Am liebsten würde ich ihn schütteln und fragen, was passiert ist. Wie es möglich sein kann, dass er sich in so kurzer Zeit so vollkommen hat gehen lassen.

»Wieso?«, fragt er verwirrt. »Ich seid doch fortgegangen ...«

»Ich ... Wir ...«

Aske tritt neben mich.

»Birke möchte dich etwas fragen«, sagt er.

Allein der Anblick von Aske lässt auf Vaters Stirn tiefe Falten erscheinen. Er hat dem Elfen nie getraut. Bevor wir fortgegangen sind, hat er uns als Letztes vor Aske gewarnt. Am liebsten würde ich ihm jetzt erzählen, dass er recht hatte. Vielleicht könnte dieser kleine Triumph ihm helfen, aber ich lasse es. Eine Prügelei mitten in einer Kneipe ist das Letzte, was ich jetzt gebrauchen kann.

»Ich habe nicht gedacht, dass ich euch jemals wiedersehen werde«, erklärt Vater dann. »Geht es euch gut?«

»Sehr gut«, lüge ich.

»Ich habe jeden Tag an euch gedacht«, sagt er. »Sorgen sie bei den Elfen gut für euch?«

»Ja«, lüge ich weiter. »Aber ich habe eine Frage.«

»Das ist gut«, sinniert er. »Alles, was ich will, ist, dass es euch gut geht. Mehr nicht.«

Die Art, wie er das sagt, lässt Schuldgefühle in mir auf-steigen, und ich wünschte, ich hätte Rose nicht versprochen zu lügen und könnte ihm die Wahrheit sagen. Könnte ihn mit nach Hause nehmen und ihm helfen, wieder sein Leben in den Griff zu bekommen. Doch das geht nicht, und des-halb bin ich auch nicht hergekommen.

»Der Nöck«, setze ich an. »Weißt du, wie man ihn töten kann?« Den letzten Satz flüstere ich nur.

Vaters Gesicht erstarrt.

»Halte dich fern von ihm«, sagt er nur.

»Wir wollen Erle retten«, füge ich hinzu.

»Sie kann nicht gerettet werden«, antwortet er nur und trinkt aus seinem Glas.

»Wenn wir ihn umbringen ...«, beharre ich und weigere mich, die Hoffnung aufzugeben, solange er das nicht di-rekt sagt.

»Das kann man nicht«, erklärt Vater.

»Warum nicht?«, frage ich. Ich hoffe so sehr, dass er alles andere sagt, nur nicht, dass Aske recht hat.

»Viola hat gesagt ...«, er schluckt, »wenn man den Nöck tötet, dann wird man selbst zum Nöck.«

Ich schließe die Augen. Als hätte ich es die ganze Zeit schon gewusst. Ich konnte es Aske anmerken, dass er die Wahrheit gesagt hat, habe mich aber nicht getraut, ihm zu vertrauen, schließlich habe ich mich schon einmal in ihm geirrt.

Ich bin verzweifelt. Ich kann Erle nicht retten. Ich kann mein Versprechen nicht halten.

Vater streckt die Hand nach mir aus.

»Rose und Azalea«, fragt er, »geht es den beiden gut?«

»Denen geht es gut«, flüstere ich. Spüre die Tränen in den Augen und wende mich von ihm ab, er soll sie nicht sehen. Schnell wische ich sie mit der Handfläche weg.

Aske tritt zwischen uns.

Er schaut Vater an.

»Vergiss, dass du uns gesehen hast«, sagt er. Ich kann es an der Art und Weise hören, wie er es sagt. Dass das nicht nur Worte sind, sondern dass er dabei den Elfenblick benutzt.

»Nein«, rufe ich und trete vor, doch Aske hält mich zurück.

»Willst du ihm das wirklich antun?«, fragt er. »Willst du ihn wirklich noch einmal verlassen?«

Seine Worte treffen mich, ich weiß, er redet nicht nur von Vater, sondern auch von Malte.

Also lasse ich es zu. Sehe, wie er sich in Vaters Blick hineinschleicht. Dieser leistet keinen Widerstand, obwohl er doch wissen muss, was da passiert. Schließlich hat er mit mir und Rose geübt. Er weiß genau, wie sich das anfühlt, aber er sitzt nur passiv da und lässt Aske seine Gedanken verschleiern. Fast als wünschte er es sich so. Als wüsste er, dass Aske recht hat, dass er es nicht überleben würde, zu wissen, dass wir ihn aufgesucht haben, nur um wieder fortzugehen.

Ich sage Aske, er soll Vater bitten, nach vorn zu sehen. Nicht uns vergessen. Der Gedanke würde zu weh tun. Nein, er soll glauben, dass es uns gut geht. Und er soll ein neues Leben anfangen.

Als wir Vater verlassen, schaut er wieder in sein Bierglas, aber dieses Mal trinkt er nicht davon. Er sitzt nur da und starrt vor sich hin. Als wir auf die Straße treten, laufen mir die Tränen über die Wangen.

Aske ergreift meine Hand.

»Komm«, sagt er und zieht mich in eine Seitengasse.

»Lass es raus.« Und ich weine so lange, bis ich keine Tränen mehr habe. Dann gehen wir zurück zum Bus.

Den ganzen Heimweg über muss ich immer wieder schluchzen. Am liebsten wäre ich aus dem Bus gesprungen und zurück zu Vater gelaufen. Hätte ihn mit zu uns nach Hause geholt. Damit wir wieder eine Familie werden, aber ich habe Rose versprochen, das nicht zu tun. Und Askes Worte kreisen um mich. Er hat recht. Ich will Vater nicht noch einmal verlassen, und ich bin mir nicht sicher, ob es für ihn noch einen Platz in unserem Leben gibt.

»Es tut mir so leid«, sagt Aske im Bus. Und mir fällt ein, was er über seinen eigenen Vater erzählt hat. Wie dieser versucht hat, ihn wegzujagen, als er entdeckte, wer da vor ihm stand.

Aske begleitet mich den ganzen Weg bis zum Bach. Dort bleibt er stehen und ich überquere ihn allein. Ich schlage einen Umweg ein, will noch nicht nach Hause kommen. Ich bin noch nicht bereit, Rose und Azalea zu treffen, also gehe ich am Bach entlang. Denke an Erle und versuche herauszufinden, wie ich ihr erklären soll, dass ich mein Versprechen nicht einhalten kann. Dass sie dazu verurteilt ist, für ewig im Wasser gefangen zu bleiben. Wäre ich ihr doch nie begegnet. Hätte Vater uns nie die Wahrheit über sie erzählt. Denn der Gedanke, sie wäre tot, war leichter zu ertragen als zu wissen, dass sie für ewig vom Nöck gefangen gehalten wird.

Es beginnt zu regnen und die Tropfen lassen eine leise Melodie erklingen, als sie auf die Blätter fallen, und weiter in der Ferne kann ich die Paarungsrufe der Hirsche hören. Jetzt ist der Frühling wirklich gekommen. Alles verändert sich und kommt nach dem kalten Winter in Bewegung.

Das Plätschern des Baches lockt mich. Ich weiß, ich muss es Erle so bald wie möglich sagen. Ich kann es nicht vor ihr geheim halten.

Doch als ich mich dem Bach nähere, entdecke ich eine Gestalt auf der Brücke. Sie hat sich ein Tuch um den Kopf geschlungen, aber das rote Haar lugt hervor. Es ist Rose und sie beugt sich zum Wasser, aus dem Erle auftaucht.

Ich kann sehen, wie sich die Lippen der beiden Personen bewegen, doch der Wind schluckt jedes ihrer Worte. Ich sehe, wie Rose sich die Augen wischt. Und Erle streckt ihre Hand aus und streichelt Roses Arm.

Ich bleibe stehen. Am liebsten würde ich näher herangehen, aber ich habe das Gefühl, die beiden dann zu unterbrechen. Also schleiche ich mich fort und gehe nach Hause.

Auf der Terrasse unter dem Vordach sitzt Azalea mit einem Becher Tee und einem Buch in der Hand. Als ich näher komme, kann ich sehen, dass es sich um die grimmschen

Märchen handelt, die wir von Großmutter bekommen haben. Als sie mich sieht, klappt sie das Buch zu und lässt die Hand über den Ledereinband gleiten.

»Hast du ihn gefunden?«, fragt sie.

Ich nicke.

»Und?« Ihre Augen verraten, dass sie die Antwort bereits kennt.

»Aske hat recht«, flüstere ich.

Sie schließt kurz die Augen.

»Das habe ich mir gedacht«, antwortet sie.

Ich bleibe abwartend stehen, erwarte, dass sie mehr fragt. Nach Vater, ob ich etwas von ihm ausrichten soll. Irgendetwas. Aber Azalea sagt nichts. Ihr Blick ist fern, als sei sie in einer anderen Welt.

»Wir müssen eine andere Möglichkeit finden«, sage ich schließlich.

»Es gibt keine andere Möglichkeit«, widerspricht Azalea. »Erle kann nicht gerettet werden.«

»Doch, das muss sie«, widerspreche ich energisch. Wir haben Vater verloren, wir haben Mutter verloren. Ich will nicht auch noch eine Schwester verlieren.

»Ach Birke«, sagt Azalea. »Du kannst doch nicht die ganze Welt retten.«

»Was ist bloß aus dir geworden?«, frage ich. »Seit wann gibst du so schnell auf?«

Meine Worte öffnen etwas in ihr.

»Ihr werdet von hier weggehen müssen«, sagt sie und zieht die Jacke fester um ihre Schultern.

»Das entscheiden wir ja wohl immer noch selbst, oder?«
Meine Stimme ist lauter geworden. Wie sehr ich sie auch
vermisst habe, ich hasse es, dass sie eine andere geworden
zu sein scheint. So kalt.

»Ich habe es gesehen.« Ihre Worte versetzen mir einen
Stich. Eine Vision. Mein ganzes Leben lang war ich mit
Azaleas Erscheinungen vertraut. Zuerst hatte sie sie nur im
Traum, später auch tagsüber. Am schlimmsten war es, als
sie vor mir zusammengebrochen ist, während sie etwas von
dunklen Schatten flüsterte, die sie töten wollten.

»Du hast dich auch selbst sterben sehen«, erkläre ich ruhig. »Und das bist du nicht.«

»Das …« Sie öffnet den Mund, schließt ihn aber gleich
wieder.

»Das … was?«, frage ich nach. »Du hast die Vergiftung gesehen, aber du bist geheilt worden. Und jetzt bist du wieder
hier …« Meine Stimme zittert vor Panik.

Ich erinnere mich, wie ich in der Freiluftschule geschlafwandelt war und eine Erscheinung hatte. Wenn es denn eine
war. Von Azalea, die dort plötzlich aufgetaucht und tot umgefallen ist. »Diese Erscheinung ist nicht anders zu deuten«,
sagt sie hartnäckig. »Wir werden fortgehen.«

Ihre Worte machen mich wütend, denn ich kann ihr anhören, dass sie weder Erle noch Malte hat mit fortgehen sehen. Dass ihr »wir« nur Platz für mich und Rose birgt.

»Warum hast du es so eilig?«, frage ich. »Wenn du sehen
kannst, dass wir fortgehen, warum übst du dann so einen
Druck aus?«

Ihre dunklen Augen bohren sich in meine, doch dann dreht sie den Kopf ein wenig zur Seite.

»Rose!«, sagt sie.

Ich drehe mich um.

Rose steht hinter mir.

»Was hat Vater gesagt?«, fragt sie.

Lange schaue ich sie an. Habe tausend Fragen, möchte wissen, worüber sie mit Erle gesprochen hat. Warum sie weinte. Aber jetzt ist keine Spur von Tränen mehr in ihren Augen zu sehen.

»Aske hat die Wahrheit gesagt«, berichte ich.

Sie beißt sich auf die Lippen. Schweigend bleiben wir eine Weile stehen, dann schaut Rose mich an.

»Wir werden einen anderen Weg finden«, sagt sie.

Nur ein Tanz

Am nächsten Tag sitze ich nach der Schule mit Malte auf dem Marktplatz von Tørveby. Wir haben uns heißen Kakao gekauft und eine Bank gesucht. Jetzt sehen wir zu, wie sie Buden für das Stadtfest aufstellen, das jedes Jahr im April stattfindet.

»Du willst zusammen mit ihm auftreten?«

Ich habe Malte soeben von unserem Tanzarrangement mit Aske erzählt. Die Eifersucht in Maltes Stimme ist nicht zu überhören. Er hat nicht vergessen, wie er mich und Aske im Wald überrascht hat.

»Das ist nur ein Tanz, das bedeutet nichts«, sage ich.

»Aber warum macht ihr das dann überhaupt?«

»Tørveby ist nur ein kleiner Ort, es ist schwierig, genügend Leute für zwei Tanzshows herbeizulocken. Und so können wir die Einnahmen teilen und machen uns nicht gegenseitig Konkurrenz.«

Malte sieht immer noch nicht zufrieden aus.

»Bitte versuche das doch zu verstehen«, sage ich und ergreife seine Hand.

»Es gefällt mir einfach nicht, okay?« Malte sieht mich nicht an, drückt aber leicht meine Hand.

»Okay«, sage ich.

Das ungute Gefühl bleibt, und ich versuche, es mit einem Kuss zu verscheuchen.

»Du bräuchtest doch nur mit mir zu tanzen«, sagt er und streichelt mir die Wange.

Ich spüre, wie mich eine Gänsehaut überzieht. Hatte gehofft, dass er nicht wieder damit anfängt. Als ich seine Gedanken erneut geöffnet habe, ließ ich bewusst einen Schleier über genau diesen Erinnerungen zurück. Ich wollte nicht, dass er sich daran erinnerte, wie sehr ihm das Tanzen gefallen hat.

»Leider kann man davon nicht die Miete bezahlen«, entgegne ich.

»Nein«, stimmt er mir zu und wechselt zum Glück das Thema. Redet von dem Konzert, das als Höhepunkt des Stadtfests stattfinden soll. Er ist von der Lokalzeitung engagiert worden und soll Fotos machen.

»Das Beste daran ist: Ich habe zwei Eintrittskarten gratis bekommen, deshalb habe ich gedacht, wir könnten ein Date draus machen. Essen erst etwas im Café und gehen anschließend zum Konzert.«

»Das klingt prima«, sage ich.

»Ja. Und ich finde, wir brauchen das dringend mal wieder.« Etwas blitzt in seinen Augen auf, ich weiß, er ist der

Meinung, dass wir uns nicht oft genug sehen. Aber obwohl ich ihn möglichst Tag und Nacht bei mir haben möchte, bin ich so mit Rose und Erle beschäftigt, dass wir uns nur selten treffen können.

Als ich Elexa erzähle, dass wir abends zusammen mit Aske auftreten wollen, dreht sie fast durch.

»Mein Gott, was bin ich eifersüchtig«, sagt sie wohl zum tausendsten Mal, während sie mir hilft, die Flyer zu verteilen. »Dass du mit ihm tanzen wirst. Er ist doch einfach nur ...«

»... scharf, ja, ich weiß«, beende ich ihren Satz.

»Was meinst du, könntest du vielleicht dafür sorgen, dass wir ...«

»Nein«, winke ich ab.

»Oh Birke, nun komm schon. Du bräuchtest uns doch nur einander vorzustellen, ja?«

»Dazu brauchst du in der Schule nichts weiter, als morgens über den Hof zu gehen und Hallo zu sagen.«

»Aber das ist nicht das Gleiche! Bitte, versprich mir, dass du uns einander vorstellst, heute Abend nach der Vorstellung, bitte!«, bettelt sie.

»Na gut«, lenke ich ein. Es wird ja sowieso nichts passieren. Aske ist nicht so dumm, etwas mit einem Menschenmädchen anzufangen.

»Ihr könnt den Umkleideraum benutzen«, sagt Aske, als wir am Abend an der Halle ankommen.

»Danke«, sagt Azalea und geht mit Rose sofort los, um sich umzuziehen, während ich noch stehen bleibe.

Schon merkwürdig, wieder in der alten Tanzhalle aufzutreten und nicht in der neuen in Næstbæk. Hier erinnert mich alles an die Vergangenheit und an Vater. Ich weiß noch genau, wie wir das erste Mal aufgetreten sind, kurz nach unserem 10. Geburtstag. Ich hatte so eine Angst davor, wir hatten ja noch nie vor anderen Leuten als unserem Vater getanzt, und jetzt sollten wir es vor Hunderten von Menschen tun.

Damals stand das Klavier auf der Bühne, und Vaters Blick war das Einzige, was mich davor zurückhielt, wegzulaufen. Jetzt ist das Klavier in den Saal hinuntergestellt worden, aber weder heute noch in Zukunft wird auch nur ein Ton aus ihm zu hören sein.

Wir sollten es weggeben. Es wird ja doch nie wieder benutzt werden. Wir können niemanden engagieren, der für uns spielt. Das wäre zu gefährlich. Vater hat lange Zeit gebraucht, um zu lernen, dagegenzuhalten, wenn wir tanzten. Denn wenn wir erst einmal anfangen, dann wollen wir mehr haben, immer mehr, und wenn derjenige, der für uns spielt, nicht aufhört, dann tanzen wir, bis alle um uns herum tot sind ...

Aske steht am Mischpult. Er hat für heute Abend eine Playlist zusammengestellt. Fünf Nummern. Mehr zu spielen trauen wir uns nicht, wenn wir zu viert auf der Bühne sind, so viele, die tanzen werden.

Azalea kommt aus dem Umkleideraum zu uns.

»Was ist?«, frage ich.

»Ich ...« Sie sieht Aske an, sie tauschen Blicke miteinander, dann seufzt sie und geht wieder nach unten.

Aske testet das Licht und bringt den ganzen Saal zum Blinken, dann holt er sich eine Leiter und wechselt einige der Glühbirnen.

Ich schaue Azalea nach. Was war das?

»Was ist mit ihr?«, frage ich.

»Was meinst du?«, fragt Aske und schaut von oben auf mich herunter.

»Seit sie zurück ist, scheint sie nicht mehr so zu sein wie früher«, erkläre ich.

Er zuckt nur mit den Schultern.

»Habt ihr ...« Ich bremse mich selbst.

»Haben wir was?«

»Habt ihr etwas mit ihr gemacht?« Meine Stimme zittert leicht, aber ich bringe den Satz heraus.

»Nein«, antwortet er nur und klettert von der Leiter herunter.

Ich kneife die Augen ein wenig zusammen.

»Du vertraust mir immer noch nicht«, sagt er.

»Sie wirkt nur so anders.«

»Vielleicht ist sie auch anders«, sagt er. »Weißt du, in der Zeit, als sie bei den Elfen war ... Da hat sie gesehen, dass es eine andere Art zu leben gibt.«

Ich schnaube nur.

»Du glaubst das nicht«, sagt er. »Aber du kennst es ja auch nicht. Du weißt nicht, wie das ist. Azalea aber weiß es. Versuche dir vorzustellen, dass du endlich dazugehörst. Dass du ganz du selbst sein kannst. Keine Geheimnisse mehr ...« Sein Blick bohrt sich in meinen und lässt Zweifel, Sehnsucht und Frustration aufkommen.

»Ich gehe runter, mich umziehen«, sage ich, doch als ich losgehen will, höre ich Schritte hinter mir.

Die Saaltür wird aufgerissen und wir drehen uns beide um. Da steht Thomas. Azaleas Freund, der uns immer beim Kartenverkauf in der neuen Tanzhalle geholfen hat. Sein Haar ist verschwitzt, er keucht atemlos, als wäre er den ganzen Weg hierhergelaufen.

»Die Show beginnt erst in vierzig Minuten«, sagt Aske.

Thomas bekommt seinen Atem unter Kontrolle und sieht mich mit einem Blick an, der mir sagt, dass es ihm nicht um die Show geht.

»Azalea?«, fragt er. »Stimmt es, dass Azalea zurück ist?«

»Äh ...« Ich weiß nicht, was ich sagen soll. Erinnere mich daran, wie Thomas nach ihr gefragt hat und Rose in seine Gedanken eingebrochen ist und ihm befohlen hat, ohne Azalea weiterzugehen. Trotzdem steht er jetzt hier.

»Sie tritt heute zusammen mit uns auf«, sage ich. Ich will nicht sagen, dass sie zurück ist, denn keine von uns ist wirklich zurück. Wir sind nur auf Zeit hier.

»Sie macht sich gerade zurecht«, sagt Aske. »Du musst ...« Doch ich unterbreche ihn.

»Ich gehe runter und sage ihr Bescheid«, schlage ich vor, auch wenn Aske mir einen Blick zuwirft, der deutlich sagt, das sei die schlechteste Idee der Welt.

Schnell laufe ich die Treppe hinunter. Ich kann Wasser hören, das auf Fliesen trommelt. Jemand ist im Bad, aber als ich unten ankomme, kann ich sehen, dass es nur Rose ist. Azalea sitzt immer noch auf der Bank.

Mit einem kleinen Lächeln schaut sie zu mir auf.

»Bist du bereit?«, fragt sie.

»Thomas ist hier«, erwidere ich nur.

»Was?«

»Thomas ist hier«, wiederhole ich. »Du weißt schon, der Junge aus deiner Klasse.«

»Ich weiß, wer Thomas ist«, entgegnet sie mit zitternder Stimme. Und es sieht aus, als liefe durch ihr Gesicht ein Riss, als könnte ich durch ihn hindurch die alte Azalea sehen.

»Er möchte gern mit dir sprechen«, sage ich.

»Ich bin beschäftigt«, flüstert sie und bleibt dabei reglos auf der Bank sitzen.

»Er hat mehrere Male nach dir gefragt, und er hat versucht, dich anzurufen. Er ...«

»Ich kann jetzt nicht.«

»Du könntest ihm ja zumindest einmal Hallo sagen«, schlage ich vor.

Doch Azaleas Gesicht verschließt sich wieder. »Er ist verliebt in dich ...«

»Ja«, sagt sie. »Und gerade deshalb kann ich ihn nicht treffen.«

Sie zieht ihre Bluse aus und greift nach einem Handtuch.

»Ich gehe jetzt ins Bad«, sagt sie und verschwindet im Duschraum.

Lässt mich einfach stehen. Also laufe ich wieder nach oben.

»Sie hat keine Zeit«, sage ich.

Thomas' Blick verdorrt, ich kann sehen, wie die Dunkelheit in seinen Augen wächst.

»Ich meine, sie war im Bad, deshalb kann sie nicht ...« Ich weiß nicht, warum ich lüge. Vielleicht weil es mir so gut gefiel, einen Rest der alten Azalea zu sehen, vielleicht, weil ich das Gefühl habe, ihm das schuldig zu sein.

»Okay«, sagt er. »Dann warte ich nach der Show auf sie.«

»Ja, mach das«, sage ich.

Ich gehe wieder nach unten.

Rose ist aus dem Bad gekommen und cremt sich ein.

»Wieso trödelst du so, willst du dich nicht fertig machen?«, fragt sie mich.

Ich nicke. Ziehe mich schnell aus und gehe in den Duschraum. Dort gibt es drei Duschen nebeneinander. Azalea steht unter der mittleren. Das Wasser läuft ihr über das Gesicht, während sie auf die Risse in den Kacheln starrt. Ihr Blick ist weit weg, sie merkt nicht einmal, dass ich das Wasser neben ihr andrehe.

»Thomas wartet nach der Show auf dich«, sage ich.

»Was?«

»Er wartet auf dich«, wiederhole ich.

»Nein«, flüstert sie.

»Du kannst doch wenigstens kurz mit ihm reden.«

»Nein«, entgegnet sie mir. »Sag ihm, dass er gehen soll, dass ich ihn nicht sehen will.«

»Sag ihm das selbst«, erkläre ich schroff und schäume mein Haar mit Shampoo ein.

Sie dreht ihren Wasserhahn zu, holt tief Luft. Kleine Beben durchlaufen sie, wie die Vorläufer eines Erdbebens.

Ich spüle das Shampoo aus. Lausche. Versuche, hinter dem fließenden Wasser etwas aus dem Umkleideraum zu hören. Rose summt, aber es sind keine Schritte zu hören. Kein Knarren der Treppenstufen. Sie ist nicht nach oben gegangen. Während ich mich wasche, spüre ich den Hunger in meinem Körper. Es ist lange her, seit wir das letzte Mal getanzt haben.

Als ich aus dem Bad komme, sitzt Azalea immer noch auf der Bank. Sie hat sich das Handtuch um den Körper gewickelt, Wasser tropft von ihrem Haar.

Rose ist bereits ins Tanzkleid geschlüpft, versucht es an der Seite zu schließen.

Einen kurzen Moment bleibt sie vor dem Spiegel stehen, ihr Summen verstummt, während sie mit einer Hand über den Bauch streicht. Jetzt kann ich es auch sehen, das Kleid sitzt ein wenig enger als sonst. Aber wüsste man es nicht, würde man es nicht bemerken.

»Freut ihr euch darauf, endlich wieder zu tanzen?«, frage ich, als Roses Gesicht sich verdunkelt.

»Doch, ja«, sagt sie und nimmt die Hand herunter.

»Es ist ja auch schon so lange her«, fahre ich fort. »Besonders für dich Azalea, du musst doch vollkommen …«

»Ich werde nicht tanzen«, unterbricht sie mich.

Rose und ich drehen uns zu ihr um.

»Was?«, fragen wir im Chor.

»Ich werde nicht tanzen.«

»Ach, hör auf«, sagt Rose. »Wir tanzen alle drei, wie abgemacht.«

Azalea schüttelt nur den Kopf.

»Warum denn nicht?«, fragt Rose.

Wieder einmal beiße ich mir auf die Lippe, spüre das schlechte Gewissen.

Azalea antwortet Rose nicht, starrt nur auf den Boden.

»Ist es wegen Thomas?«, frage ich schließlich.

Immer noch keine Antwort.

»Thomas?«, fragt Rose.

»Er ist oben. Er wollte gern mit Azalea sprechen, aber sie hat Nein gesagt, und jetzt wartet er nach der Show auf sie.«

Rose setzt sich neben Azalea.

»Soll ich ihm sagen, dass er gehen soll?«, fragt sie. »Wenn du willst, kann ich ihn gern rausschmeißen.« Das sagt sie in einem lockeren Ton, der normalerweise eine gedrückte Stimmung auflöst, uns zum Lachen bringt, aber jetzt lacht keine von uns.

Azalea fängt an zu weinen, und am liebsten hätte ich mich selbst geohrfeigt. Wie dumm von mir, ich habe überhaupt nicht bedacht, dass es ihr wehtun könnte, ihn nur zu sehen.

»Klopf, klopf«, ist Askes Stimme vor der Tür zu hören.

»Darf ich reinkommen?«, fragt er. »Seid ihr angezogen?«

»Äh … ja, fast …«, antwortet Rose und schaut dabei mich an, die ich im Unterrock dastehe, und Azalea, die nur in ein Handtuch gewickelt ist.

»Fast?« Askes Stimme drückt Verwunderung aus. »In zehn Minuten geht es los, der Saal ist voll.«

»Wir beeilen uns!«, ruft Rose zurück.

Sie wickelt Azalea aus dem Handtuch und greift nach dem blauen Kleid.

»Komm«, sagt sie. »Wir helfen dir beim Anziehen und dann werde ich Thomas wegschicken.«

Rose wirft mir einen flehenden Blick zu, und ich helfe ihr. Binde Azaleas Haar zu einem Zopf zusammen, während Rose ihr den BH reicht. Azalea macht nur das Nötigste, sie scheint in eine menschliche Anziehpuppe verwandelt worden zu sein.

»Fünf Minuten«, ruft Aske kurz darauf.

»Ja, ja, wir sind fast fertig. Es fehlt nur noch das Make-up!«, ruft Rose zurück.

Sie holt das Mascara heraus, während ich mir mein eigenes Kleid überstreife.

Azalea hat immer noch kein einziges Wort gesagt.

»Hmm«, meint Rose, als sie damit fertig ist, Azalea zu schminken, »damit wirst du nicht gerade den Vogel abschießen, aber ...«

Sie sieht mich an.

»Das ist in Ordnung«, sage ich und schiele auf die Uhr. »Komm, lass uns lieber hochgehen.«

Und Rose und ich stehen auf, während Azalea weiterhin reglos sitzen bliebt.

Ich nehme ihre Hände, drücke sie leicht.

»Komm«, sage ich. »Du wirst das schon schaffen.«

»Nein«, flüstert sie und eine Träne läuft ihre Wange hinunter. »Ich tanze nicht...«

»Azalea, nun komm schon«, fordert Rose sie auf.

Doch unsere Schwester schüttelt nur den Kopf.

»Mädchen, es ist so weit!«, ruft Aske.

Rose nimmt Azaleas Hand und versucht, sie hochzuziehen, aber es gelingt ihr nicht.

»Azalea will nicht tanzen!«, rufe ich Aske zu.

»Was?«, fragt der verwundert.

Ich reagiere nicht drauf. Muss nur schlucken. Ich wünschte, er müsste sich hier nicht auch noch einmischen.

Kurz darauf höre ich seine Schritte auf der Treppe. Er geht direkt auf Azalea zu. Setzt sich ihr gegenüber auf die Bank.

»Was ist los?«, fragt er.

Seine blauen Augen finden ihren Blick.

»Das weißt du genau«, flüstert sie, und die Art, wie sie das sagt, lässt mir das Blut in den Adern gefrieren.

»Azalea, wir haben doch abgemacht ...«, sagt er.

»Erzähle es ihnen«, sagt sie mit einer Bestimmtheit, wie ich sie noch nie von ihr gehört habe.

»Was soll er uns erzählen?«, fragt Rose, aber Aske seufzt nur.

»Erzähl ihnen, was passiert, wenn wir tanzen«, beharrt Azalea.

»Aber das wissen wir doch«, wende ich ein, »wir nehmen Energie ...«

»Lebensenergie ...«, korrigiert sie mich.

»Ja, ja, wir nehmen ihnen Energie, und ...«

Sie wirft Aske einen Blick zu.

»Erkläre es ihnen so, dass sie es verstehen.«

Wieder seufzt Aske. Er verschränkt die Arme, doch Azalea lässt nicht locker, und das ungeduldige Murmeln oben im Saal wird immer lauter und zwingt Aske, einzulenken.

»Es ist gefährlich, wenn wir tanzen«, sagt er schließlich.

»Das wissen wir«, wiegelt Rose ab. »Aber wir haben doch darauf geachtet, dass es genügend Zuschauer sind.«

»Es können niemals genug sein«, sagt Aske, und meine Brust schnürt sich zusammen.

Als könnte ich seine Worte bereits hören, bevor er sie sagt. Als hätte die richtige Erklärung die ganze Zeit vor meiner Nase gelegen ...

»Wir nehmen ihnen ihre Lebensenergie«, sagt Azalea. »Weißt du nicht, was das bedeutet? Jedes Mal, wenn wir tanzen, rauben wir ihnen Stunden ihres Lebens.«

»Ich verstehe nicht«, sagt Rose, während mir schwarz vor Augen wird. Meine Ohren verschließen sich und mein Kopf ist voller kleiner Explosionen, während ich mich an jeden einzelnen Tanz erinnere. Muss einsehen, dass das Publikum jedes Mal am Ende etwas grauer und erschöpft war. Muss einsehen, dass Vaters Falten tiefer und zahlreicher sind als die anderer Männer seines Alters.

»Man hat nur die Lebensenergie, mit der man geboren wird«, erklärt Aske. »Und wenn ihr tanzt, dann nehmt ihr den Leuten davon etwas. Nicht viel. Nur ein bisschen. Aber ihr nehmt sie für immer weg. Wenn so viele im Publikum sitzen, sind es nur Minuten, maximal vielleicht eine Stunde, aber es ist eine Stunde, die sie nicht wiederbekommen.«

»Wir töten sie«, sagt Azalea. »Wir töten sie ganz langsam.«

Die Worte brennen sich in mein Herz ein, während der Hunger jede Zelle meines Körpers durchbohrt. Schwarze Flecken tanzen vor meinen Augen und alles um mich herum beginnt sich zu drehen.

Kein Tanz

»Birke ...?«

»Birke ...« Ich öffne die Augen und sehe direkt in Askes besorgtes Gesicht.

Er hilft mir, mich aufzusetzen. Von oben kann ich das Gemurmel hören. Ich schaue auf die Uhr. Zehn nach.

»Wir müssen hochgehen«, sagt Aske.

»Ich kann nicht«, widerspricht Azalea.

Rose sitzt wie ein dunkler Schatten ein Stück weiter hinten auf der Bank.

»Ich gehe nach oben«, sagt sie.

»Wie kannst du nur ...?«, frage ich.

»Welche Wahl bleibt mir denn?« Sie breitet die Arme aus. Und ich weiß, dass ihr Hunger noch größer ist als meiner. Sie trägt drei Kinder in sich, die Energie fordern.

»Rose hat recht, wir haben keine andere Wahl«, sagt Aske.

»Ich warte«, flüstert Azalea. »Ich warte, bis wir wieder bei den Elfen sind.«

»Okay«, stimmt Aske zu. »Wenn du meinst, du schaffst das.«

Dann schaut er mich an.

»Birke?«, fragt er.

»Malte ist da oben«, flüstere ich.

»Das ändert nichts«, sagt Aske. »Du hast es schon so oft getan. Eine Stunde mehr oder weniger ...«

»Das ist eine Stunde seines Lebens«, sage ich.

»Aber kannst du denn noch warten?«, fragt er.

»Ja«, lüge ich.

»Du musst dir dessen sicher sein«, sagt er.

Sein eindringlicher Blick erinnert mich daran, dass ich schon einmal nicht genug getanzt hatte. Es endete damit, dass ich schlafwandelte und nachts im Wald getanzt habe. Als ich aufwachte, lagen überall um mich herum lauter tote Tiere. Aber das Schlimmste daran war, dass ich von Malte geträumt hatte. Malte, für den ich unbedingt tanzen wollte, und wäre ich nicht aufgewacht, so fürchte ich, dass ich weiter herumgeirrt wäre, bis ich ihn schließlich gefunden hätte.

»Ich bin mir sicher«, bekräftige ich meinen Entschluss, obwohl es nicht stimmt. Aber ich kann es einfach nicht. Ich kann nicht für Malte tanzen. Jetzt nicht mehr, seit ich weiß, was das bedeutet.

»Okay«, sagt er mit besorgtem Blick. »Dann kommst du einfach auf die Bühne, wenn du deine Meinung geändert hast.«

Rose und Aske gehen nach oben. Die Musik setzt ein, und

ich habe das Gefühl, als würde mein Körper bei jedem Ton in Stücke gerissen. Aber ich bleibe hier unten.

Als ich den Hunger nicht mehr aushalten kann, stehe ich auf. Doch ich gehe nicht hoch, ich tanze hier unten. Tanze die Schritte, nach denen mein Körper sich so sehnt. Tanze und tanze, doch wie intensiv ich auch tanze, aus den weißen Kacheln lässt sich keine Energie ziehen.

Schließlich lasse ich mich an der Wand niedersinken.

»Wie lange weißt du das schon?«, frage ich Azalea, während ich zusammengekauert auf dem Boden sitze, die Arme um die Knie geschlungen. Mein Kleid ist zerknittert, doch das ist mir gleich. Es wird sowieso heute Abend nicht mehr gebraucht.

»Seit ich bei den Elfen war. Sie gaben mir ein Gegengift, aber trotzdem fühlte ich mich weiterhin so schwach, also habe ich gefragt, ob ich für jemanden tanzen könnte ...« Sie fährt sich mit der Hand durchs Haar. »Und da haben sie gesagt, dass sie das dort nicht tun, und Dahlia hat mir den Grund dafür erklärt. Und sie hat mir gezeigt, wie sie es stattdessen tun. Wie sie gemeinsam die Energie aus der Natur saugen. Und da war es mir klar: dass ich nie wieder vor einem lebenden Menschen tanzen werde.«

Ich ziehe mein Kleid enger um meinen Körper. Von oben ist Musik zu hören, sie lockt mich trotz allem.

»Und was jetzt?«, frage ich. »Können auch wir Energie aus der Natur ziehen?«

Sie schüttelt den Kopf.

»Dazu sind wir zu wenige.«

Ich nicke leicht. Aske hat mir das Gleiche erzählt, als er mir die drei Arten der Tänze erklärt hat.

»Und jetzt?«, frage ich.

Azalea zuckt mit den Schultern.

»Ich kann problemlos warten«, sagt sie.

Warten. Das Wort provoziert mich. Wieder geht sie davon aus, dass es nur einen Weg für uns gibt. Dass wir zu den Elfen gehen werden, sie dort ihren Naturtanz vollziehen und glücklich leben kann.

»Und du?«, fragt sie und durchbohrt mich mit ihrem Blick, als könnte sie durch mich hindurchsehen und meinen Hunger erkennen, der sich mittlerweile wie ein schreiendes Monster in mir anfühlt.

Die Musik ist zu Ende. Begeisterter Applaus ertönt, kurz darauf höre ich schnelle Schritte auf der Treppe. Als Rose kommt, dampft sie vor Energie. Ich kann sie wie den leichten Duft aus einer Bäckerei spüren, der einem entgegenschlägt, wenn man vorbeigeht. So intensiv, dass ich fast meine, ihn in mir aufnehmen zu können.

Und das Monster knurrt in mir, während ich das Trampeln der Zuschauer hören kann, die oben den Saal verlassen.

»Ist es gut gegangen?«, fragt Azalea und Rose nickt. Sie sieht aus wie jemand, der nicht weiß, ob er lachen oder weinen soll, und ich kann sie gut verstehen. Ich weiß, nichts ist besser als Tanzen, doch allein der Gedanke, es jemals wieder zu tun, nachdem ich weiß …

Rose geht unter die Dusche.

Es klopft an der Hintertür zur Straße. Azalea und ich sehen uns an. Normalerweise wird dieser Eingang nur von Vater und uns benutzt.

»Azalea?« Ich erkenne Thomas' Stimme.

Meine Schwester reagiert nicht.

Er fragt noch zweimal, dann bleibt es still.

»Du hast dich verändert«, sage ich leise und sehe sie an.

»Das hast du auch«, erwidert sie.

Dann kommt Rose aus dem Bad. Sie wickelt sich das Handtuch um den Leib und sieht uns eine nach der anderen an.

»Ich werde die Kinder behalten«, sagt sie.

Und uns bleibt beiden der Mund offen stehen, als sie hinzufügt:

»Aber wir bleiben hier. Wir gehen nirgendwohin, bevor wir nicht Erle befreit haben. Das habe ich Birke versprochen.«

Azalea holt tief Luft.

»Okay«, sagt sie dann und nimmt Rose fest in den Arm. »Ich bin nur froh, dass du sie behalten willst.«

Dann sagen wir nichts mehr, bis wir den Umkleideraum verlassen haben.

Im Tanzsaal warten Aske und Malte. Und – zu Azaleas Verblüffung – auch Thomas.

»Du hast nicht getanzt ...« Malte kommt auf mich zu.

»Nein, ich ...« Mein Kopf ist wie benebelt. Und ich habe mir noch gar keine Ausrede für Malte ausgedacht. Habe immer nur daran gedacht, dass ich ihm einen Teil seines Lebens geraubt habe.

Er gibt mir einen Kuss. Fest und ganz unerwartet.

»Danke«, sagt er und wir verschränken unsere Finger ineinander. Er glaubt, ich hätte seinetwegen nicht getanzt. Weil er eifersüchtig ist auf Aske. Und ich korrigiere ihn nicht, weil ich keine andere gute Erklärung habe.

»Komm, lass uns ein bisschen spazieren gehen«, sagt Malte, während ich sehe, wie Thomas langsam auf Azalea zugeht.

Wir gehen hinaus. Askes Blick folgt mir, aber ich lächle ihn nur vorsichtig an. Dann entdecke ich Elexa, die mir vielsagende Blicke zuwirft und in Askes Richtung nickt, doch ich zucke nur mit den Schultern. Das muss warten, jetzt will ich mit Malte reden.

Wir verlassen das Gebäude und laufen zum Wald.

Malte schaut auf die Uhr.

»Ich habe versprochen, bei den Vorbereitungen für das Stadtfest zu helfen, aber eine Stunde bleibt uns noch.«

Wir gehen zu den Tischen der Waldarbeiter. Setzen uns dicht nebeneinander auf eine Bank, ich lege meinen Kopf auf seine Schulter und schließe die Augen. Genieße es einfach, dass er so nah bei mir ist.

»Hast du schon eine Stadt für den Sommer ausgesucht?«, fragt er.

»Eine Stadt?«

»Na, für unseren Trip«, sagt er.

»Ach so ... ja, doch ...« Meine Stimme versagt. Malte hatte mich zu einer Reise eingeladen. Nur er und ich, und ich soll entscheiden, wo es hingeht.

»Du willst doch immer noch mitkommen, oder?« Die Unsicherheit in seiner Stimme zwingt mich, die Augen zu öffnen.

»Klar«, lüge ich.

»Gut. Du hast die freie Wahl. Rom, Paris, Amsterdam, du entscheidest.«

Ich sehe ihn lange an. Die Worte liegen mir bereits auf der Zunge. Ich hätte so große Lust, ihm einfach alles zu erzählen, damit ich endlich nicht mehr lügen muss, keine Reisen mehr planen, aus denen doch nie etwas wird. Aber was ist mit dem, was Azalea mir heute erzählt hat? Es genügt nicht, dass ich sage, dass ich eine Elfe bin. Ich muss ihm auch erzählen, was das genau bedeutet, und dann wird er es erfahren ... Wird erfahren, wie wir dabei sind, langsam alle in der Stadt zu töten – auch ihn. Und kann man tatsächlich jemanden lieben, der so etwas tut?

»Was ist?«, fragt er.

»Ach, nichts«, versuche ich zu beschwichtigen.

»Ist es dein Vater?«, fragt er. »Hast du immer noch Angst, er könnte es dir verbieten?«

»Es geht nicht um meinen Vater«, sage ich, während der Hunger in meinem Körper tobt. »Er ist auch gar nicht mehr hier.«

»Wie meinst du das?«, fragt er.

Ich seufze.

»Er ist nach Næstbæk gegangen. Wir sind allein.«

»Hat er euch einfach so verlassen?« Maltes Augen sind voller Sorge.

»Nein, das nicht, es ist nur gerade am besten für uns alle. Aber du sagst es doch niemandem, nicht wahr?«

»Nein.« Er zieht mich ganz dicht an sich heran.

»Aber mit dir ist alles in Ordnung?«

Ich nicke.

»Ja ... Ich ... Ich möchte nur gern noch ein bisschen warten, bis ich mich für eine Stadt entscheide, ist das okay?«

»Okay«, sagt er.

Sein Ausdruck verändert sich, ich kann ihm fast ansehen, dass er mir nicht glaubt. Dass er Angst hat, ich würde es nicht ernst meinen und mir nie eine Stadt aussuchen.

»Wirklich, ich möchte schrecklich gern«, beeile ich mich zu versichern. »Aber können wir nicht bis nach den Prüfungen mit einer Entscheidung warten? Die nehmen im Augenblick alle Zeit ein.«

»Das weiß ich nur zu gut«, sagt er. »Aber wenn wir günstige Flugtickets haben wollen ...«

»Können wir nicht trotzdem noch ein bisschen warten?«, frage ich.

»Na gut«, sagt er. »Dann warten wir.«

»Danke«, sage ich.

Er drückt mich fester an sich.

»Aber du brauchst keine Angst vor den Prüfungen zu haben.«

»Das kannst du leicht sagen«, erwidere ich. »Du hast letztes Jahr gute Noten gehabt, und jetzt hattest du noch mal ein Jahr, um noch besser zu werden.«

»Stimmt, dann kann ich dir doch beim Lernen helfen.«

Er gibt mir einen Kuss.

Als die Dämmerung einsetzt und die Schatten der Bäume sich in lange Monster verwandeln, sitzen wir immer noch auf der Bank. Es raschelt in den Büschen, in denen kleine Tiere Schutz für die Nacht suchen. Meine Gedanken schwirren unruhig hin und her. Gedanken an den Tanz, die Zukunft, den Hunger, der mich zerreißt und mir deutlich sagt, dass Azalea vielleicht problemlos warten kann, ich jedoch nicht. Und das nächste Mal, wenn ich tanze ... Malte wird nicht dabei sein, er darf nicht. Sonst muss ich ihm alles erzählen.

»Glaubst du an Gespenster?«, flüstere ich.

Er grinst.

»Ich glaube an das, was ich sehen kann«, erklärt er.

Ich schaue zu Boden und schlucke die Sätze, die mir bereits auf der Zunge lagen, hinunter. Ich habe mir dieses Gespräch schon so viele Male vorgestellt, mit tausend Versionen seiner Antwort. Tausend Möglichkeiten, aber fast alle enden in einer Katastrophe.

»Und du?«, fragt er.

»Ich glaube, dass es mehr zwischen Himmel und Erde gibt, als wir wissen.«

Er lächelt.

»Schon möglich.«

Sein Handy piepst. Er seufzt.

»Ich muss los«, sagt er. »Das Stadtfest ruft.«

Ich lächle.

»Komm, ich bringe dich erst noch nach Hause«, sagt

er. »Damit du nicht von gefährlichen Monstern gefressen wirst.«

Wir lachen beide, aber mir vergeht das Lachen schnell. Wie Malte wohl reagieren würde, wenn er wüsste, dass er in diesem Augenblick mit dem gefährlichsten Monster von allen durch den Wald geht?

Verhext

Am Abend, nachdem Rose und Azalea ins Bett gegangen sind, quält mich der Hunger. Jedes Mal, wenn ich die Augen schließe, kommen die Träume angeschlichen. Sobald ich spüre, dass ich anfange zu tanzen, zwinge ich mich, wieder aufzuwachen. Ich habe die Nacht nicht vergessen, in der ich im Schlaf in den Wald gegangen bin. Damals wusste ich, wohin ich gehen wollte, für wen ich tanzen wollte.

Ich brauche frische Luft, um an etwas anderes zu denken, also stehe ich wieder auf. Gehe hinaus in den Wald, der trotz der Dunkelheit vor Leben wimmelt. Ich höre, wie Tiere in ihren Verstecken kratzen und schaben. Sehe ein Wildschwein, das langsam davontrottet. Ich habe kein bestimmtes Ziel, nähere mich aber dennoch dem Bach, dessen Wasser im Mondschein glitzert. Und in dem Moment, als ich ihn überqueren will, höre ich eine Stimme:

»Ich wusste, dass du kommen wirst.«

Zwischen den Bäumen entdecke ich Aske.

»Wie meinst du das?«, frage ich.

»Du bist wach«, sagt er verwundert. »Ich dachte, du schlafwandelst?«

»Äh ... nein.«

»Na, dann ist ja gut«, sagt er.

»Stehst du schon die ganze Zeit hier und wartest?«, frage ich.

»Ja. Wir wissen doch beide, was passiert, wenn du nicht tanzen kannst«, sagt er, und der Hunger, der in mir nagt, gibt ihm recht.

»Dann wartest du hier schon seit Stunden, um mich notfalls aufzuhalten?«

Er nickt.

»Das ...« Mir fehlen die Worte. Ich weiß nicht, ob ich mich bedanken und ihm sagen soll, wie nett das von ihm ist, oder ihn anschreien, weil er nicht aufhört, mich ständig zu überwachen.

»Aber ich werde nicht immer hier sein können«, sagt er dann. »Ich kann nicht jede Nacht auf dich aufpassen. Wollen wir nicht lieber diese ganze Diskussion und den daraus folgenden Streit überspringen und einfach miteinander tanzen, damit du etwas von meiner Energie bekommst?«

»Das musst du nicht«, sage ich. Denn ich weiß nicht so recht, warum das besser sein soll, schließlich ist es ja immer noch *deren* Energie, die er mit mir teilen will. Gestohlen von den Einwohnern der Stadt.

»Birke, komm schon, lass mich dir helfen.«

Sein Blick ist eindringlich, und ich bin es leid, immer

kämpfen zu müssen. Alles scheint in einem Kampf zu münden.

»Okay«, sage ich.

Er ergreift meine Hand. Ich zittere leicht, kann ein Beben in meinem Inneren spüren. Das Monster mit scharfen Zähnen und den gierigen Augen will endlich etwas zu essen haben und nicht länger darauf warten.

Aske zieht mich zu sich heran, und wir gleiten durch das Gras, wirbeln den Tau auf, während der Mond sein schwaches Licht auf uns wirft.

Beim letzten Tanz mit Aske war ich nervös, aber dieses Mal fühlt es sich ganz normal an. Wir finden einen gemeinsamen Rhythmus, sodass unsere Schritte zusammenpassen. Und ich spüre seine Energie, erkenne sie vom letzten Mal wieder. Lasse sie in mein Blut einströmen als ein Teil von ihm.

Wir werden voneinander angezogen, jede Faser meines Körpers wünscht sich, ihm immer näher zu kommen, in seiner Energie zu verschwinden, dennoch versuche ich, einen gewissen Abstand zwischen uns zu halten.

Wir wirbeln umeinander wie zwei Stränge eines DNA-Moleküls – ewig verbunden und ewig getrennt.

Die Art, wie er mich ansieht, macht mich schwindlig, und ich schließe die Augen, will nicht in seine schauen. Will all die Gefühle nicht spüren, die er in mir erzeugt.

Ich lasse ihn führen. Ich stille meinen Hunger und sonst nichts.

Mit geschlossenen Augen geht es einfacher. Ich gebe mich

hin, stelle mir vor, es sei Malte, mit dem ich tanze. Ich sauge alles auf, ziehe immer mehr davon an mich, bis das Monster in mir langsam aufhört zu knurren und Ruhe gibt. Und ich tanze weiter. Der Hunger soll nicht nur schlafen, er soll weggehen, verschwinden. Ich will so satt werden, dass er niemals wieder zurückkommen wird.

Die Energie lässt mein Blut knistern, ich fühle mich von ihr erfüllt wie nie zuvor.

»Birke«, flüstert Aske und zwingt mich damit, die Augen zu öffnen. Sein Gesicht ist angestrengt, verzerrt.

»Ich glaube, wir sollten lieber aufhören«, sagt er.

Und da sehe ich es. Obwohl es dunkel ist und der Mond alles grau malt, kann ich sehen, wie blass er ist. Als hätte ich ihm nicht nur seine Energie, sondern auch alle Farbe geraubt.

»Oh entschuldige!« Schnell lasse ich seine Hand los, sehe die Risse in seiner Haut. Die Falten, die mit den Jahren kommen sollten, aber jetzt noch nicht da sein dürften.

Er wankt, findet aber das Gleichgewicht wieder.

»Es tut mir leid«, flüstere ich. »Ich habe zu viel genommen.«

Aske lehnt sich gegen einen Baum.

»Das war mein Fehler«, sagt er. »Ich hätte ...« Er holt tief Luft und richtet sich auf. Sein Blick ist getrübt.

»Soll ich ...« Ich strecke die Hand nach ihm aus. »Kann ich dir, äh, etwas zurückgeben?«

Er schüttelt den Kopf.

»Nein, ist schon in Ordnung. Ich komme zurecht.«

»Sicher?«

»Ja, ja«, sagt er, doch seine Stimme klingt erschöpft und überzeugt mich absolut nicht, aber ich weiß nicht, was ich tun soll.

Ich streiche ihm über den Arm.

»Ich bin okay«, sagt er und klingt dieses Mal ein wenig überzeugender. »Du brauchst die Energie dringender, und ich kann mir jederzeit neue holen.«

Ich starre ihn wortlos an.

»Danke«, sage ich dann. »Danke für deine Hilfe.«

»Schon gut«, sagt er, hat aber noch immer keine Farbe in den Wangen.

»Hast du kein schlechtes Gewissen?«, frage ich. »Ich meine, wenn du vor Menschen tanzt und ihnen damit Lebenszeit raubst?«

Er zuckt mit den Schultern.

»Hat ein Löwe ein schlechtes Gewissen, wenn er eine Antilope frisst?«, fragt er zurück, und als ich darauf nichts sage, fährt er fort: »So sind wir nun einmal. Wir sind so geschaffen. Und ob wir uns nun das, was wir brauchen, von den Bäumen oder den Menschen holen, macht für mich keinen großen Unterschied.«

»Aber wir töten sie«, wende ich ein.

»Das Leben tötet sie«, widerspricht er. »Wenn wir ihnen einen oder zwei Tage nehmen, macht das doch kaum etwas aus.«

Ich seufze.

»Ich wünschte, ich könnte das auch so sehen«, sage ich.

»Das wirst du irgendwann. So bist du nun einmal. Man kann sich nicht ewig selbst hassen.«

»Kann sein«, räume ich ein. Immer noch spüre ich seine Energie unter der Haut. Und ich weiß nicht, was mir am meisten Angst macht: dass ich einfach losgelassen und ungehemmt von ihm genommen habe, eine Schleuse geöffnet habe, von der ich bisher gar nichts wusste – oder dass er es zugelassen hat. »Und du bist dir sicher, dass es dir gut geht?«

»Ich komme schon zurecht.«

»Na gut … Dann werde ich jetzt nach Hause gehen …«, erkläre ich, immer noch beunruhigt. Alles in mir brodelt von Aske. Er hat einen Abdruck in mir hinterlassen, den ich nicht einfach abwaschen kann. Und ich spüre eine Einsamkeit und eine Sehnsucht in meinem Körper, die nicht mir gehört.

»Ich bin nicht nur wegen Roses Kindern zurückgekommen«, sagt er dann.

Ich drehe mich um. Unsere Blicke begegnen sich, verknoten sich ineinander. Ich weiß, es liegt so viel mehr in diesen Worten, als es eigentlich dürfte.

»Ich bin mit Malte zusammen«, sage ich. »Und selbst wenn ich das nicht wäre …«

»Ich weiß, dass du mir niemals vergeben kannst, was ich getan habe, aber …«

Ich hole tief Luft und unterbreche Aske.

»Hilf mir, Erle zu befreien«, flüstere ich. »Dann werde ich dir verzeihen.«

»Okay«, sagt er nur und scheint überrascht von meinem Vorschlag zu sein. Und das bin ich eigentlich auch, aber es ist so anstrengend, ihn zu hassen. Obwohl ich doch weiß, dass ich aufpassen muss, dass er schon einmal mein Vertrauen missbraucht hat, so ertrage ich es nicht, die ganze Zeit so viel Kraft dafür aufzubringen, ihn von mir fernzuhalten.

»Okay«, sage auch ich. »Aber ich bin mit Malte zusammen ...«

Ich wiederhole diesen Satz und weiß nicht so recht, ob ich ihn jetzt für ihn oder für mich wiederhole. Weiß nur, dass mich der Tanz mit Aske verwirrt und verhext hat.

»Ich habe das im Griff.«

Ich wache von lauten Stimmen in der Küche auf.

»Aber es ist nicht mehr lange hin. Bei den Elfen dauert eine Schwangerschaft nur ein halbes Jahr, das hat Dahlia gesagt.«

»Du hast mit Dahlia über mich gesprochen?«, fragt Rose.

»Natürlich. Alle machen sich Sorgen um dich und um die Kinder.«

»Es ist mir doch ganz gleich, was Dahlia sagt«, entgegnet Rose.

»Aber du musst einen Plan haben, schließlich wirst du in wenigen Monaten Mutter!« Azalea spricht nicht mit der vorsichtigen, ruhigen Stimme, die sie früher hatte.

»Und den werde ich schon haben!«, faucht Rose zurück. »Aber der Plan wird niemals die Elfen mit einbeziehen.«

Schnell laufe ich die Treppe hinunter.

»Wir können nicht hierbleiben«, bemerkt Azalea. »Was werden sie in der Schule sagen? Und was ist mit der Geburt – wir können ja wohl schlecht ins Krankenhaus gehen, oder?«

»Ich werde schon einen Weg finden. Ich bin noch nicht einmal im dritten Monat, also habe ich noch jede Menge Zeit.«

»Du glaubst wohl, wenn du einfach die Augen davor verschließt, dann verschwinden die Probleme, was? Aber dem ist nicht so«, sagt Azalea.

»Und du glaubst, dass die Elfen für alles eine Lösung haben, aber das stimmt nicht. Und wenn du gern bei ihnen sein willst, dann geh doch zurück zu ihnen, zu deinem neuen Zuhause.«

Rose rauscht aus der Tür hinaus. Ich stehe immer noch auf der Treppe.

»Das hat sie nicht so gemeint«, sage ich.

Azalea schaut seufzend auf.

»Sie muss sich einen Plan machen«, erklärt sie.

»Sie hat doch gerade erst die Entscheidung getroffen, die Kinder zu behalten«, wende ich ein. »Vielleicht solltest du noch etwas warten mit diesem Verhör.«

»Die Zeit läuft uns davon«, antwortet sie eindringlich, und in ihrem Blick ist eine Finsternis, die ich nicht deuten kann.

»Ich hole Rose zurück«, sage ich und laufe hinaus. Folge den vertrauten Pfaden, auf denen der Tau im Sonnenschein glitzert. Ich schaue zu den Beeten hinüber, wo schon die ersten Blumen blühen.

»Rose!«, rufe ich, als ich sie in der Ferne entdecke.

Sie bleibt stehen.

»Wohin willst du?«

»Ich will mit Erle reden«, sagt sie. »Sie ist die Einzige, die mich nicht zu irgendetwas zwingen will.«

»Ich will das doch auch nicht«, wende ich ein.

Rose bleibt stehen.

»Doch, das willst du. Du willst hierbleiben und deine Märchenidylle mit Malte ausleben, und du weißt, dass ich nicht ohne dich leben kann, deshalb kann ich nicht von hier fort.«

Ihre Worte sind für mich wie ein Schlag ins Gesicht. Immer war sie die Tatkräftige gewesen. Sie hat immer alles entschieden.

»Was hat dich zu dem Entschluss gebracht, die Kinder zu behalten?«, frage ich.

»Als ich gestern getanzt habe ...« Sie bleibt stehen, schiebt sich eine Strähne hinters Ohr. »Das klingt verrückt, aber ich hatte das Gefühl, als könnte ich sie spüren.«

»Das klingt überhaupt nicht verrückt«, sage ich und denke an meinen Tanz mit Aske. Wie ich ihn unter meiner Haut fühlen konnte.

Sie geht weiter.

»Es sind drei Mädchen«, sagt sie. »Ich konnte jede Einzelne spüren, aber ich weiß immer noch nicht, ob ich ... also, ich lasse sie nicht wegmachen, aber ich weiß auch nicht, ob ich ... Vielleicht hat Azalea doch Recht, und es wäre besser, wenn die Elfen sie bekommen.«

»Willst du denen wirklich deine Kinder geben?«, frage ich ungläubig.

»Es sind Benjamins Kinder«, flüstert sie. »Ich kann sie nicht jeden Tag um mich haben, aber seit gestern weiß ich, dass ich sie auch nicht töten kann.«

»Wir werden eine Lösung finden«, sage ich und nehme ihre Hand.

Sie befreit ihre Finger aus meinen.

»Ich möchte gern allein mit Erle reden«, sagt sie.

»Warum gerade Erle?«, frage ich und muss zugeben, dass ich mich zur Seite geschoben fühle.

»Weil sie die einzige ist, von der ich weiß, dass sie auch schwanger gewesen ist.«

»Schwanger?«, frage ich verblüfft nach.

Rose schnaubt.

»Ja, was hast du denn gedacht, wofür der Nöck eine Frau braucht ?«

»Dann erwartet sie auch Babys?«

Rose schüttelt den Kopf.

»Nein«, sagt sie. »Nicht mehr.«

»Sie hat schon Kinder?«, frage ich weiter.

»Es hat kein gutes Ende genommen«, sagt Rose nur und geht weiter.

Ich starre ihr nach. Nichts gibt mehr einen Sinn. Warum hat Erle mir nie davon erzählt?

Ein riskanter Plan

»Oh, ich kann langsam nicht mehr«, stöhnt Elexa ein paar Tage später, als wir bei ihr zu Hause sitzen und für die Prüfungen pauken. Sie liegt bäuchlings auf dem Sofa.

»Nur noch eine Werbung«, sage ich. Unsere Dänischlehrerin Louise ist ganz heiß auf Werbeanalysen, und wenn wir sie richtig einschätzen, besteht eine große Chance, dass wir das als Prüfungsthema bekommen.

»Okay, aber dann dieses Mal eine Fernsehreklame«, sagt sie. Wir haben in der letzten Stunde Werbung aus Zeitschriften und Zeitungen analysiert.

»Von mir aus.«

Ich gehe auf YouTube und finde eine L'Oréal-Werbung.

Wir schauen uns den minutenlangen Clip an.

»Gut, und was ist die Botschaft?«, fragt Elexa.

»Kauf das Shampoo, und du wirst deinen Traummann finden«, antworte ich.

Sie nickt.

»Und welche Mittel werden benutzt?«, frage ich zurück.

»Sex, immer nur Sex«, seufzt sie.

Wir müssen beide lachen.

»Ich fürchte, Louise möchte das ein bisschen genauer von dir wissen.«

»Von mir aus ... Die Flasche hat die Form eines Frauen-körpers. Die ganze Zeit wird auf die Lippen und die Haut gezoomt, damit wir an Sex denken ... und apropos Sex ...« Ihre Augen funkeln neckisch. »Du errätst nie, was gestern passiert ist.«

»Was denn?«, frage ich. Elexa hat schon die ganze Zeit diesen geheimnisvollen Blick, es wundert mich eigentlich, dass sie ihr Geheimnis so lange für sich behalten konnte.

»Ich habe Aske geküsst!« Ihre Augen funkeln.

»Was hast du?«

»Ja, sieht wohl so aus, als hätte ich deine Hilfe gar nicht gebraucht«, grinst sie. »Er hat mich auch so bemerkt, und wir haben zusammengestanden und einfach nur geredet. Über nichts Besonderes, nur die Schule und so, aber dann hat er herumgealbert und na ja ...«, ihre Wangen werden rot. »Dann haben wir uns geküsst.«

»Okay ...« Ich muss erst einmal schlucken. *Rose war nicht der einzige Grund für meine Rückkehr*, hat er gesagt.

»Okay? Mehr hast du nicht dazu zu sagen? Mal ganz ehr-lich, Birke, was ist denn mit dir los?«

»Gar nichts, ich bin nur überrascht.«

»Überrascht?« Ihre Stimme zittert gefährlich und ich stelle selbst fest, wie falsch ich klinge.

»Ich meine, dass du dich getraut hast, mit ihm zu reden. Schließlich hast du es doch schon seit Wochen versucht.«

Ihr Blick wird sanfter.

»Ja, ich weiß auch nicht ... Vielleicht war es einfacher, weil ich allein war.«

»Erzähl mir mehr«, sage ich, auch wenn sich meine Eingeweide zusammenkrampfen. Und Elexa erzählt, wie sie sich zufällig im Supermarkt getroffen haben, dass sie anschließend zusammen zu seiner Wohnung gegangen sind, sich dort auf dem Sofa unterhalten und schließlich geküsst haben.

Ich hasse jede Sekunde, von der sie berichtet. Spüre, wie es in meinem Inneren kocht, aber ich zwinge mich zu lächeln, denn Elexa ist so glücklich, und vielleicht ist es das, was mich nur noch wütender macht. Dass ich weiß, er meint es nicht ernst mit ihr. Er wird sie verletzen, denn er bleibt ja nicht hier, sondern wird wieder fortgehen. Das wissen wir beide, er und ich, nur zu genau.

»Am schönsten war es, als er nur für mich getanzt hat.«

»Was hat er?« Ich schnappe nach Luft.

»Ja, er hat mir ein paar Schritte gezeigt, es war einfach ...« Sie seufzt. »Am liebsten wäre ich für alle Zeiten dort geblieben, aber natürlich hat genau dann meine Mutter angerufen, also musste ich ...«

Ich höre ihr gar nicht mehr zu.

Später hämmere ich gegen Askes Wohnungstür.

»Du Mistkerl!«, schreie ich ihn an, als er die Tür öffnet.

»Äh .. hallo ...« Er tritt zur Seite. »Möchtest du vielleicht reinkommen?«

Ich gehe hinein, und schon der Anblick des Sofas im Wohnzimmer lässt einen ganzen Film vor meinem inneren Auge abspulen. Die beiden auf dem Sofa, er, der für sie tanzt.

»So, jetzt kannst du mich in aller Ruhe anschreien«, sagt Aske, nachdem er die Tür geschlossen hat. Er sagt das wie einen Scherz, aber mir ist nicht nach Scherzen zumute. Trotzdem hole ich erst einmal tief Luft und zwinge mich, nicht wieder zu schreien.

»Du belehrst mich darüber, wie gefährlich es sei, wenn ich für Malte tanze, und dann machst du genau das Gleiche mit meiner Freundin«, sage ich.

»Was?«, fragt er.

»Elexa. Das Mädchen, dem du gestern eine Soloshow gegeben hast.«

»Ach, die ...«, sagt er.

»Ja, die. Hast du gestern für sie getanzt oder nicht?«

»Ja, und?«

»Und?« Meine Stimme zittert. »Sie ist meine beste Freundin.«

»Ich habe keine Energie von ihr genommen«, erklärt er vollkommen ruhig. »Ich kann sehr wohl kontrollieren, ob ich Energie nehme oder nicht.« Letzteres sagt er mit Nachdruck, sodass ich automatisch daran denken muss, wie wir zusammen getanzt haben und ich ihn ausgesaugt habe.

»Dann hast du nichts von ihr genommen?«

145

»Nein.«

»Aber warum warst du dann mit ihr zusammen?«

Er seufzt und reibt sich das Gesicht mit der Handfläche.

»Kannst du nicht verstehen, dass ich gern ein wenig Gesellschaft hätte?«, fragt er. »Natürlich hätte ich deine vorgezogen, aber wir beide wissen doch, dass du dazu nicht bereit bist.«

»Und deshalb warst du mit Elexa zusammen?«

»Ja. Wir haben uns ein bisschen amüsiert. Das sollte dich doch nicht stören, oder?«

Er schaut mich in einer Art und Weise an, die mir das Blut in die Wangen treibt.

»Du siehst nicht mehr so müde aus«, wechsle ich das Thema. »Eher wie einer, der soeben neue Energie bekommen hat.«

»Habe ich auch.«

»Aber du hast doch gerade gesagt ...«

Er geht zum Tisch und reicht mir einen zerknitterten Flyer.

Audition für ein Musical – Tänzer gesucht!

»Du warst zum Vortanzen?«, frage ich.

Er nickt.

»Ich brauche wohl nicht zu sagen, dass mir die Hauptrolle angeboten worden ist, aber noch wichtiger: Ich habe mir neue Energie geholt«, sagt er.

»Dann kam die nicht von Elexa?«

»Nein, wir haben nur einen schönen Abend gehabt. Macht dich das eifersüchtig?«, fragt er.

»Nein«, antworte ich. »Eher wütend.«

»Wütend?«

»Sie ist total verrückt nach dir, und sie ist ziemlich zerbrechlich, und außerdem wirst du bald weggehen. Das ist nicht fair ihr gegenüber.«

»Bist du Malte gegenüber fair?«

»Mit Malte ist das was anderes ... Ich ... Er wird mit uns gehen.«

»Ach, wirklich? Dann hast du ihm also die Wahrheit erzählt?«

»Noch nicht.«

Er verschränkt die Arme vor der Brust.

»Und worauf wartest du noch?«

Ich öffne den Mund, bringe aber kein Wort heraus. Aske zieht überheblich eine Augenbraue hoch. Ich seufze. Mag nicht weiter mit ihm streiten, also laufe ich zur Tür und will gehen.

»Warte«, ruft er. »Mir ist eine Idee gekommen, wie wir Erle helfen können.«

Ich bleibe stehen. Drehe mich um und schiebe alle Gefühle beiseite. Das muss ich hören.

»Ja?«

»Aber ich will gleich betonen, dass ich nicht weiß, ob es klappen kann. Es ist nur eine Theorie, und wenn ihr das macht, dann macht ihr es auf eigenes Risiko. Ich will nicht, dass du hinterher zu mir gerannt kommst und mir die Schuld an allem gibst ...«

»Nun schieß schon los«, sage ich.

»Gut, ich weiß nicht viel vom Nöck, aber eines weiß ich: Seine Zauberkraft ist ans Wasser gebunden, und das bedeutet, dass der Fluch, mit dem er Erle belegt hat, auch vom Wasser abhängig ist.«

»Ja und?«

»Das heißt, wenn wir genug Wasser vom Bach schöpfen, dann können wir Erle problemlos zusammen damit herausholen.«

»Du willst also, dass sie wie ein Goldfisch in einem Glas leben muss?«

»Nein«, wehrt er ab. »Aber ich hoffe, dass sie den Bach verlassen kann, wenn sie Boden berührt, der mit seinem Wasser getränkt ist. Und wenn sie erst einmal an Land ist, kann der Nöck ihr nicht mehr schaden. Und dann können wir ihn vielleicht dazu bringen, ganz und gar auf sie zu verzichten.«

»Das heißt, wir müssen einfach die Erde mit Wasser bespritzen?«, frage ich.

Aske schüttelt den Kopf.

»Das ist nicht nötig«, sagt er, geht zu einer Kommode und holt aus der obersten Schublade eine große Landkarte heraus.

»Ich war heute früh im Büro von Næstbæks Naturverband. Die haben Aufzeichnungen von allen Überschwemmungen, die es in den letzten zehn Jahren gegeben hat.«

Er blättert einen ganzen Stapel Karten durch. »Im letzten Frühling ist der Bach weit über seine Ufer getreten. Fast bis zu eurem Haus hin.«

Ich nicke. Erinnere mich, dass Vater es plötzlich eilig damit hatte, Dämme zu bauen, und dass der Boden ganz sumpfig und matschig war.

»Du meinst also, Erle könnte sich vielleicht auf diesem Gebiet frei bewegen?«

Er nickt.

»Aber wie gesagt: Das ist reine Theorie. Es gibt keine Garantie. Sobald wir sie draußen haben, ist es einfacher herauszufinden, wie wir den Fluch aufheben können, der sie ans Wasser bindet.«

Ich schaue auf die gestrichelten Linien auf der Karte. Es ist zumindest einen Versuch wert.

»Ich werde mit Rose und Erle sprechen«, erkläre ich. »Schließlich betrifft es uns alle, wenn es schiefgeht.« Denn die Drohungen des Nöcks habe ich nicht vergessen.

Aske nickt.

»Sag Bescheid, wenn ich irgendwie helfen kann.«

»Ich habe nur eine Bitte, versprich mir, dass du nichts davon Azalea sagst.«

»Willst du das wirklich tun, ohne es mit ihr zu besprechen?«

»Sie hat schon einmal hinter unserem Rücken mit dem Nöck geredet. Wie kann ich da sicher sein, dass sie es nicht wieder tut?«

Aske nickt. »Gut, ich verspreche es.« Er reißt eine kleine Ecke von der Karte ab. Schreibt eine Nummer darauf und reicht mir das Papier.

»Ruf an, wenn du Hilfe brauchst.« Sein Blick verdunkelt

sich, und ich weiß, ich bin nicht die Einzige, die sich vor der
Rache des Nöcks fürchtet.

»Danke«, sage ich.

Zu Hause treffe ich Rose und schlage ihr vor, mit mir spazieren zu gehen. Auch wenn ich ein schlechtes Gewissen deshalb habe, nehme ich Azalea nicht mit. Sie zu verstehen ist so
schwer geworden, sie ist wie ein Labyrinth, und allein schon
Erles Namen in ihrer Gegenwart zu erwähnen führt nur in
Sackgassen. Sie in unseren Plan einzuweihen ist einfach zu
riskant.

Rose und ich gehen am Waldrand entlang. Hier sind wir
schon immer gern gegangen. Wenn man direkt an der Wald-
grenze steht, sieht man auf der einen Seite nur die Stadt,
und wenn man sich umdreht, ist da der Wald. Es ist wie eine
Pforte zwischen zwei Welten. Zwei Leben.

»Es ist riskant«, sage ich, als ich ihr von Askes Vorschlag
berichtet habe.

»Das stimmt«, nickt Rose. »Aber wir haben wohl nicht so
viele andere Möglichkeiten, oder?«

»Nein«, stimme ich zu, während ich zum Marktplatz
spähe, wo für das Konzert am Abend eine riesige Bühne aufgebaut wird. Dorthin soll ich mit Malte gehen. In den letzten Tagen hat er von nichts anderem geredet.

»Okay«, sagt sie. »Dann lass es uns versuchen.«

»Bist du dir da sicher?«, frage ich, während wir uns wieder
dem Wald zuwenden.

»Er wird sie niemals freiwillig hergeben«, sagt sie. »Und

wenn wir so vorgehen, gibt es zumindest keinen weiteren Mord.«

»Ich werde Erle fragen«, sage ich.

»Erle ...« Ich flüstere ihren Namen.

Ja? Ihre Stimme ist wie eine schwappende Welle in meinen Gedanken. Und ein Blick zu Rose verrät mir, dass auch sie es hört.

»Aske hat eine Idee«, beginne ich und erzähle ihr von unserem Plan. Versuche, so präzise wie möglich zu sein. Berichte von allen Fragen, von allem Wenn und Aber. Und ich kann Rose ansehen, dass sie der Meinung ist, ich sei zu vorsichtig. Sie hätte es auf eine ganz andere Art und Weise erzählt.

Erle seufzt.

Ich habe es versucht, sagt sie. *Als ich noch kleiner war, da wollte ich einmal hinauskriechen.*

»Und was ist da passiert?«, frage ich.

Er hat es sofort gemerkt und ist sehr wütend geworden. Ich glaube, er kann spüren, wenn ich das Wasser verlasse.

»Aber als wir uns getroffen haben, da hast du dich doch auch wegschleichen können«, wende ich ein.

Ja, es ist kein Problem, mich im Wasser von ihm zu entfernen, darum geht es nicht, aber sobald ich hinausklettere ...«

Ich beiße mir auf die Lippe.

»Und was wäre, wenn wir ihn ablenken?«, fragt Rose. »Ich könnte ihn doch ans ganz andere Ende des Bachs locken. Würdest du dann nicht herauskommen können?«

Ja, vielleicht ...

Lange Zeit schweigt Erle, aber ich weiß, sie ist noch da. Es ist wie am Meer, wenn man die Augen schließt und weiterhin das Rauschen der Wellen hört.

Lasst es uns versuchen, flüstert sie dann. Und ich spüre Unsicherheit in ihren Worten.

»Bist du dir sicher?«, flüstere ich. »Du weißt, was es bedeutet, wenn es schiefgeht. Und wir können dir nicht helfen.«

Ja, sagt sie. *Ich weiß. Aber ich muss es tun. Wie viele andere Chancen bleiben mir denn?*

»Es ist immer noch Zeit. Wir könnten eine andere Möglichkeit finden.« Meine Stimme zittert, und ich weiß nicht, ob ich sie oder mich selbst überreden will.

Ich überlege jetzt seit 16 Jahren, sagt Erle. *Und mir ist noch nie eine Idee gekommen. Du suchst schon seit Monaten nach einem Weg. Ich werde keine bessere Chance bekommen als diese.*

»Der Meinung bin ich auch«, sagt Rose. »Wir können nicht immer nur warten und hoffen.«

»Aber was ist, wenn es schiefgeht?« Ich schaue Rose an. Versuche, ihr mit den Augen zu verstehen zu geben, dass unsere Rettungsaktion ebenso gut mit einer toten Schwester wie mit einer befreiten Schwester enden kann.

Ich habe nichts zu verlieren, sagt Erle, und auch wenn ich sie in meinen Gedanken spüren kann und merke, wie ihre Selbstsicherheit wächst, wünschte ich trotz allem, wir könnten dieses Gespräch von Angesicht zu Angesicht führen.

»Sie hat recht«, sagt Rose. »Jetzt ist sie gefangen, und wenn es schiefgeht, dann ist sie weiterhin gefangen, aber wenn es klappt ...«

»Aber der Nöck ...«, sage ich.

Er kann mir nichts antun, was er mir nicht schon angetan hat, sagt Erle.

Beide sind sich sicher. Nur ich zögere und fühle mich wie das schwächste Glied einer Kette, das alle anderen mit seiner Unsicherheit ansteckt.

»Okay«, sage ich schließlich. »Wenn du es willst.«

Ich will es, flüstert sie. *Wollen wir es gleich machen?*

»Jetzt? ... Sollten wir nicht ... etwas vorbereiten?«, frage ich.

»Was gibt es denn da vorzubereiten?«, fragt Rose.

Je länger wir warten, umso größer ist das Risiko, dass er unsere Pläne entdeckt, sagt Erle.

»Sie hat recht«, sagt Rose. Schaut mich dabei erwartungsvoll an, als liege die letzte Entscheidung bei mir. Als sei ich diejenige, die die Fäden in der Hand hat, nur weil ich mit Aske gesprochen habe.

»Okay«, sage ich also.

»Wenn ihr zum See geht, dann locke ich ihn von dort weg«, sagt Rose. »Ich schicke eine SMS, wenn er bei mir ist.«

Rose läuft davon, während ich langsam zum See gehe. Noch einmal schaue ich auf das Stück von Askes Karte. Sehe die Striche, die zeigen, wie weit die Überschwemmung ging.

Ich stelle mich ans Ufer, während die Brücke leise im Wind knackt.

Ich bin bereit, flüstert Erle.

Wir warten auf die SMS von Rose und nach nur wenigen Minuten trifft sie ein.

»Komm«, sage ich nur.

Ich schaue aufs Wasser. Die Oberfläche des Sees ist heute Abend vollkommen ruhig. Dann kräuselt sie sich leicht. Es sind nur wenige kleine Ringe, aber sie nähern sich dem Ufer. Erreichen das flache Wasser.

Sie schleicht sich davon; macht so wenige Wellen wie möglich. Ganz anders als der Nöck, wenn er die Wasseroberfläche wie ein hochspringender Delfin durchstößt.

Nein, hier ist nur ein leises *Plopp* zu hören, als Erles Kopf einen Meter vom Ufer entfernt auftaucht.

Das dunkle Haar liegt wie eine Haube um ihr Gesicht. Sie kommt näher. Lautlos geht sie über den Sandboden, während ihre Schultern langsam zum Vorschein kommen, dann ihre Brust, die Taille, die Beine.

Das Kleid ist aus Algen gewebt, in einer dunklen, orangenen Farbe. Jeder Tropfen, der von ihm herunterfällt, erzeugt kleine Kreise, aber der Bach bleibt still. Sie ist immer noch im Wasser. Hat noch nichts verbrochen.

Sie nähert sich dem Ufer. Das Wasser umspült nur noch ihre Knöchel. Unsere Augen begegnen sich.

Und das ist der entscheidende Augenblick. Jetzt müssen wir sehen, ob Askes Worte zutreffen. Sie hat noch nie zuvor einen Fuß auf die trockene Erde gesetzt. Sie hebt das Bein. Ein bleicher Fuß kommt zum Vorschein. Leicht zitternd setzt sie ihn auf den Waldboden.

Ich halte die Luft an. Genau wie sie. Wir starren beide aufs Wasser, aber es passiert nichts. Jetzt hebt sie den anderen Fuß – und ohne auch nur eine winzige Welle zu erzeugen, verlässt sie ihr Zuhause.

Als ihre Zehenspitzen den Waldboden berühren, bricht ein Lächeln auf ihren Lippen auf. Sie ist oben. Ich strecke die Hände nach ihr aus. Möchte sie entgegennehmen, aber in dem Moment piepst mein Handy.

Er ist auf dem Weg, steht da.

Ich packe Erle, will sie wegziehen, doch in der gleichen Sekunde springen kleine schwarze Würmer aus dem Wasser. Sie winden sich wie Schlangen über die Erde. Schlingen sich um ihre Beine. Sie versucht weiterzugehen, aber die Tiere sind schnell. Es sind Hunderte. Sie bringen sie zu Fall und kriechen auf ihren Körper.

»Mach sie weg!«, schreit Erle.

Und ich versuche es. Packe eine Handvoll und werfe sie fort, aber ich bin nicht schnell genug. Es sind zu viele und sie erreichen ihren Hals. Legen sich um ihn. Meine Schwester kann gerade noch einen Schrei hervorbringen, bevor sich die Schlinge zuzieht und sie verstummt.

Ich versuche, sie von ihr wegzuziehen, aber sie lassen nicht locker.

»Birke«, flüstert Erle. Sie hat aufgehört zu kämpfen. Schaut nur zum See.

Ich drehe den Kopf und sehe, wie das Wasser zu brodeln anfängt, als wäre der ganze Bach zum Kochen gebracht worden. Der bleiche Schädel, den wir nur allzu gut kennen, nähert sich wie eine Haifischflosse dem Ufer.

Der Nöck kommt ...

Roses Entscheidung

»Wie kannst du es wagen ...«

Der weiße Körper des Nöcks springt aus dem Wasser. Er schüttelt Tropfen von sich, die uns treffen. Wut kocht in seinem Blick, während Erle immer noch nach Luft schnappend auf dem Boden liegt. Mit den Händen versucht sie, die schwarzen Würmer zu lösen, aber es gelingt ihr nicht. Immer mehr sammeln sich um sie und wie Ameisen in einem Ameisenhaufen arbeiten sie zusammen. Für jeden Wurm, den ich losreiße, kommen zwei neue hinzu.

»Wie kannst du es wagen, meine Frau zu stehlen!« Das Gebrüll des Nöcks hallt zwischen den Bäumen, weckt schlafende Vögel, die zwischen den Baumkronen erschrocken aufflattern.

»Und wie kannst du es wagen, vor mir zu fliehen ...« Er beugt sich über Erle.

Die Würmer geben einen zischenden Laut von sich, während sie sich noch enger um ihren Hals legen.

Röchelnd versucht Erle nach Luft zu schnappen. Ihr Gesicht wird immer blasser.

»Hör auf damit!«, rufe ich. »Du bringst sie um!«

Die Würmer kleben an meinen Fingern, und obwohl ich sie, so schnell ich nur kann, wegzerre, kommt keine Haut zum Vorschein. Jedes Mal, wenn ich einen hinter mich werfe, kriecht er, sobald er auf dem Boden auftrifft, sofort zurück.

»Das ist ja auch der Sinn der Sache«, erklärt der Nöck mit einer Ruhe, die mich noch mehr erschreckt als sein Gebrüll. »Sie verdient es nicht besser ...«

Erles Bewegungen werden immer krampfartiger und panischer. Ihre Nasenflügel sind weit geöffnet, sie schnappt nach Luft, die aber nicht in ihre Lunge dringt.

»Nein«, schreie ich. »Du darfst sie nicht umbringen ...«

Der Nöck sagt nichts darauf, starrt Erle nur ausdruckslos an, die sich am Boden windet.

»Lass sie leben«, bitte ich. »Ich verspreche, dass wir nie wieder versuchen werden, sie dir wegzunehmen.«

»Das Versprechen hast du mir schon einmal gegeben ...« Sein Blick durchbohrt mich. »Du bist eine gemeine Lügnerin und Verräterin. All die Jahre habe ich mich an unsere Abmachung gehalten, aber du brichst sie bei der ersten Gelegenheit, die sich dir bietet. Du musst auch bestraft werden.«

Seine Finger zeigen auf mich und plötzlich kriechen noch mehr schwarze Würmer aus dem Wasser. Dieses Mal kommen sie auf mich zu. Ich schaffe es nicht, auf die Beine zu kommen, da ringeln sie sich schon wie riesige schleimige

Waldschnecken um meine Hose. Ich versuche sie abzuwischen, aber es sind zu viele. Sie kommen von allen Seiten und kleben an meinem Körper. Der Nöck sieht schweigend zu. Er muss nichts tun, weiß, dass er gewinnt.

Die Würmer schlängeln sich weiter nach oben. Sie sind überall. Auf meiner Kleidung, darunter, überall. Sie legen sich um meinen Hals, und ich spüre, wie sie ihn zusammenschnüren, genau wie sie es bei Erle getan haben.

»Hilfe!«, schreie ich und sinke auf die Knie, bohre meine Fingernägel in die schwarze Masse und reiße sie weg, doch das bringt nur kurz eine Linderung, dann sind sie wieder da. Ziehen die Schlinge immer enger zusammen und Panik lässt meinen Puls hochschnellen.

Ich falle nach hinten, sehe die dunklen Blätter des Waldes über mir, während meine Lunge vor Schmerzen schreit.

In der Ferne höre ich schnelle Schritte.

»Stopp, aufhören!«

Es ist Rose, die da ruft.

Kurz darauf spüre ich sie an meiner Seite. Sie versucht mich zu befreien, aber ich bekomme weiterhin kaum Luft.

»Lass die beiden frei!«, bittet Rose.

»Die bekommen nur, was sie verdienen«, erwidert der Nöck kühl.

Die Würmer kriechen mir jetzt übers Gesicht. Sie bedecken Nase und Mund. Meine Lunge ist nur noch ein großer, brennender Krater.

Rose wendet sich dem Nöck zu.

»Und was ist mit mir?«, schreit sie. »Willst du mich nicht auch umbringen?«

Sein Lächeln verblasst.

»Nein«, sagt er. »Du sollst zusehen, wie sie sterben ...«

Rose steht auf. Ihr Gesicht glüht vor Zorn.

»Niemals«, sagt sie. »Bring mich auch um, oder lass die beiden frei.«

Sie tritt zwischen die unzähligen schwarzen Tiere, die immer noch aus dem Wasser herauskriechen, bleibt zwischen ihnen stehen und wartet darauf, dass sie sich auch an ihr festbeißen.

Der Nöck sieht sie nur an.

»Gut«, sagt er dann. »Ich lasse dir die Wahl ...«

Ich spüre, wie der Druck auf meinen Hals nachlässt. Er löst sich nicht ganz, aber ich bekomme ein klein wenig Luft. Die Tiere halten mich noch immer fest.

»Eine Wahl?«, fragt Rose.

Der Nöck lächelt, und plötzlich weiß ich, was er will.

»Nein«, flüstere ich.

»Ich werde deine Schwestern verschonen, aber dafür will ich die haben ...« Er zeigt auf ihren Bauch.

»Gib mir drei neue Frauen im Tausch für das, was ihr versucht habt, mir zu stehlen ...«

»Nein, tu das nicht ...«, flüstert Erle mit einer Stimme, die vollkommen gebrochen klingt.

Ich kann sehen, wie Rose die Fäuste ballt. Sehe, wie sie leicht zittert.

Für einen Moment ist es, als verschwänden alle Geräusche, als hielte die Zeit an, während ein leichter Wind mit Roses Haar spielt.

»Nur unter einer Bedingung ...«, sagt sie und ignoriert dabei Erle und mich.

»Und die wäre?«, fragt der Nöck.

»Du lässt Birke und Erle jetzt auf der Stelle frei. Und Erle bleibt bei uns. Du rührst sie niemals wieder an. Du rührst niemanden von uns an. Dafür bekommst du die Kinder, wenn sie geboren sind.«

»Drei neue Frauen«, sagt er und fährt sich mit der Zunge über die Lippen.

»Ja, drei Frauen«, bestätigt Rose. »Aber du lässt die beiden sofort frei. Und du lässt Erle in Ruhe mit uns gehen.«

»Ich sage zu allem Ja, kleines Elfenmädchen, du kriegst deine beiden Schwestern, aber eines sei dir gesagt ...« Seine Stimme klingt drohend. »Wenn du unsere Abmachung brichst, wenn du mir meine Frauen nicht gibst, dann werde ich euch finden und töten.«

»Verstanden ...«, sagt Rose.

»Gut, dann haben wir eine Abmachung ...« Ich spüre, wie die Tiere von mir lassen.

Ich huste, der Hals brennt immer noch. Die Würmer schlängeln sich über den Waldboden, wieder zurück ins Wasser. Auf meiner Haut haben sie schleimige Spuren hinterlassen.

Ich schaue zu Erle hinüber.

Ihr Körper liegt reglos auf dem Boden, aber ich kann sehen, dass sie atmet. Sie dreht den Kopf ein wenig und wir sehen uns an. In ihrem Blick sind Tränen, und ich weiß, das liegt nicht an den Schmerzen.

Die Würmer haben das Wasser erreicht. Unter der Wasseroberfläche sehen sie jetzt aus wie dunkle Schatten, die um den Nöck herum kreisen.

»Ein falscher Schritt, und ihr sterbt«, sagt der Nöck, während er langsam im tiefen Wasser verschwindet. »Ich will nicht noch einmal von euch hintergangen werden.«

Rose nickt, und er taucht unter.

»Rose«, flüstere ich, während ich unsicher auf die Beine komme.

Auch ihre Augen haben sich mit Tränen gefüllt, während sie wie festgefroren dasteht und auf die Ringe im Wasser starrt, die der Nöck hinterlassen hat.

Vorsichtig nehme ich sie in die Arme, es gibt nichts zu sagen. Nichts, was das hier wiedergutmachen könnte.

Auch Erle steht langsam auf, es scheint, als könnte der geringste Windstoß sie umpusten, aber sie schwankt auf uns zu. Schaut Rose an, die immer noch kein Wort gesagt hat.

»Du hättest nicht …«, setzt Erle mit rauer Stimme an.

»Und was hätte ich sonst tun sollen?«, erwidert Rose. »Ich kann doch nicht zusehen, wie meine Schwestern sterben.« Der letzte Satz kommt mit einer Bitterkeit, die Erle und mich wie ein Schlag trifft.

»Entschuldige«, flüstert Erle. »Das ist alles nur meine Schuld. Das war eine Falle … Wir haben gedacht, wir könnten ihn hereinlegen, dabei hat er uns hereingelegt.«

»Wie meinst du das?«, flüstere ich.

161

»Er will schon seit langer Zeit eine neue Frau haben«, sagt sie.

»Und jetzt hat er die Gelegenheit genutzt.«

»Ich verstehe nicht …«, fahre ich fort.

Rose sagt nichts, legt nur die Hand auf ihren Bauch.

»Er will eine haben, die ihm Kinder schenken kann«, sagt Erle. »Und das kann ich nicht …«

»Aber du hast doch gesagt …«, setze ich an und schaue zu Rose.

»Ich habe Rose erzählt, dass ich schwanger gewesen bin, und das stimmt auch. Aber ich wollte die Kinder nicht haben. Ich habe giftige Algen vom Grund des Sees gegessen, um sie zu töten, doch sie sind nicht gestorben. Sie haben sich nur verwandelt.«

Sie hockt sich hin, hebt einen der Würmer hoch, den ich zerrissen habe, als ich versuchte, Erle zu retten. Sie berührt ihn mit einem Finger und er bewegt sich. Ist immer noch am Leben.

»Das sind die Kinder, die ich ihm geschenkt habe«, seufzt Erle und hält den Wurm hoch. Er windet sich in ihrer Handfläche. Vorsichtig schließt sie die Hand um ihn und humpelt zum Wasser.

Am Ufer hockt sie sich hin und legt ihn genau dorthin, wo die Wellen immer wieder bis ans Land schwappen. Als das Wasser ihn trifft, lässt er sich hinaustreiben.

»Seitdem kann ich keine Kinder mehr bekommen«, flüstert sie. »Er hat Verdacht geschöpft, und das hat ihn wütend gemacht.«

»Dann sind die blauen Flecken ...?«, flüstere ich.

Sie nickt.

»Und jetzt soll meine Kinder das gleiche Schicksal ereilen?«, flüstert Rose.

»Er ist nicht immer so gewesen«, erwidert Erle. »Er hat mich gut behandelt, bis er die giftigen Algen entdeckt hat und verstand, was ich getan habe.« Sie schluchzt. »Ich habe seine Kinder getötet. Ich habe meine eigenen Kinder getötet, und jetzt habe ich auch über deine das Todesurteil gefällt.«

»Nein«, widerspricht Rose und tritt zu Erle. »Vater hat das Todesurteil über dich gefällt. All das hier ist nur seine Schuld. Aber jetzt bist du frei ...«

Erle nickt, immer noch mit Tränen in den Augen. Es ist ein Wunder und ein Todesurteil zugleich. Sie ist frei, dafür hat aber Rose ihre Kinder geopfert.

»Komm, lasst uns nach Hause gehen«, sagt Rose.

Wir gehen schweigend durch den Wald. Mein Hals brennt noch immer. Ich schaue zu Rose, die ruhig und still einen Fuß vor den anderen setzt. Woher sie nur die Kraft nimmt, ist mir schleierhaft.

Aber ich weiß, dass ich alles tun werde, um Roses Kinder zu retten. Denn auch wenn Erle meint, es sei ihre Schuld und Rose, es sei Vaters, so weiß ich: Es ist meine Schuld. Ich hätte ihnen niemals von Askes Vorschlag erzählen dürfen. Das war viel zu gefährlich. Erle war so verzweifelt, dass sie nicht anders konnte, sie musste zustimmen, und Rose ergreift immer die verrücktesten, die wildesten Möglichkeiten. Ich war diejenige, die vernünftig hätte bleiben sollen, aber das bin ich nicht, und jetzt haben wir Roses Kinder zu einem schrecklichen Schicksal verurteilt. Jetzt begehen wir das gleiche Verbrechen wie Vater vor 16 Jahren ...

Eine Cousine

»Was habt ihr getan?« Azalea steht wie eine dunkle Erscheinung in der Türöffnung. Auf den Fensterbrettern hat sie Kerzen angezündet, sodass die Kastanientiere lange, verzerrte Schatten werfen.

»Eine Schwester gerettet«, sagt Rose, während Erle hinter mir erstarrt.

»Und was habt ihr dafür gegeben?« Azaleas Stimme ist tonlos.

»Das weißt du doch schon«, sagt Rose. »Deshalb bist du doch so wütend.«

»Wie konntest du das tun?«, fragt Azalea. »Deine eigenen Kinder!«

»Lass Rose in Ruhe«, gehe ich dazwischen. »Sie hatte keine andere Wahl. Der Nöck hätte Erle und mich getötet, wenn sie es nicht getan hätte.«

Azalea sagt nichts, starrt nur Erle an, die sie immer noch nicht begrüßt hat.

»Komm.« Ich ergreife Erles Hand. »Wir werden etwas zum Anziehen für dich finden.« Das Algenkleid ist vom Wind trocken geblasen worden und hat bereits an mehreren Stellen Risse, doch ihr dunkles Haar liegt immer noch feucht auf ihrem Rücken.

Wir gehen ins Haus, während sich Azalea Rose zuwendet, die sie wütend anblickt. Erle bleibt an der Anrichte stehen, auf der die eingerahmten Familienbilder stehen.

»Das ist also ...« Sie schaut das Foto an, auf dem Vater lächelnd in der Mitte steht, Rose, Azalea und ich sitzen um ihn herum.

»Ja, das ist Vater, also, so hat er vor vielen Jahren ausgesehen.«

Sie nimmt das Bild in die Hand.

»Ich habe ihn immer mal wieder kurz durchs Wasser erkennen können, aber ein richtiges Foto ist etwas ganz anderes.«

Sie stellt es zurück auf die Anrichte.

»Mein Zimmer ist oben«, sage ich, und wir gehen die Treppe hinauf.

Zögernd bleibt sie auf der Türschwelle stehen.

Ich öffne den Schrank. Hole Unterwäsche, Hose und einen Pullover heraus.

»Hier«, sage ich. »Du musst ja vor Kälte fast umkommen.«

»Danke«, sagt sie. Öffnet ihr Kleid, das wie die abgelegte Haut einer Schlange zu Boden gleitet.

Als sie mir den Rücken zudreht, sehe ich die Kiemen, die

wie große Wunden in ihrem Rücken liegen. Die wird sie sicher nie loswerden.

Sie zieht den Pullover über und sieht sofort sehr viel menschlicher aus, auch wenn die blasse Hautfarbe natürlich nicht so schnell verschwinden wird.

»Wir müssen irgendwo eine Luftmatratze haben«, sage ich und schaue in den Schrank am Treppenabsatz. Und tatsächlich, ganz hinten liegt eine. Seit Großmutters Tod haben wir die nicht mehr gebraucht. Damals haben wir sie immer abwechselnd benutzt, damit Großmutter in einem richtigen Bett schlafen konnte, wenn sie uns besucht hat.

Ich nehme die Matratze mit in mein Zimmer und breite sie auf dem Boden aus.

»Erst einmal musst du darauf schlafen«, erkläre ich.

»Das ist kein Problem«, sagt sie nur. Sie reibt sich den Hals, an dem sich ein großer roter Fleck gebildet hat. Ich schaue in den Spiegel. Ich habe auch so einen roten Striemen, dort, wo die Würmer versucht haben, mich zu erwürgen.

Die Pumpe pfeift und jammert, während die Matratze langsam an Luft gewinnt.

Unten streiten sich Rose und Azalea, und ich trample extra hart auf die Pumpe, um ihre Stimmen zu übertönen. Aber Erles Gesichtsausdruck verrät, dass sie zwar jahrelang unter Wasser gelebt hat, trotzdem jedoch genauso gut hören kann wie wir.

»Hier.« Ich werfe ihr einen Schlafsack zu. Darauf ist sie nicht vorbereitet und lässt ihn fallen. Wahrscheinlich hat sie auch nicht gerade oft die Gelegenheit gehabt, unter Wasser mit einem Ball zu spielen.

»Das wird schon alles werden«, sage ich, und sie bückt sich und hebt ihn auf.

Sie nickt, auch wenn ich sehen kann, dass sie mir nicht so recht glaubt.

Ich drücke prüfend auf die Matratze.

»Ich glaube, sie ist gut so.«

»Danke«, sagt Erle und setzt sich auf sie.

Rose und Azalea schreien sich unten immer noch an.

Mein Handy piepst.

Hallo Schatz!

Ich freue mich riesig, dich heute Abend zu sehen.

Das wird einfach toll.

Kuss!

Maltes Nachricht ploppt auf dem Display auf. Ich schaue auf die Uhr. Wir wollten uns in einer Stunde treffen.

Hallo Malte,

leider muss ich absagen. Tut mir wahnsinnig leid! Ich erkläre es dir später. Ich wünsche dir einen tollen Abend und dass du ein paar fantastische Fotos machst.

Kuss, Birke.

Ich schicke die Nachricht los. Mein schlechtes Gewissen nagt in mir, aber ich kann hier jetzt nicht weg. Nicht mit diesen Spuren am Hals. Außerdem kann ich Erle nicht allein lassen.

Kurz darauf ruft Malte an, aber ich gehe nicht ran. Stelle nur auf lautlos.

Kann jetzt nicht reden. Muss einiges mit meinen Schwestern regeln.

Ich starre an die Decke. Jedes Mal, wenn ich die Augen schließe, spüre ich wieder die Würmer auf meiner Haut. Erles Kinder. Ihre eigenen Kinder haben versucht, sie umzubringen.

Ein paar Stunden später gehen wir ins Bett, aber es fällt mir schwer, einzuschlafen. Ich wälze mich hin und her. Wir haben Erle befreit, sind dafür jetzt aber hier gefangen. Der Plan war eigentlich, sie herauszuholen und sofort wegzugehen, doch jetzt müssen wir hierbleiben, bis Rose ihre Kinder bekommt. Monate mit Lügen liegen vor uns.

Erle dreht sich zu mir. Schaut mich mit offenen Augen an.

»Kannst du auch nicht schlafen?«, frage ich.

Sie schüttelt den Kopf.

»Wir bekommen das schon hin«, flüstere ich halb zu mir selbst und halb zu ihr.

»Azalea hasst mich«, raunt sie. »Und Rose wird mich auch hassen, wenn sie die Kinder weggeben muss, und du ... sogar du wirst mich hassen, wenn du erleben musst, wie Rose daran zerbricht.«

»So darfst du nicht denken ...«, sage ich. »Azalea muss dich nur erst kennenlernen, und Rose hat die Kinder nie haben wollen.«

»Ich habe auch geglaubt, ich wollte sie nicht haben, aber als sie dann kamen ... Obwohl sie verkrüppelt waren und

169

sich dann in Hunderte kleiner schwarzer Würmer verwandelt haben. ... Es ist schwer, etwas zu hassen, das man selbst geboren hat.«

»Aber sie haben versucht, dich zu töten.«

Sie nickt. »Und eines Tages werden Roses Kinder vielleicht auch versuchen, sie zu töten wegen allem, was sie ihnen angetan hat.«

Als ich am nächsten Morgen aufwache, schläft Erle noch.

Auf dem Handy finde ich eine SMS von Malte.

Das Konzert war genial, aber ich habe dich vermisst. Konntest du alles klären?

Ich drücke auf »Antworten«, weiß aber nicht, was ich schreiben soll, also schalte ich das Handy aus.

Ich schaue in den Spiegel. Die roten Flecken sind inzwischen fast ganz verschwunden.

Unten sitzt Rose mit einer Tasse Tee am Küchentisch. Langsam rührt sie mit dem Löffel um. Das leise Kratzen von Metall auf Porzellan ist das einzige Geräusch im Raum. Dunkle Ränder unter ihren Augen sagen mir, dass auch für sie die Nacht nicht so einfach gewesen ist. Azalea steht reglos daneben. Ihr Blick ist auf den Wald gerichtet, in dem die Sonne sich langsam zeigt und alle grünen Blätter glänzen lässt.

Die Stille hängt schwer zwischen uns, und ich weiß, wenn ich auch nur versuchen würde, sie zu durchbrechen, wären neue Streitereien die Folge. Also stehe auch ich nur da, starre vor mich hin und werde ein Teil des Schweigens. Bis plötzlich die Tür aufgerissen wird und uns alle zwingt, zu reagieren.

In der Türöffnung steht Aske.

Ich öffne den Mund, um ihn zu fragen, wie er den Bach hat überqueren können. Doch ein kurzer Blick zu Azalea genügt. Sie hat die Abmachung erneut geändert. Wahrscheinlich will sie uns vor Erle oder was auch immer beschützen.

Aske sieht mich nicht an. Er geht geradeweg zu Rose und wirft sich neben ihrem Stuhl auf die Knie.

»Vergib mir«, sagt er, ohne ihr in die Augen zu sehen.

Rose rührt zunächst weiter in ihrer Tasse, hebt sie dann hoch und trinkt einen Schluck. Sonst zeigt sie keine Reaktion.

»Wenn ich gewusst hätte, was passieren wird, dann hätte ich niemals ...«, fährt Aske fort, und ich kann sehen, wie die Schuldgefühle ihn quälen, erinnere mich daran, wie unsicher er selbst gegenüber dem Plan war.

Rose stellt die Tasse zitternd auf dem Tisch ab. Sie klirrt leise.

»Der Nöck ist klüger als wir alle zusammen«, sagt sie leise. »Er wollte die Kinder schon die ganze Zeit haben, seit ich schwanger bin.« Sie schluckt. »Er hätte so oder so einen Weg gefunden.«

»Aber ich ...«, setzt Aske an.

»Du hast mich zu nichts gezwungen«, unterbricht ihn Rose und steht auf. Sie schaut zur Treppe.

»Guten Morgen, Erle.«

Auch ich schaue zu Erle hoch, die still oben auf der Treppe

steht und zu uns herunterschaut. Wie lange hat sie schon dort gestanden und zugehört?

»Kann ich mit euch beiden allein sprechen?«, fragt Azalea und sieht Rose und mich an. Ich nicke, obwohl ich Erle gegenüber ein schlechtes Gewissen habe, weil wir sie damit ausschließen.

Wir gehen hinaus, nach hinten zu dem Grabhügel. Die Sonnenstrahlen wärmen meine Wangen.

»Ich bin immer noch nicht glücklich darüber, was ihr getan habt«, sagt Azalea. »Aber jetzt, da Erle nun einmal hier ist, müssen wir uns einig werden, was wir mit ihr machen.«

»Wie meinst du das?«, frage ich.

»Wir sind gezwungen, hier im Ort zu bleiben, bis Rose die Kinder geboren hat. Also müssen wir uns etwas für Erle überlegen. Wenn sie hier bei uns wohnen bleibt, werden die Leute sie über kurz oder lang sehen.«

»Du hast recht«, sage ich. »Vielleicht können wir sagen, sie sei eine Cousine, die für eine Weile bei uns einziehen wird.«

Rose nickt. »Wir müssen sie auch in der Schule anmelden. Das kann Aske bestimmt mit dem Elfenblick für uns regeln.«

»Aber das reicht nicht«, sagt Azalea. »Ihr habt sie gerade von allem weggerissen, was sie kennt. Sie kann sich ja nicht von einem Tag auf den anderen in dieser für sie vollkommen fremden Welt zurechtfinden.«

»Das wird schon gehen«, wirft Rose ein. »Und ich gehe

jetzt rein und sage Aske und Erle, was wir beschlossen haben.«

»Aber ...«, will Azalea einwerfen, doch da ist Rose schon gegangen.

»Und was ist mit den Kindern?«, fragt Azalea mich. »Was will Rose dazu sagen? So langsam kann man es ihr schon ansehen.«

Ich zucke nur mit den Schultern.

»Da finden wir einen Weg, wenn es so weit ist«, sage ich.

Azalea lässt einen pfeifenden Ton hören, der deutlich besagt, dass es ihrer Meinung nach schon sehr bald so weit sein wird.

Erle nimmt die Neuigkeit, dass sie in der Schule anfangen soll, gut auf. Nach kurzer Diskussion sind wir uns einig, dass es das Beste ist, wenn sie in Roses Klasse kommt. In meiner würde es zu schwierig für sie werden, da sich die Prüfungen nähern.

Rose zeigt Erle ihren Stundenplan und erzählt ihr vom Unterricht. Erle hat viele Fragen. Schließlich ist sie noch nie zur Schule gegangen, und auch wenn der Nöck ihr viel von unserer Welt erzählt hat, so gibt es tausend Dinge, die sie nicht weiß.

Mit leichtem Stirnrunzeln sehe ich sie an. Azalea hat recht. Das wird nicht leicht werden. Es ist eine vollkommen neue Welt, die Erle kennenlernen wird.

Mein Handy piepst und unterbricht meine Gedanken. Eine Nachricht von Malte.

So, jetzt habe ich den Kater von gestern ausgeschlafen. Wollen wir uns treffen?

Schnell schreibe ich eine Antwort.

Ich kann nicht. Meine Cousine ist überraschend zu Besuch gekommen.

Deine Cousine? Ich habe gar nicht gewusst, dass du eine hast.

Maltes Frage drängt sich mir vom Display aus auf, aber ich habe jetzt nicht die Kraft, ihm zu antworten, also schalte ich mal wieder auf lautlos.

Das Wochenende ist lang und merkwürdig. Die meiste Zeit verbringen wir damit, Erle in ihr neues Leben einzuführen. Wir erzählen von der Stadt, der Schule und all den anderen Dingen, die sie bald erleben wird. Azalea hält weiterhin Abstand zu ihr, willigt aber ein, Kleidung mit auszusortieren, sodass wir etwas für Erle finden. Als wir fertig sind, hat sie erst einmal genug für die nächsten Tage, aber im Laufe der Woche müssen wir ihr trotzdem so einiges kaufen. Aske kommt ein paar Mal vorbei, um nach Erle zu sehen. Den Rest der Zeit verbringt er mit Elexa. Das weiß ich, weil diese mir eine SMS nach der anderen schickt und darin schreibt, wie süß und lieb er ist. Auch wenn es mich nichts angehen sollte, dass die beiden sich die ganze Zeit sehen, so ärgert es mich dennoch.

Am Montag beginnt Erle in der Schule. Elexa ist sofort bei ihr.

»Hallo, herzlich willkommen! Ich bin Elexa, Birkes Freundin. Wie toll, dass du hierher gezogen bist!« Sie drückt Erle fest an sich, was diese etwas verblüfft zu erwidern versucht.

»Auf welche Schule bist du bis jetzt gegangen?«, fragt sie.

»Brungårdsschule in Hedeby«, antwortet Erle. Das haben wir eingeübt.

»Die kenne ich nicht ... Und wie kommt es, dass du jetzt hier wohnst ? Birke hat gar nichts davon erzählt.«

»Meine Eltern werden für eine Zeit lang im Ausland arbeiten.«

»Oh, wie spannend. Wo denn?« Und so fragt Elexa immer weiter, bis Aske auftaucht und sie mit ein paar Küssen weglockt. Als Elexa auf der Toilette verschwindet, kommt Aske zu uns.

»Alles geregelt mit der Schule«, sagt er leise. »Und wie läuft es hier?«

»Geht schon«, sagt Erle, auch wenn sie von Elexas vielen Fragen bereits etwas erschöpft ist.

»Du machst das prima«, sagt Rose. »Und bleib nur bei dem, was wir abgemacht haben, dann wird es schon klappen.«

Erle nickt. Dann seufzt sie, als sie sieht, dass Elexa wieder auf dem Weg zu uns ist.

»Da kommt deine Liebste zurück«, sage ich zu Aske.

»Sie ist nicht meine Liebste«, entgegnet er.

»Bist du dir sicher, dass sie das weiß?«, frage ich.

Er gibt keine Antwort, geht Elexa entgegen und schützt Erle dadurch vor weiteren Frageattacken.

Kurz bevor es zur Stunde läutet, taucht auch Malte auf.

Er scheint immer noch enttäuscht zu sein, dass ich nicht mit zum Konzert gekommen bin, begrüßt Erle aber freundlich . Und zum Glück hat er nicht ebenso viele Fragen auf Lager wie Elexa.

In der Pause ist Erle das große Thema. Das Gerücht von der Neuen hat sich in Windeseile verbreitet.

»Noch ein Tanzmädchen«, seufzt Emma.

»Ja, und sie heißt Erle ...«, sagt Annabel. »Was haben die bloß mit diesen Naturnamen?«

»Ich kapiere einfach nicht, wieso die Leute so heiß auf ihre Tanzshow sind. Ich meine, mal ganz ehrlich, habt ihr gesehen, wie viel Rose zugenommen hat?« Emma versucht nicht einmal, ihre Stimme zu dämpfen.

»Ja, sie muss ja Unmengen essen«, stimmt ihr Katinka zu, »Ich meine, so viel, wie sie tanzt.«

»Schon, aber ehrlich gesagt, kann sie damit wohl nicht mehr lange weitermachen.« Wieder ist es Emma: »Wer will schon eine fette Tänzerin sehen?«

Rose erstarrt.

»Ignoriere sie einfach«, flüstere ich, aber da hat Rose sich schon umgedreht. Sieht Emma direkt in die Augen.

»Es muss anstrengend sein, so eifersüchtig zu sein, Emma. Aber es ist ja nicht meine Schuld, dass du bei all den Musicals immer abgewiesen wirst, bei denen du schon vorgetanzt hast.«

Emmas Gesicht wird rot.

»Zumindest passe ich noch in Größe 36. Was du wohl

nicht mehr von dir behaupten kannst ...« Emmas Blick ruht auf Roses Bauch, auf der Kugel, die langsam immer größer wird.

»Aber Emma, ich bin doch nicht fett – ich bin schwanger!«, sagt Rose darauf nur.

Mir bleibt der Mund offen stehen, doch das ist nichts im Vergleich zu Emma und ihrer Clique. Die stehen nur sprachlos da. Rose dagegen hakt sich bei Erle und mir unter und trabt mit uns davon.

Sie wirft mir ein Lächeln zu, und ich komme wieder zu mir.

»Na, ob das so schlau war?«, frage ich, kann aber ein Lächeln nicht unterdrücken.

Rose zuckt mit den Schultern. »Ich bin es leid, immer nur vernünftig zu sein«, sagt sie. »Außerdem ... was glaubst du denn, wie lange ich das noch hätte verbergen können?«

»Jetzt wird das Gerede aber losgehen«, sage ich.

Sie zuckt mit den Schultern und ich muss einen Seufzer unterdrücken. Denn auch wenn Rose recht hat und es eh bald zu sehen sein wird, so hätte es eine Million andere Möglichkeiten gegeben, es kundzutun. Zu einer Million anderen Zeitpunkten. Wir haben bereits genug damit zu tun, Erle zu helfen, sich einzuleben, da kommt Roses Babybombe nicht gerade zum richtigen Moment.

Geheimnisse

Bereits in der nächsten Unterrichtsstunde werde ich von allen Seiten mit Zetteln und SMS-Nachrichten bombardiert. Alle in der Schule wollen wissen, wer der Vater von Roses Baby ist.

Sogar Elexa schiebt mir einen Zettel über den Tisch.

Warum hast du nichts gesagt??? Ich meine, das ist ... Das ist ja einfach wahnsinnig!!!

Ich atme tief durch.

Wer ist der Vater?, fragt sie.

Ich zucke mit den Schultern.

Ach, hör auf. Sie ist deine Schwester, natürlich hat sie dir das erzählt!

Ich habe Rose versprochen, es nicht zu verraten, schreibe ich zurück.

Nach der Schule wartet Malte auf mich. Seine Hand greift nach meiner. Und auch wenn ich nur zu gern meine Finger mit seinen verschränken würde, sehe ich etwas in seinem Blick, dass mich zurückhält.

»Komm, ich bringe dich nach Hause«, sagt er, als ich nicht von mir aus seine Hand nehme.

Ich nicke. Wir gehen Seite an Seite, und ich habe das Gefühl, ganze Gebirge würden sich zwischen uns auftürmen.

»Rose ist schwanger«, sagt er schließlich.

Ich nicke nur.

»Und du hast kein Wort davon gesagt?« Seine Augen halten mich in einem atemlosen Griff fest. Und wie bei Elexa vorhin im Unterricht spüre ich die Vorwürfe, nur ist es dieses Mal hundertmal schlimmer.

»Wir sehen uns fast jeden Tag und du hast kein Wort davon gesagt ...«

»Rose wollte das nicht ...«, beginne ich, kann aber selbst hören, dass es nicht gerade überzeugend klingt. So langsam gehen mir die Lügen aus. All diese Geheimnisse haben mich vollkommen ausgetrocknet.

»Seit mehreren Wochen«, sagt er. »Und du hast nicht ein Wort gesagt.«

»Du musst doch nicht alles wissen«, flüstere ich.

»Nein, nicht alles. Aber du erzählst mir gar nichts«, erwidert er. »Am Anfang fand ich das noch spannend und geheimnisvoll, vielleicht sogar richtig süß, aber inzwischen ...«

Er ist stehen geblieben. »Es passieren so viele sonderbare Dinge ... Zuerst fährst du ohne weitere Erklärung weg, dann kommst du zurück, lässt mich mit dem Konzert sitzen und es taucht plötzlich diese Cousine auf, die bei euch wohnt und von der du auch nie etwas erzählt hast und jetzt ... jetzt ist Rose auch noch schwanger? Ich weiß wirklich langsam nicht mehr, was ich glauben soll.«

Der Ton seiner Stimme hat sich geändert. Da ist nicht mehr nur Wut oder Verärgerung. Da ist ein Ernst, der bei mir eine Gänsehaut erzeugt.

»Du musst gar nichts glauben«, sage ich beschwichtigend. »Rose ist schwanger, aber das hat doch nichts mit uns zu tun.«

Er seufzt.

»Wer ist der Vater?«, fragt er.

»Das ...« Weiter komme ich nicht.

»Na gut. Dann beantworte mir bitte eine andere Frage«, sagt er. »Wo bist du gewesen, als meine Mutter dich gesucht hat, als sie Rose und deinen Vater festgenommen hat.«

»Ich ...« Wieder komme ich nicht weiter.

»Da siehst du es selbst«, sagt er. »Nicht einmal auf diese Frage kannst du mir eine Antwort geben.«

»Malte ...« Ich strecke die Hand nach ihm aus.

»Und es ist nicht nur das, Birke ... Ich plane eine Reise für uns und du tust alles, um meine Pläne zu boykottieren.«

»Nein«, widerspreche ich. »Ich möchte gern mit dir verreisen.«

Sein Blick mustert mein Gesicht.

»Du lügst«, sagt er und ich habe das Gefühl, als hätte er mir einen Schlag versetzt.

»Die ganze Zeit lügst du mich an.« Er fährt sich mit der Hand schnell durchs Haar. »Und weil ich so verrückt nach dir bin, weil ich dich liebe, habe ich es die ganze Zeit mit mir machen lassen.«

»Malte ...«

»Nein«, stoppt er mich. »Ich kann nicht mehr. Es ist aus. Ich mache Schluss.«

»Aber ...«

»Aber was?«, fragt er. Seine Stimme klingt nach einer Mischung aus Wut und Schmerz, und mitten in allem kann ich eine winzig kleine Hoffnung spüren. Deshalb will ich den Mund öffnen und etwas sagen, nur ein paar Worte, die alles wieder ins Lot bringen können.

Mitten im Luftholen halte ich jedoch inne. Es gibt nichts zu sagen. Alles, was ich sagen könnte, wären nur neue Lügen.

»Mach es gut, Birke«, sagt er und geht.

Es ist, als würde ich an dieser Stelle Wurzeln schlagen. Als bohrte ich mich in die Erde, um nicht umzufallen. Ich bleibe einfach stehen. Stehe da und sehe, wie er weggeht, während ich mich nicht einen Zentimeter weit bewege. Denn wenn ich erst einmal gehe, dann kann ich die Wirklichkeit nicht länger auf Pause stellen. Dann stimmt es. Dann ist er tatsächlich fort ...

Jeder Schritt, den er geht, zerreißt mich und am liebsten würde ich ihm einfach hinterherlaufen. Doch das tue ich nicht.

Wenn ich Malte zurückhaben will, dann gibt es nur einen Weg und der heißt: die Wahrheit sagen. Die ganze Wahrheit, einschließlich des Mordes, und das kann ich nicht.

Azalea sitzt auf der Terrasse in der Hängematte. Sie hat sich in eine Decke gewickelt, denn so warm ist es nun doch noch nicht, dass man abends draußen sitzen könnte. Sie hat ein Buch in den Händen, von dem Studienkursus, zu dem sie sich angemeldet hat, nur um etwas zu tun zu haben, solange sie hier ist.

Die Bohlenbretter knarren, als ich die Terrasse betrete, worauf sie zusammenzuckt und sich zu mir umdreht.

»Birke«, sagt sie. »Hattest du einen schönen ...« Doch sie bricht mitten im Satz ab, als würde sie bereits die Antwort kennen.

»Stimmt etwas nicht?«, flüstert sie.

»Nein, alles in Ordnung«, sage ich, aber meine Stimme zittert und bebt, sodass sie sofort aus der Hängematte springt und zu mir läuft.

»Ich kann doch sehen ...« Sie streckt die Hand nach mir aus, aber ich schiebe sie weg.

»Es ist nichts.«

In dem Moment kommen Rose und Erle aus dem Haus. Erles Blick ist müde und grau. Der erste Schultag war nicht gerade einfach für sie. Und ich würde gern mit ihr darüber reden, aber im Augenblick kämpfe ich nur darum, die Tränen zurückzuhalten.

»Was ist los?«, fragt Erle, die sofort errät, dass etwas nicht stimmt.

»Es ist nichts«, wiederhole ich und wende mich ab.

»Es ist wegen Malte, nicht wahr?«, fragt Rose.

Ich gebe keine Antwort. Gehe einfach nur los. Ich kann

schon den Gedanken nicht ertragen, ihnen davon zu erzählen. Azalea wird darauf sagen, dass es nur gut so ist. Rose wird mich verstehen, aber mit ihr über Liebe zu sprechen ... Immer noch redet sie im Schlaf von Benjamin. Und Erle ... Erle hat noch nie die Möglichkeit gehabt, sich zu verlieben.

»Birke«, ruft Rose mir nach, aber ich höre nicht auf sie.

»Gib ihr ein bisschen Zeit«, höre ich Azalea sagen.

Ich habe niemanden, zu dem ich gehen könnte. Elexa würde sofort eine Pyjamaparty daraus machen. Eis und heißen Kakao servieren, die ganze Nacht durch reden und alles dafür tun, dass es mir besser geht, aber ich will jetzt nicht mit ihr reden. Sie würde natürlich fragen, warum Malte, der doch bisher bis über beide Ohren in mich verliebt gewesen ist, plötzlich Schluss macht. Und was soll ich ihr darauf antworten? Sie würde ihm ja nur recht geben. Es ist noch nicht lange her, dass sie selbst wütend auf mich war, weil ich immer so geheimnisvoll getan habe.

Also gehe ich zur Freiluftschule. Finde die Leiter, klettere aufs Dach und lege mich dorthin. Sehe die Sterne an, wie ich es das letzte Mal in der Nacht vor unserem Geburtstag getan habe. Damals wünschte ich mir Azalea zurück und die Befreiung für Erle aus dem Bach, und jetzt sind beide Wünsche in Erfüllung gegangen und trotzdem ist nichts, wie es sein sollte.

Tausendmal fahren meine Finger über das Handy. Ich denke an Malte. Kann fast erraten, wo er ist. Sicher sitzt er oben auf der Kletterwand. Mit Blick über die Stadt, so hat er den Überblick. Hier ist nur der Wald zu sehen und der gibt keinen Überblick, nur noch mehr Verwirrung.

Ich drehe mich auf die Seite, rolle mich zusammen wie eine kleine Larve. Ich habe das Gefühl, innerlich zerrissen zu sein. Als würde das Blut aus meinem Körper herausgepumpt und käme nicht wieder zurück.

Ich habe Malte verloren ...

Mein Handy klingelt. Rose. Ich drücke den Anruf weg. Kurz darauf klingelt es wieder. Erneut lege ich auf. Erwarte eigentlich, dass es noch einmal klingelt, doch es passiert nichts. Dann kommt jedoch eine SMS von Rose. Ich klicke sie an.

Komm nach Hause! Azalea ist umgefallen.

Gerüchte und Wahrheiten

Schnell springe ich die Leiter hinunter. Laufe so schnell durch den Wald, dass ich das Wild verscheuche.

Daheim sitzen sie auf dem Sofa. Aske ist auch da. Er ist bestimmt sofort an sein Telefon gegangen und augenblicklich zur Unterstützung hergekommen. Nicht wie ich, die in der Malte-Blase gefangen war.

Azalea sitzt ganz ruhig auf dem Sofa. Nur die leichten Schatten unter ihren Augen verraten, dass etwas nicht stimmt.

»Was ist passiert?«, frage ich.

»Sie fing plötzlich an zu zittern und dann ist sie umgefallen ...«, erklärt Rose.

»Liegt das an der Vergiftung?«, frage ich. »Können das Folgen von ihr sein?« Meine Stimme zittert vor Wut, und sollte sie auch nur ganz leicht nicken, so bin ich bereit, Aske auf der Stelle eine runterzuhauen.

»Nein«, sagt Azalea. »Ich habe eine Erscheinung gehabt.«

Ich muss schlucken, denn ich kann mich noch allzu gut an die Erscheinungen erinnern, die sie hatte, bevor sie zu den Elfen ging. Das erste Mal war sie im Schnee umgefallen, als wir spazieren gegangen waren. Das zweite Mal fiel sie ohne Vorwarnung bei uns im Haus zu Boden. Und beide Male war die Erscheinung die gleiche: Sie sah sich selbst sterben.

»Was hast du gesehen?«, frage ich und versuche, ihr in die Augen zu schauen, aber sie sieht nur Aske an.

»Was hast du gesehen?«, wiederhole ich.

»Das Gleiche wie schon so oft. Dunkle Schatten.«

Ihre Worte lassen es mir kalt den Rücken hinunterlaufen. In ihren Erscheinungen waren es diese Schatten, die sie getötet haben.

»Was?«, flüstert Erle.

»Dunkle Schatten. Ich weiß nicht, was das bedeutet. Nur, dass ich in Gefahr bin und dass ich sterben werde, wenn ich hierbleibe.«

»Das ist nicht gesagt«, wendet Rose ein.

»Wir haben alle den Blitz gesehen«, sagt Azalea. »Und Dahlia hat es schon vor langer Zeit gesehen. Deshalb ist sie zu uns gekommen. Sie wusste, dass ich in Gefahr bin.«

»Sie hat dich in Gefahr gebracht«, korrigiere ich.

»Dahlia sagt, dass Azalea nicht in Sicherheit ist, solange sie hierbleibt«, sagt Aske. »Deshalb wollte sie, dass Azalea bei den Elfen lebt.«

»Dann gehst du zurück zu ihnen?«, fragt Rose flüsternd.

»Das muss ich«, antwortet Azalea. »So muss es sein.«

Eine halbe Stunde später hat sie ihre Sachen gepackt und wir stehen bereit, um von ihr Abschied zu nehmen. Azalea drückt Rose ganz fest.

»Du wirst das hier schaffen«, flüstert Azalea. Und ich weiß, sie redet von den Kindern. Sowohl davon, dass Rose sie gebären wird, als auch davon, dass sie sie weggeben muss. Als Azalea Rose loslässt, haben beide Tränen in den Augen.

Dann wendet Azalea sich mir zu.

»Birke.« Sie zieht mich fest an sich. »Du musst Erle helfen, du bist verantwortlich für sie«, flüstert sie.

Ich nicke, zittere am ganzen Leib. Zunächst habe ich mir gewünscht, Azalea würde zurückkommen, dann, als sie gegen uns gearbeitet hat, habe ich sie fortgewünscht. Aber jetzt, da sie tatsächlich weggeht, kann ich es einfach nicht fassen, dass ich sie wieder verlieren werde.

»Pass auf dich auf«, flüstere ich.

»Das ist kein endgültiger Abschied«, flüstert Azalea. »Ihr wisst, wo ich bin.«

Azalea schaut Erle an. Ihre feindliche Haltung ihr gegenüber ist nicht mehr so stark wie am Anfang, aber eine enge Beziehung haben die beiden immer noch nicht.

»Birke spricht nur gut von dir«, sagt Azalea. »Ich hoffe, wir werden uns eines Tages wiedersehen und ich kann dann feststellen, dass sie recht hat.«

Erle antwortet nur mit einem leichten Nicken.

Azalea wendet sich Aske zu.

»Du versprichst mir doch, auf sie aufzupassen?«, fragt sie. Er nickt.

»Jederzeit.«

»Gut«, sagt sie und nimmt ihre Tasche hoch. »Wir sehen uns ...« Ihre Stimme zittert ein wenig, als sie das sagt, als wäre sie selbst nicht ganz sicher, ob das stimmt.

Und dann geht sie. Wir bleiben in der Türöffnung stehen und sehen, wie sie im Wald zwischen den Bäumen verschwindet. Mein Herz beginnt heftig zu schlagen, ich kann nicht anders, frage mich zweifelnd, ob wir wohl jemals wieder zu viert zusammenkommen werden.

Am nächsten Tag ruft wieder die Schule. Der Alltag. Aber nichts ist mehr normal. Erle ist jetzt bei uns. Azalea ist fortgegangen. Und ich habe Malte verloren.

Beim Frühstück versucht Rose, Erle die Namen aller europäischen Hauptstädte beizubringen, während ich mich nur frage, wie ich einen ganzen langen Schultag mit Malte überleben soll. Normalerweise gehe ich morgens immer sehr früh los, bin gern die Erste auf dem Schulhof, warte, dass er kommt und mir Gesellschaft leistet. Aber heute ist die Vorstellung, allein auf dem Hof zu sein, nur schrecklich. Also warte ich lieber auf Rose und Erle, die immer etwas spät dran sind.

Als wir die Schule erreichen, huscht mein Blick über den Hof, um zu sehen, ob Malte irgendwo ist. Als ich ihn entdecke und unsere Blicke sich streifen, scheint mir, als würden alle Wunden in mir erneut aufgerissen. Als könnte ich ihn wieder hören, wie er mit mir Schluss macht. Schnell wende ich meinen Blick ab.

Dann läutet die Glocke und ich gehe die Treppe hoch zur Mathestunde.

Wir arbeiten mal wieder an einem Probeblatt für die Prüfung, als es an der Tür klopft.

Die Schulsekretärin Dorrit steckt ihren Kopf herein.

»Birke, die Schulleiterin möchte mit dir sprechen.«

Alle Köpfe drehen sich um, alle Blicke sind auf mich gerichtet und meine Temperatur steigt, als ich aufstehe. Was will die Schulleiterin denn nun schon wieder?

Als wir beim Büro ankommen und Dorrit die Tür öffnet, sehe ich, dass Rose bereits drinnen sitzt. Sie wirft mir ein angestrengtes Lächeln zu. Und sofort weiß ich, worum es geht. Ich setze mich neben sie.

Dorrit schließt die Tür hinter uns, die Stille prickelt einen Moment lang auf meiner Haut, bis Ingerlise sich endlich räuspert und verkündet: »Ich habe euch hergerufen, weil mir einige ... beunruhigende Gerüchte zu Ohren gekommen sind.«

Rose sagt nichts, ich auch nicht.

»Mehrere Mädchen haben mir erzählt, dass du schwanger bist, Rose«, fährt sie fort. »Und dass du das bestätigt hast, Birke.«

Rose seufzt.

»Das ist nichts, was man so dahinsagt«, hakt Ingerlise nach.

»Das ist keine Lüge«, erklärt Rose, ohne mit der Wimper zu zucken.

Ingerlise schluckt.

»Okay«, sagt sie schließlich. »Dann wundere ich mich umso mehr, dass weder du noch dein Vater um eine Unterredung gebeten haben, damit wir über die Lage sprechen können.«

»Da gibt es nichts zu diskutieren. Ich werde sie behalten ...«

»Sie?«

»Es«, korrigiere ich. »Obwohl Rose überzeugt davon ist, dass es Zwillinge sind.«

»Ach so«, sie schluckt erneut. »Na, dann darf ich wohl gratulieren. Wie weit bist du denn?«

»Im dritten Monat.«

»Okay.« Wieder schluckt Ingerlise trocken. »Dann ist es aber höchste Zeit, dass wir darüber reden, wie es mit deinem weiteren Schulbesuch aussieht.«

Rose zuckt nur die Schultern.

»Wir müssen einen Plan machen. Und du musst deine Rechte und Möglichkeiten kennen«, fährt die Schulleiterin fort. »Aber *dieses* Gespräch würde ich gern zusammen mit deinem Vater führen. Ich werde ihn gleich einmal anrufen.« Sie greift nach dem Telefon auf dem Schreibtisch.

»Nein«, sagt Rose.

»Vater ist im Augenblick nicht zu Hause«, füge ich hinzu.

»Nicht zu Hause?« Ingerlises Gesicht wird hart. »Hat er euch ohne Aufsicht allein gelassen?«

»Nein, nein«, versuche ich zu beschwichtigen. »Er ist nur gerade jetzt nicht da. Er ist auf einer Konferenz ...«, erfinde ich schnell.

»Na gut«, sagt sie. »Dann bittet ihn doch, mich morgen früh anzurufen. Wir müssen einen Termin mit dem Jugendamt machen.«

»Mit dem Jugendamt?«, frage ich.

»Ja. Rose ist gerade erst fünfzehn geworden. Sie war unter dem gesetzlich erlaubten Mindestalter, als das Kind gezeugt wurde. Das ist eine Gesetzesübertretung ...«

»Moment mal«, sagt Rose, und Ingerlise zuckt zusammen, erstarrt dann. »Hier wird es überhaupt keine Termine geben. Ihr lasst mich einfach schön in Ruhe ...«

Ingerlise ist immer noch wie paralysiert, während Rose aufsteht.

»Komm Birke, wir gehen.« Sie geht zur Tür und ich folge ihr, während Ingerlise weiterhin wie verzaubert dasitzt.

Rose geht zu den Treppen zum Hof hin, und gemeinsam verlassen wir das Gebäude. Ihr Schritt ist schnell und sicher.

»Sie wird das mit dem Jugendamt nicht vergessen«, sage ich.

»Nein«, stimmt Rose mir zu. »Aber ich brauche erst einmal Zeit, um nachzudenken ...« Sie bohrt die Zähne in die Lippe und wird schneller, läuft mir davon. Von hinten ist die Veränderung bereits deutlich zu erkennen.

Die folgenden Wochen gestalten sich als das reinste Chaos. Die Schule hat sich in einen Tratsch- und Klatschklub verwandelt, in dem sämtliche Augen nur an Rose kleben, während alle sich das Maul darüber zerreißen, wer wohl der Vater sein könnte. Erle, die immer noch darum zu kämpfen hat, ihren Platz zu finden und sich einzuleben, muss jetzt viel Zeit dafür aufwenden, Rose vor allzu vielen Fragen abzuschirmen. Rose selbst sieht das nicht als das größte Problem an, schlimmer ist für sie, dass sie nicht mehr in ihre Kleidung passt, die ganze Zeit pinkeln muss und ihr immer wieder übel wird.

In meiner Klasse gibt es neben Rose nur noch ein weiteres Thema, die Prüfungen. Alle Lehrer stellen Lernlisten auf und geben uns Probeaufgaben, wobei sie immer wieder betonen, wie wichtig das sei. Dass es um unsere Zukunft geht. Und ich versuche, mich darauf zu konzentrieren. Elexa fordert energisch, dass wir weitere Lernnachmittage verabreden, obwohl es immer noch ein Monat bis zu den unterrichtsfreien Tagen vor der Prüfung ist. Doch ich sage zu, denn das hätte ich früher auch gemacht.

Und als wäre das ganze Gerede nicht genug, so ist da auch noch Malte. Malte, der mich durch seine bloße Anwesenheit in ein schwarzes Loch fallen lässt, das mich zu verschlingen droht.

Ihm geht es offenbar genauso, denn wir machen beide einen großen Bogen umeinander. Trotzdem tut es mir weh, jedes Mal, wenn ich auch nur kurz seine braunen Locken sehe.

Emma hat sofort angefangen, heftig mit ihm zu flirten. Es vergeht nicht ein Tag, an dem sie nicht mindestens einmal zu ihm geht. Mit einer Frage, einem albernen Scherz, mit irgendetwas, das ihr die Möglichkeit gibt, ihr kollerndes Lachen über den Hof erklingen zu lassen. Wobei sie die blonden Locken, die fast so perfekt sitzen wie seine, nach hinten wirft.

Elexa hat natürlich gemerkt, dass Malte und ich uns getrennt haben. Sie tröstet mich, so gut sie kann, und versucht nicht so viel von Aske zu reden, davon, was für ein toller Freund er ihrer Meinung nach ist. Obwohl sie nach Askes Worten immer noch nicht wirklich fest befreundet sind, sondern nur gern etwas zusammen machen – was Elexa offensichtlich etwas anders sieht.

Währenddessen läuft der Prozess gegen Gustav weiter. Ich bin nicht zu weiteren Terminen gegangen. Ich ertrage es nicht, aber überall wird darüber gesprochen und es ist schwer, nicht zu bemerken, dass immer wieder von den großen Lücken in Gustavs Geschichte die Rede ist.

Und dann passiert es während einer Deutschstunde. Als Jonas sich durch seine Probearbeit durchstottert, bricht ein Murmeln aus, das sich von Tisch zu Tisch fortpflanzt. Elexa ist krank, deshalb sitze ich allein am Tisch, kann aber nicht umhin, die vielen Blicke zu registrieren, die auf mich gerichtet sind. Schließlich schiebt Katinka einen Zettel über meinen Tisch.

Stimmt es, dass Aske der Vater von Roses Kind ist?

Woher hast du das?, schreibe ich zurück.

Annabel hat behauptet, er hat das in der Pause gesagt. Stimmt das?

Mein Mund wird ganz trocken, während ich auf den Zettel starre. Ich weiß nicht, ob ich mit Ja oder Nein antworten soll, also knülle ich den Zettel nur zusammen und werfe ihn zurück.

Unter dem Tisch schicke ich eine SMS an Aske. Er hat Französisch im Raum nebenan.

Hast du gesagt, dass du der Vater bist?

Die Antwort kommt prompt.

Das musste sein. Erklärung folgt später.

Ich muss noch länger auf die Erklärung warten, denn in der nächsten Stunde haben wir bildende Kunst, noch ein Fach, das wir nicht gemeinsam haben. Wir arbeiten an unserem Abschlussprojekt. Malte klebt eine Riesencollage mit Fotos vom Konzert zusammen. Ich arbeite an einem Aquarell, das anfangs sehr vielversprechend aussah, mir aber inzwischen immer weniger gefällt.

Ich höre, wie ein Auto auf den Hof fährt. Kurz darauf dringt Blaulicht durch die Fensterscheiben, und auch wenn unsere Lehrerin Anita versucht, uns an unseren Arbeitsplätzen zu halten, laufen wir doch alle an die Fenster.

Vom Kunstraum im ersten Stock haben wir freien Blick auf den Schulhof. Die ganze Klasse murmelt, während die Wagen mitten auf dem Hof anhalten und sich die Türen öffnen. Maltes Mutter, Eva Jeppesen, steigt aus dem Auto. Ihr folgen zwei Kollegen. Sie ziehen ihre Uniformjacken zurecht und gehen auf den Haupteingang zu. Es scheint, als würden alle Geräusche verschwinden, als könnte ich nur noch meinen eigenen Atem hören.

Und ich erinnere mich daran, was der Nöck gesagt hat: dass sie Spuren gefunden haben, die nicht zu der bisher bekannten Geschichte passen. Ich muss an Vater und Rose denken, die ja bereits einmal von Maltes Mutter festgenommen wurden. Und daran, wie sie mich befragt hat.

Ich sehe, wie Emmas Lippen Worte formen, sehe ihre Augen vor Eifer funkeln. Ein Eifer, den man nur teilen kann, wenn man nichts zu fürchten hat.

Ein unsichtbares Netz legt sich um meine Brust. Es scheint, als würden alle Lügen platzen. Maltes Blick streift mich.

Atemlos stehe ich da und starre hinaus, während ich erwarte, dass jeden Moment die Tür hinter mir aufgerissen wird.

Ich höre Schritte auf der Treppe. Halte die Luft an, als sie nicht vor unserer Tür stehen bleiben, sondern weitergehen.

Dann kann ich hören, wie oben eine Tür geöffnet wird. Auf dem Flur, in dem Roses Klassenzimmer liegt.

Am liebsten würde ich hinauslaufen, bleibe aber wie angewurzelt stehen. Höre nur, wie die Schritte sich jetzt wieder nach unten verlieren.

Stille.

Alle drängen sich noch dichter an die Fenster. Fettflecken entstehen auf den Scheiben, während sie emsig hinausstarren und warten, dass die Tür zum Hof sich endlich öffnet.

Maltes Mutter kommt als Erste heraus und sie hat ihn bei sich. Er trägt keine Handschellen, folgt ihr freiwillig. Als sie die Tür zur Rückbank des Polizeiwagens öffnet, wirft er schnell einen schrägen Blick hinauf zu den Fenstern, hinter denen wir stehen. Aske … Sie hat Aske festgenommen …

Dann geht die Tür erneut auf und mein Herz überspringt einen Schlag, als ich sehe, dass ein anderer Polizeibeamte mit Rose neben sich herauskommt.

Sie geht aufrecht und ruhig, schaut offen zu den Fenstern hoch. Wirft ihr Haar nach hinten, bevor sie sich ins Auto setzt.

Ich erstarre. Jetzt ruhen alle Augen auf mir, während die Polizeiwagen starten und davonfahren.

*H*inter Gittern

Als es zur Pause läutet, bricht ein Sturm von Fragen auf mich los. Ich werde von einem ganzen Schwarm Mädchen umringt, die alle auf einmal auf mich einreden. Einige eifrig, andere nervös und ein paar wenige – wie Emma – nur höhnisch.

Malte kommt auch auf mich zu. Er scheint mit mir sprechen zu wollen, aber dazu habe ich momentan nicht die Kraft.

Ich entdecke Erle. Auch um sie hat sich ein Kreis von Neugierigen gebildet, und sie beantwortet alle Fragen mit der gleichen stoischen Ruhe wie ich. Es zeigt sich, dass sie, auch wenn sie ihr ganzes Leben in Gefangenschaft verbracht hat, diesem Ansturm problemlos standhalten kann.

Ich fange ihren Blick ein. Nicke zur Straße hin und sie bahnt sich einen Weg zu mir. Zusammen verlassen wir den Hof. Verschwinden, während einzelne uns bis zum Tor mit den Augen folgen.

»Was ist passiert?«, frage ich, als wir weit genug von der Schule entfernt sind, und uns niemand mehr hören kann.

»Die haben immer mehr Druck hinsichtlich der Vaterschaftsfrage aufgebaut und mehrere haben plötzlich gefragt, ob es nicht Benjamin war ...«, berichtet Erle. »Und dann ist Aske gekommen. Er hat gesagt, dass er der Vater sei. Rose hat einfach nur mitgespielt.«

»Und die Polizei ...«

»Die anderen haben darüber geredet, dass Rose unter 15 war, als sie schwanger wurde, und das ist strafbar und ... Irgendjemand muss es der Lehrerin gesagt haben. Jetzt werden sie beide aufs Revier gebracht, um dort vernommen zu werden ...«

»Ich werde nach der Schule hingehen ...«, sage ich. »Wenn sie sich bis dahin mit ihrem Charme nicht schon freigeredet haben.«

»Sollen wir zurück in die Schule gehen?«, fragt sie.

Ich nicke.

»Ja, sonst bekommen wir nur noch mehr Ärger.«

Die folgenden Stunden kriechen im Schneckentempo dahin, die ganze Zeit starre ich auf mein Handy und warte auf eine Nachricht von Aske oder Rose, die Bestätigung, dass alles okay ist. Doch es kommt nichts. Also mache ich mich auf den Weg, sobald die Schule zu Ende ist. Erle hat angeboten, mitzukommen, aber ich möchte nicht, dass sie Maltes Mutter zu nahe kommt, und diese Erle auch noch bohrende Fragen stellt.

Der Anblick des Polizeireviers erinnert mich an das letzte Mal, als ich hier war. Damals wurde Rose über Benjamins Tod verhört, während ich mit Aske im Café gegenüber saß. Er hatte versprochen, auf uns Schwestern aufzupassen, und ich weiß, dass er genau das heute auch versucht hat, fürchte aber, er könnte dadurch nur neue Probleme für uns schaffen.

Ich gehe die Treppe hinauf und öffne die Tür. Hinter dem Tresen sitzt Eva, Maltes Mutter. Ihr Blick nagelt mich fest.

»Solltest du nicht in der Schule sein?«

»Wir haben früher freibekommen«, sage ich nur. »Ich würde gern Rose sehen.«

»Mein Kollege fährt sie gerade nach Hause«, sagt sie. »Wir wollen auch mit eurem Vater reden.«

»Er ...« Meine Stimme bricht ab, ich denke, es ist besser, gar nichts zu sagen. Wenn sie Rose nach Hause fahren, wird sie zumindest nicht mehr hier festgehalten.

»Und was ist mit Aske?«, frage ich.

»Den behalten wir bis auf Weiteres hier.«

»Kann ich ihn sehen?«

»Nein.« Eine Begründung liefert sie mir nicht. Sagt nur das eine Wort, hart und kalt. Es scheint eher, dass sie nicht will, als dass sie nicht darf. Dann wendet sie sich wieder den Papieren vor sich zu.

»Ich würde ihn aber gern sehen ...«, beharre ich.

»Davon kann gar nicht die Rede sein«, sagt sie und schaut erneut auf. Ich bohre meinen Blick in ihren. Es ist, als träte ich in einen kalten, schleimigen Sumpf. Als ich in Maltes und Vaters Gedanken eintrat, fühlte ich nur Liebe. Liebe und ein wenig Sorge, aber das hier ... das ist Hass. Sie hasst mich, doch ich muss es versuchen.

»Ich würde ihn gern sehen, nur kurz ...«, wiederhole ich.

Sie öffnet den Mund, um zu protestieren, aber ich dringe energisch tiefer in ihre Gedanken hinein. Als kämpfte ich mit Treibsand, bis sich endlich ihr Blick doch verschleiert.

»Na gut. Aber nur kurz.«

Sie bringt mich zu den Arrestzellen. Sie befinden sich hinter dem Polizeirevier. Dort öffnet sie die Tür zu einem Flur. Auf beiden Seiten liegen Zellen. Fast alle sind leer. Nur eine ist belegt. Aske sitzt, mit dem Rücken an die Wand gelehnt, auf der Pritsche.

Als er mich sieht, steht er auf.

»Fünf Minuten«, sagt Eva, bevor sie geht und die Tür hinter uns ins Schloss fällt.

»Birke!«, ruft Aske überrascht.

»Wie lange musst du hier drinnen bleiben?«, frage ich.

»Der Richter hat den Polizisten drei Tage gegeben, um Beweise heranzuschaffen. Dann wird entschieden, ob ich in Untersuchungshaft komme.«

»Untersuchungshaft?«, frage ich.

»Ich finde ja auch, das ist reichlich übertrieben. Schließlich bin ich doch keine Gefahr für irgendjemanden.«

»Aber können sie das überhaupt machen?«

»Offenbar hat jemand – und ich schätze mal, das war dein früherer Loverboy – erzählt, dass Rose vor einigen Monaten mit blauen Flecken am ganzen Körper nach Hause gekommen ist und dass er glaubt, ich sei es gewesen, ich hätte sie vergewaltigt und ihr diese Flecken verpasst ...«

»Vergewaltigt!«, rufe ich verblüfft.

»Ja, das denken sie. Statt wegen eines Beischlafs mit einer Minderjährigen werde ich jetzt vielleicht wegen Vergewaltigung und Körperverletzung einer Minderjährigen angeklagt.«

»Kannst du nicht den Elfenblick benutzen?«, frage ich.

»Das ist nicht so einfach. Es sind zu viele mit der Sache beschäftigt. Selbst wenn ich die Polizei überreden könnte, mich gehen zu lassen, so wird der Richter die Sache immer noch in seinen Akten vorliegen haben. Das wird dann wohl als Fluchtversuch ausgelegt.«

»Dann sitzen wir jetzt also gehörig in der Patsche?«, frage ich.

»Solange Rose dabei bleibt, dass es keine Vergewaltigung war, sind die Folgen begrenzt, aber die Polizei hat jetzt erst einmal drei Tage Zeit, Beweise zu sammeln.« Er klingt gefasst. Sehr viel gefasster, als ich in seiner Situation wäre.

»Das Ganze tut mir wirklich schrecklich leid«, sage ich.

»Ja ...« Er lehnt sich gegen die Gitterstäbe. »Aber das ist nicht das größte Problem«, sagt er dann.

»Okay?«, flüstere ich. Möchte eigentlich gar nicht fragen, was unser größtes Problem dann bitte schön ist, aber er sagt es von ganz allein:

»Als sie Rose und mich hergebracht haben, da wurde dieser Gustav auch gerade zurück in seine Zelle geführt und er ... hat mich gesehen.«

»Was ist dann passiert?«

»Er ist total durchgedreht, Amok gelaufen. Hat herumge-
schrien und versucht, nach Rose und mir zu schlagen. Zum
Glück war das meiste, was er da geschrien hat, ein einziger
Wirrwarr. Aber es besteht kein Zweifel, er weiß, dass ich et-
was mit ihm gemacht habe. Und er war stinkwütend. Zwei
Mann waren nötig, um ihn wegzuschaffen.«

»Das ist nicht gut«, flüstere ich.

»Nein«, stimmt er mir ich zu. »Das ist ganz und gar nicht
gut.«

Die Tür hinter mir wird aufgerissen.

»Die fünf Minuten sind um«, sagt Eva.

Und ich muss Aske hinter den Gittern zurücklassen.
Noch niemals habe ich mich so allein gefühlt.

NA-Spuren

Als ich zu Hause ankomme, sitzen Rose und Erle draußen auf der Terrasse in der Sonne. Die Luft ist warm und ruhig. Eigentlich wäre das ein fantastischer Frühlingsnachmittag, gäbe es nicht dieses totale Chaos. Ich setze mich zu ihnen. Bald wird es warm genug sein, die Gartenmöbel herauszuholen.

»Und?«, frage ich und sehe Rose an.

»Sie wollen mit Vater reden«, sagt diese. »Ich bin ja noch nicht volljährig. Und als ich ihnen gesagt habe, dass er nicht hier ist, sondern in Næstbæk, sind sie dorthin gefahren, um ihn zu suchen.«

»Hast du ...?«, will ich fragen, tue es aber doch nicht.

»Ich habe mich nicht getraut, ihn anzurufen oder ihm eine Nachricht zu schreiben. Es könnte ja sein, dass sie ihn schon gefunden haben.« Rose seufzt. »Azalea ist fortgegangen und hier geht alles zum Teufel ...«

»Wie ist es bei der Polizei gelaufen?«, fragt Erle mich.

»Sie wollen Aske die nächsten drei Tage dortbehalten. Glauben, er hätte Rose überfallen und vergewaltigt.«

Wieder seufzt Rose.

»Ich habe doch gesagt ...«

»Ich weiß«, beschwichtige ich sie. »Aber Aske hat mir erzählt, dass ihr Gustav gesehen habt.«

Rose nickt.

»Das war wirklich unheimlich«, sagt sie. »Wie der herumgeschrien und gebrüllt hat. Ich glaube, er hätte Aske umgebracht, wenn sie ihn nicht davon abgehalten hätten.«

Wieder einmal muss ich mir auf die Lippe beißen.

»Vielleicht ist das der Grund, dass sie so scharf drauf sind, Aske im Gefängnis zu behalten«, wirft Erle ein. »Sie wissen, dass da etwas nicht stimmt.«

Ich nicke. Und Eva würde alles tun, was in ihrer Macht steht, um der Sache auf den Grund zu gehen.

Abends kann ich nicht einschlafen, und ich bin nicht die Einzige. Auch Erle starrt mit offenen Augen an die Decke.

»Es tut mir schrecklich leid, dass alles so gekommen ist«, flüstert sie.

»Das ist doch nicht deine Schuld«, sage ich.

»Doch, ich bin es ja, die euch hier festhält«, beharrt sie. »Ihr hättet eure Flucht planen, Aske befreien und gemeinsam abhauen können. Die Sache hier wird ein schlimmes Ende nehmen.«

»Nicht nur deinetwegen sind wir noch hier. Der Nöck wird mich auch töten, wenn wir abhauen wollen.«

Sie schüttelt den Kopf. »Mich wird er überall finden, aber dich ... Wenn ihr nur weit genug fortgeht ...«

»Wir lassen dich nicht hier zurück«, erkläre ich.

Sie will widersprechen.

»Nein«, schneide ich ihren Einwand ab. »Wir werden das hier alles regeln.«

Wieder einmal gebe ich ihr ein Versprechen und habe auch jetzt keine Ahnung, wie ich es jemals einlösen soll.

Stille legt sich über uns, und als ich kurz darauf den Kopf zu ihr drehe und sehe, dass sie mich traurig anblickt, seufze ich.

»Schlaf jetzt ...«, flüstere ich.

»Das ist nicht so leicht«, entgegnet sie. »Hier ist es einfach zu ruhig. Im Wasser, da gab es immer Geräusche und die Strömung, die mich in den Schlaf gewiegt hat. Hier ist es nur ... still.«

»Du hast nur noch nicht gelernt, die einzelnen Geräusche zu bemerken«, sage ich. »Wenn du ganz genau hinhörst, dann kannst du sogar Rose schnarchen hören.«

Erle lächelt ein wenig.

»Sie schafft es, einzuschlafen.«

»Ja, sie ist klüger als wir.«

Am nächsten Tag haben Rose und Erle erst später Unterricht, also gehe ich allein zur Schule. Die Sonne scheint unbeirrt, trotz meiner schlechten Laune. Als die Bäume spärlicher werden und die Stadt zum Vorschein kommt, entdecke ich jemanden, der auf der Straße auf mich wartet. Malte.

Den roten Wangen nach zu urteilen, muss er schon eine Weile hier gestanden haben.

Sein Anblick ist wie ein Schlag in die Magengrube, er steht einfach da, und alles sagt mir, dass er mit mir reden will.

Ich mache einen großen Bogen um ihn.

»Birke ...« Er tritt auf mich zu.

»Nicht jetzt, Malte«, sage ich nur.

»Birke, warte ...«, ruft er und folgt mir.

»Du hast deine Mutter dazu gebracht, Aske wegen Vergewaltigung anzuklagen. Er hat Rose nichts getan!«

»Bist du dir da sicher?« Maltes Augen sind wie geschmolzenes Metall und voller Ernst.

»Natürlich bin ich mir sicher.«

»Und was ist mit dem Abend, als sie am ganzen Körper blaue Flecken hatte und du mir gesagt hast, das sei ein Typ aus der Stadt gewesen?«

»Es war nicht Aske, der hat sie nicht überfallen, und außerdem habe ich dir gesagt, dass Rose nicht will, dass irgendjemand davon erfährt.«

»So etwas darf man nicht geheim halten. Rose braucht Hilfe, und wenn ihr immer noch allein wohnt ...«

Ich ziehe meine Hand mit einem Ruck zurück.

»Lass uns nur einfach in Ruhe«, sage ich.

»Warte doch.« Er zieht mich an sich. Und als ich seine Arme um meinen Körper spüre, komme ich zur Ruhe.

»Ich bin nicht gekommen, um mit dir zu streiten«, flüstert er mir ins Ohr.

»Was du aber perfekt kannst«, sage ich.

»Birke ...« Sein Blick ist angefüllt mit einer Trauer, die auch ich in mir fühle. Was mich daran erinnert, dass ich, auch wenn er mich umarmt, nicht mehr seine Liebste bin, nicht einmal seine Freundin, sondern ein sonderbares *Etwas*.

»Ich bin gekommen, um euch zu warnen«, sagt er.

»Uns warnen?«

»Es sind an Benjamins Leiche DNA-Spuren gefunden worden.«

»DNA-Spuren?«, hauche ich, während ich über mein Gesicht eine undurchdringliche Maske stülpe.

Er nickt.

»Sie stammen von einem Mann, aber nicht von Gustav ...«

»Ich verstehe nicht ...«, sage ich nur.

»Das tut die Polizei auch nicht, aber was denkst du, wen sie jetzt verdächtigen werden?«

Ich erstarre. DNA-Reste. Eigentlich sollte ich doch froh sein, dass sie von einem Mann stammen. Es ist also nicht die DNA von mir oder von Rose, die sie an Benjamin gefunden haben. Sondern von einem Mann ... Aber das kann nur einer sein – Vater. Wahrscheinlich hat er sie zurückgelassen, als er die Leiche aus dem Wasser herausgefischt, transportiert und begraben hat.

In der Pause suche ich nach Rose und Erle. Der Schulhof hat Ohren, und selbst die Hoftoilette, die fast nie benutzt wird, weil sie so eklig ist, scheint uns zu riskant zu sein.

Also gehen wir schließlich hoch in den Zeichensaal. Er ist

leer, nur der leichte Farbgeruch der Bilder der 5. Klasse, die hier zum Trocknen ausliegen, hängt in der Luft. Ich erzähle ihnen die Neuigkeit. Am anderen Ende des Raums stehen unsere Examensprojekte. Elexas Spray-Bild steht ganz vorn. Sie ist heute auch nicht in die Schule gekommen. Scheint immer noch krank zu sein. Ich müsste ihr eigentlich schreiben und sie fragen, wie es ihr geht. Aber ich habe momentan so viele andere Dinge im Kopf.

Wir gehen in den Vorraum und drehen den Wasserhahn an dem Waschbecken dort auf, damit uns auch wirklich niemand hören kann.

Als ich das von der DNA erzähle, wird Rose ganz blass, und auch wenn ihre Anspannung sich etwas löst, als ich hinzufüge, dass sie von einem Mann stammt, sehen wir uns beide besorgt an.

»Was machen wir jetzt?«, fragt Rose.

»Der Elfenblick?«, fragt Erle. Sie steht am Waschbecken. Lässt das Wasser über ihre Hände rinnen.

»Nein«, sage ich. »Es sind zu viele, die davon wissen. Wir können doch nicht die ganze Stadt manipulieren.«

»Hmm...« Erle denkt nach, während sie nicht nur die Hände, sondern auch die Arme unter den Wasserstrahl hält.

Ich schaue Rose an. Hoffe, sie hat einen Plan. Aber sie seufzt nur.

»Wir können nichts machen.«

»Aber Vater ...«, wende ich ein.

Ihr Gesicht erstarrt.

»Wir hätten niemals hierbleiben dürfen«, flüstert sie nur.

»Aber jetzt können wir auch nicht verschwinden ...«

Rose nickt.

»Ich werde mit dem Nöck reden«, sagt sie. »Vielleicht wäre es möglich, dass wir weggehen, und ich komme mit den Kindern zurück, wenn sie geboren sind.«

»Das wird er niemals akzeptieren«, sagt Erle. Inzwischen ist sie bis über die Ellenbogen nass.

»Wir müssen es probieren«, sagt Rose.

Es läutet zum Unterricht.

Rose läuft davon, während Erle langsam den Wasserhahn zudreht.

»Alles okay mit dir?«, frage ich und lege ihr eine Hand auf den Arm. Der ist eiskalt vom Wasser.

»Ja«, flüstert sie und greift nach einem Handtuch. »Nur ... Ich vermisse es schon manchmal, das Wasser ...«

»Das kann ich gut verstehen.«

»Nein, ich bin natürlich froh darüber, frei zu sein, es ist nur ... all das mit der Schule und so ...«

»Das wird nicht mehr lange dauern«, sage ich. »Bald gehen wir fort.«

Sie nickt und lässt bewusst ein paar Wassertropfen auf der Haut zurück, dann beeilt sie sich, Rose einzuholen. Ich gehe langsam zurück in meine Klasse und muss mir dabei eingestehen, dass es das erste Mal ist, dass wir über unser Fortgehen gesprochen haben, ohne dass mir der Gedanke verhasst war. Jetzt, nachdem ich Malte verloren habe und hier alles im Chaos versinkt, wäre es fast eine Erleichterung, von hier wegzukommen.

Nach der Schule gehen wir zum Bach. Erle bleibt einige Meter entfernt stehen. Sie ist noch nicht bereit, den Nöck wiederzusehen. Und ich kann sie verstehen. Das letzte Mal hat er sie fast umgebracht. Mich auch, aber ich will jetzt nicht daran denken, also rufe ich mir lieber den Winter ins Gedächtnis, als alles begann. Den Tag, als ich die Leiche einer Elfe im Bach fand. Erinnere mich an das goldene Haar im Eis. Jetzt ist es nur die Sonne, die sich golden im Wasser spiegelt.

»Nöck ...« Rose ruft ihn. Sie hat eine Hand auf den Bauch gelegt, der seine Bezahlung beherbergt.

Schnell ist er da. Durchbricht die Wasseroberfläche und lässt die Wellen bis auf den Waldboden rollen.

»Was wollt ihr denn dieses Mal, meine Elfenmädchen?«

»Die Polizei ist uns auf der Spur, wir müssen für eine Weile wegfahren.« Rose spricht mit einer Entschiedenheit, als wäre sie die Königin.

Ein Lächeln huscht über das Gesicht des Nöcks.

»Du wirst nirgendshin fahren, solange meine Frauen in dir heranwachsen.«

»Wenn wir nicht weggehen, sind wir in Gefahr«, erwidert Rose. »Auch die Kinder.«

»Solltest du dich um die Sicherheit der Kinder Sorgen machen, kannst du gern hier unten wohnen, bis sie geboren sind. Frag nur Erle. Ich kann es dir richtig gemütlich machen.«

Die Art, wie er das sagt, erzeugt bei mir eine Gänsehaut, sofort erinnere ich mich an meinen unfreiwilligen »Besuch«

auf dem dunklen Grunde des Bachs. An die Blase aus Sauerstoff, die für mich Gefängnis und Lebensretter gleichzeitig war.

»Nein, vielen Dank«, lehnt Rose ab. »Es wäre sicherer, wenn wir woandershin gehen würden ...«

Im Wasser um den Nöck herum kann ich unter der Oberfläche dunkle Schatten sehen, die sich bedrohlich nähern.

Ich fasse Roses Hand. Es sind die unzähligen schwarzen Würmer, die auf den Weg aus dem Wasser sind. Sie zischen leise.

Jetzt hat Rose sie auch entdeckt.

»Ihr habt schon zu viele Abmachungen gebrochen«, sagt der Nöck. »Dieses Mal entkommt ihr mir nicht.«

Rose tritt zurück. Die Würmer nähern sich ihr, legen sich um ihre Füße, bereit, sie ins Wasser zu ziehen. Die kleinen, schleimigen Tiere kommen auch auf mich zu, und mein Körper spannt sich vor Angst an. Ich spüre fast wieder, wie sie meine gesamte Haut bedeckt hatten und mich umbringen wollten.

Sie winden sich immer näher heran, wie ein großes schwarzes Loch, und wir weichen weiter zurück.

»Okay!«, ruft Rose mit zitternder Stimme. »Wir werden nicht weggehen. Wir bleiben hier, bis die Kinder geboren sind.«

»Gut«, sagt der Wassermann und zieht die Würmer zurück.

Wir gehen fort. Rose ist scheinbar ruhig, aber ich kann sehen, dass sie zittert. Sie weiß auch, wie kurz sie davor war, ins Gefängnis des Nöcks gezogen zu werden.

Ich betrachte Erle, die neben Rose geht. Schon der Gedanke, Rose müsste ein paar Monate bei ihm verbringen, erschüttert mich. Und Erle hat sechzehn Jahre dort unten gelebt.

Weiter hinten auf dem Weg entdecke ich ein Auto. Zuerst glaube ich, es sei ein Tourist, der sich verfahren hat, doch dann erkenne ich den Mann neben dem Wagen. In der alten grünen Windjacke, die er das ganze Jahr über trägt. Auch wenn er uns den Rücken zuwendet, weiß ich, dass er es ist.

»Was ...«, will Rose fragen, doch ich halte sie zurück.

Und dann dreht er sich um. Seine Augen sind nicht verschleiert wie beim letzten Treffen in der Kneipe, jetzt sind sie nur müde.

»Birke ...« Seine Stimme zittert und ich mache einen Schritt auf ihn zu.

Sein Blick wandert weiter. »Rose ...«

Er sieht Erle an. Der Wind wirbelt ihr Haar in die Höhe, ich sehe, wie er fast Azaleas Namen mit den Lippen formt, bevor er zusammenzuckt.

Dann tritt er einen Schritt vor. Auf sie zu. Sie bleibt reglos stehen, während er vorsichtig die Hand nach ihr ausstreckt.

»Erle«, flüstert er, und als seine Hand ihre Wange streift, kann ich Tränen in ihren Augen glitzern sehen, aber statt etwas zu sagen, dreht sie sich nur wortlos um und läuft davon.

Vaters Hand bleibt in der Luft hängen.

Er gibt einen leisen, fast unhörbaren Seufzer von sich, bevor er sich zu Rose und mir umdreht.

»Ich dachte, ihr wärt fortgegangen«, sagt er, und ich kann sehen, wie Trauer und Enttäuschung in ihm wachsen.

Rose schaut mich an.

»Ich schaffe das hier«, sagt sie. »Suchst du Erle?«

Ich nicke. Bin erleichtert, dass ich jetzt nicht mit Vater reden muss. Ich könnte nicht zugeben, dass ich ihn das letzte Mal angelogen habe.

Ich gehe in die Richtung, in die Erle verschwunden ist. Wäre sie Rose, hätte ich sofort gewusst, wo ich suchen sollte. Ich kenne alle Orte, wohin sie normalerweise geht, aber bei Erle ... In Momenten wie diesen merke ich, ganz gleich, wie sehr ich mir auch wünsche, dass sie ein Teil von uns ist, so gibt es immer noch tausend Dinge, die ich von meiner Schwester nicht weiß.

Es gibt keine Spur, der ich folgen könnte. Ich habe so meine Zweifel, dass sie in die Stadt gelaufen sein könnte, denn dort kennt sie sich ja noch schlechter aus als im Wald. Und ich kann mir nicht vorstellen, dass sie in der Schule oder im Café Zuflucht suchen könnte. Es muss ein Ort sein, an dem sie sich sicher fühlt, eine Gegend, die sie kennt.

Und als ich den Bach in der Ferne rauschen höre, weiß ich genau, wo sie ist.

Ich gehe zum See. Erle sitzt auf der Brücke. Die Füße hängen über dem Wasser. Wenn sie sich ein wenig streckt, kann sie es erreichen. Aber sie sitzt nur reglos da und starrt auf die Dunkelheit unter sich.

»Erle«, sage ich und sie wendet mir ihr Gesicht zu. Die Tränen haben ihre Spuren auf den blassen Wangen hinterlassen.

»Am liebsten würde ich reinspringen«, sagt sie und wischt sich die Augen. »Ist es nicht total verrückt, dass ich nach allem, was ich auf mich genommen habe, um herauszukommen, jetzt größte Lust hätte, wieder zurückzukehren?«

Ich setze mich neben sie.

»Es muss schwer für dich gewesen sein, Vater zu sehen«, sage ich.

»Ich dachte, ich würde ihn gern kennenlernen«, flüstert sie. »Ich dachte, wenn ich ihn sehe, dann kann ich ihm verzeihen.«

Ich lege den Arm um sie. Die Sonne scheint auf uns. Ihre Haut ist so blass, ein Zeugnis dafür, wie lange sie in der Tiefe gefangen gehalten wurde, so tief, dass nicht einmal die Sonnenstrahlen bis dorthin gelangten.

Ein leiser Seufzer ist von ihr zu hören.

»Ich habe mich geirrt«, sagt sie. »Ich kann ihm das niemals verzeihen.«

Worte brennen auf meinen Lippen, doch ich sage nichts. Was würde es auch nützen, wenn ich ihr erzählte, dass er ein guter Vater ist, ein liebevoller Vater, bleibt er doch für sie immer nur der Vater, der sie weggegeben hat.

Sie steht auf.

»Erle ...«

Sie schüttelt den Kopf.

»Ich habe so lange davon geträumt, zu euch heraufzukommen, aber jetzt, da ich oben bin, ist mir klar geworden, dass ich gar nicht weiß, was ich hier soll.«

»Wir schaffen das schon«, sage ich.

Sie nimmt meine Hand und drückt sie.

»Das glaube ich nicht«, widerspricht sie. »Lass mich nur einfach eine Weile in Ruhe.«

Ich lasse Erle am See zurück. Wie gern würde ich ihr helfen, aber ich kann nichts tun. Mein Handy piepst. Eine SMS von Elexa. Ob sie endlich wieder gesund ist? Ich öffne die Nachricht.

Du hättest es mir wirklich sagen können. Dann hätte ich mich nicht wie eine totale Idiotin fühlen müssen. Was bist du nur für eine Freundin?

Zuerst starre ich die Worte nur an, erst langsam begreife ich: Sie hat von den Gerüchten über Aske und Rose gehört.

Ich laufe durch den Wald.

»Sie will mit niemandem reden«, sagt Elexas Mutter, Lydia, als ich klingle. Sie sieht Elexa ähnlich. Die gleiche hohe, schlanke Gestalt, das gleiche lange, dunkle Haar.

»Aber ...«, setze ich an. Ich bin an dieser Tür noch nie abgewiesen worden.

»Sie hat gesagt, sie will dich nicht sehen.« An den Ohren der Mutter schaukeln selbst gefertigte Ohrringe. Elexas Mutter ist Designerin und stellt alles Mögliche her, von Schmuck über Taschen bis zu Gardinen.

»Aber ...«, versuche ich es erneut.

215

»Weißt du, ich hoffe, das renkt sich wieder ein«, flüstert sie. »Aber im Augenblick will sie dich nicht sehen. Lass ihr ein wenig Zeit.«

Ich bleibe stehen. Sicher, eigentlich sollte ich gehen, aber den Gedanken, noch ein Problem ungelöst liegen zu lassen, ertrage ich nicht. Statt wegzugehen, schaue ich ihr tief in die Augen. Tauche in sie hinein. Es gibt keine Hindernisse, ist einfacher als erwartet.

»Sie möchte aber gern mit mir reden«, wiederhole ich eindringlich.

Lydia tritt zur Seite und ich komme hinein. Während ich mir die Jacke ausziehe, nagt das schlechte Gewissen an mir. Der Elfenblick ist eine gefährliche Waffe, und nachdem ich ihn zum ersten Mal benutzt hatte, schwor ich mir, ihn niemals wieder anzuwenden. Und dennoch tue ich es immer wieder. Greife dazu, sobald ich Widerstand spüre. Offenbar versuche ich gar nicht mehr, ihn zurückzuhalten. Ab irgendeinem Zeitpunkt habe ich ihn zugelassen, ohne es selbst zu registrieren.

Askes Worte vom Löwen und der Antilope schwirren mir durch den Kopf. Ich schiebe sie beiseite, beschließe für mich, dass ich, auch wenn ich mir mit dem Elfenblick den Zugang zum Haus verschafft habe, ihn nicht Elexa gegenüber anwenden werde. Das hier muss ohne übersinnliche Hilfe gelöst werden.

Ich gehe zu ihrem Zimmer. Die Tür ist geschlossen, von drinnen höre ich Musik.

Ich klopfe an.

»Geh weg!«, schreit Elexa mit einer Stimme, die vom Weinen erschöpft ist.

Ich zögere, dann öffne ich die Tür. Wie oft habe ich sie in letzter Zeit im Stich gelassen. Alle meine Lügen, alle meine Geheimnisse. Aber jetzt will ich für sie da sein, denn es ist allein meine Schuld, dass Aske gekommen ist und ihr Leben zerstört hat.

Elexa sitzt im Bett. Sie hat die Decke um sich geschlungen. Neben ihr steht eine Schachtel mit Kleenex, bereits zur Hälfte leer, und der Inhalt hat sich wie große Schneeflocken um sie herum auf dem Bett verteilt.

»Birke ...« Als sie mich sieht, schnappt sie nach Luft. Zuerst verblüfft, dann verschließt sich ihr Gesicht wieder.

»Ich habe Mama doch gesagt ...«

»Ich will nur mit dir reden.« Ich setze mich auf den Bettrand.

»Aber ich will nicht mit dir reden.«

»Elexa ...«, bitte ich, doch sie dreht den Kopf weg.

»Du hast es gewusst. Du hast die ganze Zeit gewusst, dass er es ist.«

Ich schlucke. Es gibt jede Menge Lügen, die ich jetzt präsentieren könnte, aber ich will nicht mehr lügen.

»Es tut mir wirklich leid«, sage ich. »Aber das war, lange bevor du und er ...«

»Und das soll das Ganze entschuldigen?«, fragt sie. »Endlich finde ich einen Typen. Ich meine es wirklich ... endlich! Und dann soll er der Vater von dem Kind deiner Schwester sein. Nein, ehrlich!«

»Es tut mir wirklich leid«, wiederhole ich.

»Du hättest es mir sagen müssen!«, fordert sie. »Jetzt lachen doch alle über mich.«

Wieder muss ich schlucken. Ich kann sie ja so gut verstehen. Aus ihrer Perspektive heraus bin ich die schlechteste Freundin auf der Welt, weil ich es zugelassen habe, dass sie sich in Aske verliebt.

»Ich weiß es noch nicht so lange«, versuche ich mich zu rechtfertigen. »Und ich war auch wie vor den Kopf gestoßen ... Ich habe nicht gewusst, was ich tun soll. Ich wollte dir doch nicht wehtun.«

»Das hast du aber.«

»Es tut mir wirklich schrecklich, schrecklich leid«, sage ich. »Die ganze Situation ist einfach totaler Wahnsinn.«

»Ja«, sagt sie.

Dann sagt sie nichts mehr und ich sitze wie das schlechte Gewissen in Person neben ihr. Es ist der totale Wahnsinn, ja, aber nicht allein Roses Schwangerschaft oder Askes Notlüge bezüglich der Vaterschaft – sondern allein die Tatsache, dass wir hier unter Menschen leben und so tun, als wären wir ganz normal.

»Hast du gewusst, dass die beiden zusammen gewesen sind, als er in die Stadt gekommen ist?«, fragt sie. Ihre Augen sind ganz rot vom Weinen, und wie dumm die ganze Situation auch erscheint, trotz allem ist sie meine beste Freundin. Und sie braucht jetzt eine Lüge, braucht etwas, damit sie mir verzeihen kann, denn wenn ich mich schon alleingelassen fühle, so ist Elexa wahrscheinlich noch viel einsamer. Sie hat keine Geschwister und ist an der Schule genauso ein Außenseiter wie ich.

»Nein. Also, ich hatte da so einen Verdacht, dass Rose mit jemandem zusammen gewesen sein könnte, aber ich wusste nicht, mit wem.«

»Waren sie lange zusammen?« Sie zerknüllt ein Papiertaschentuch zwischen den Fingern.

»Nein«, antworte ich. »Nur einmal, soweit ich weiß.«

»Nur einmal?«, fragt sie nach und das Taschentuch löst sich jetzt in kleine Fetzen auf.

Ich nicke.

»Dann sind sie nicht ...«

Ich schüttele den Kopf.

»Ich meine, natürlich reden sie zusammen. Das müssen sie ja auch, jetzt ...«

»Warum hat er dann nichts davon gesagt?«, fragt sie und sammelt die kleinen Papierstückchen zu einer Kugel.

»Er hat es ja auch gerade erst erfahren ...«, sage ich.

»Das meine ich nicht, Birke. Warum hat er mir nicht gesagt, dass er mit ihr zusammen gewesen ist?«

»Weil ...« Ich muss mich räuspern. »Ich weiß es nicht. Weil er ein Idiot ist.«

»Ja, ein verdammter Idiot«, sagt sie und wirft die kleine Papierkugel gegen die Wand.

Ich streichle ihren Arm. Sie lehnt den Kopf an meine Schulter und ich rutsche näher zu ihr. Drücke sie an mich.

»Danke, dass du gekommen bist«, flüstert sie.

»Ist doch logisch«, sage ich und rutsche noch näher.

»Ich hasse ihn«, sagt sie.

»Das kann ich gut verstehen«, stimme ich zu.

»Und Rose, die hasse ich auch, jedenfalls ein bisschen, auch wenn sie deine Schwester ist.«

»Okay«, sage ich nur.

Wir sitzen eng beieinander und ich lausche ihrem Atem, der langsam wieder normal wird. Das Schluchzen lässt nach.

»Ist es in Ordnung, wenn ich von denen ein paar wegräume?«, frage ich und hebe eines der vielen Kleenex-Tücher auf, die um uns herum verstreut liegen.

Sie antwortet nicht. Starrt nur auf ihre Hände.

Ich löse meinen Arm. Strecke mich nach dem Papierkorb und fange an, die Taschentücher einzusammeln.

Es sind wirklich viele, und ich bekomme ein schlechtes Gewissen, dass ich nicht für sie da war, dass ich erst jetzt, nachdem sie mir eine SMS geschrieben hat, daran gedacht habe, was es für sie bedeutet.

Schließlich fehlt nur noch ein großer Haufen. Ich schiebe ihn in den Papierkorb, entdecke dabei aber, dass auf den unteren Tüchern Blut ist. Zuerst nur ein paar wenige Tropfen, doch dann finde ich immer mehr eingetrocknetes Blut, und als ich das nächste Tuch hochhebe, fällt eine Rasierklinge heraus.

»Oh Elexa«, flüstere ich.

Sie schluchzt, weicht meinem Blick aus.

»Sag nicht, dass du …«, setze ich an.

Sie weint nur und ich nehme vorsichtig ihren Arm und ziehe ihn zu mir. Schiebe den Ärmel hoch und sehe die kleinen Schnitte, die ein Treppenmuster auf ihrem Arm bilden. Sie bluten nicht mehr, es hat sich bereits Schorf gebildet.

»Elexa«, sage ich wieder und zwinge sie, mich anzusehen.

»Ich konnte einfach nicht mehr ...«, flüstert sie. »Er wird Vater.«

»Aber ...« Dann denke ich daran, wie ihre Familie erst vor Kurzem gefeiert hat, dass sie sich seit zwei Jahren nicht mehr geritzt hat. Dass sie es geschafft hat, klüger, stärker geworden ist ...

»Er hat mir einfach so viel bedeutet«, sagt sie tonlos.

»Das weiß ich«, sage ich. »Aber das ist er nicht wert.«

Ich bekomme nur Tränen als Antwort. Dann hebe ich die Rasierklinge hoch. Am liebsten würde ich sie aus dem Fenster werfen.

»Hast du noch mehr davon?«, frage ich.

Sie nickt. Zeigt zur Schreibtischschublade.

Und dort finde ich eine ganze Packung.

»Ich hole deine Mutter«, erkläre ich.

Elexa weint wortlos.

Und nie zuvor habe ich Aske so sehr gehasst ...

Lydia sitzt im Wohnzimmer. Ich muss ihr gar nichts sagen, zeige ihr nur die Rasierklingen, auf denen noch das Blut klebt.

»Oh nein«, flüstert sie, und ich kann sehen, wie das Schuldgefühl sie überwältigt. Ich bin nicht die Einzige, die meint, sie hätte es wissen müssen. Hätte es verhindern können. Lydia geht zu ihrer Tochter, und ich lasse mich auf einen Stuhl fallen. Ich wusste ja, dass sie Aske gern mochte, aber ich hätte nicht gedacht, dass sie …

Ich weiß nicht, was ich tun soll. Wie Aske über sie gesprochen hat … Ich hätte es nie für möglich gehalten, dass sie ihn wirklich liebt. Nicht auf diese Art und Weise.

Lydia kommt zurück.

»Du kannst gern wieder zu ihr gehen«, sagt sie. Ihr Gesicht ist ganz grau. Sie weiß, das hier wird lange Zeit brauchen. Und hat Elexa soeben um mehrere Jahre zurückgeworfen.

Bis spätabends bleibe ich bei ihr. Lydia hat einen Termin beim Psychologen vereinbart und die Selbsthilfegruppe angerufen. Als alles Praktische geregelt ist, sehen wir uns einen Film an.

»Und wie läuft es mit dir und Malte?«, fragt Elexa, während Bridget Jones' Tagebuch über den Schirm flimmert.

»Nicht so gut«, sage ich nur.

»Du solltest ihn nicht so einfach aufgeben«, sagt sie. »Wenn man jemanden wirklich liebt, dann muss man um ihn kämpfen.« Und als sie das sagt, mit Augen, die immer noch vom Weinen gerötet sind, da weiß ich: Sie hat recht. Und noch schlimmer: Ich weiß, dass ich nicht um ihn gekämpft habe.

Er ist gegangen und ich habe ihn einfach gehen lassen. Habe nicht einmal versucht, ihm die Wahrheit zu erzählen. Und in dem Moment beschließe ich, ganz gleich, was auch geschieht, ich werde ihm die Wahrheit sagen, bevor wir weggehen. Denn ich könnte den Gedanken nicht ertragen, dass er vielleicht damit einverstanden gewesen wäre, mit uns fortzugehen, wenn ich ihn nur gefragt hätte ...

Vaters Entschluss

Die Abendluft ist richtig warm, sie verspricht einen heißen Sommer und wieder muss ich an Malte denken. Dass wir sicher einen fantastischen Sommer zusammen hätten erleben können, wären wir immer noch zusammen, wäre Vaters DNA der Polizei nicht bekannt, würde Rose keine Kinder bekommen, die sie dem Nöck versprochen hat.

Daheim sitzt Vater am Tisch, den Kopf auf die Hände gestützt.

»Birke?« Er schaut auf, als ich hereinkomme, und an seinem Blick kann ich erkennen, dass er sich Sorgen um mich gemacht hat, weil ich so spät nach Hause komme, obwohl wir uns seit Wochen nicht mehr gesehen haben und nicht mehr zusammenwohnen.

Rose sitzt so weit entfernt von ihm auf dem Sofa, wie es nur möglich ist, ohne das Haus zu verlassen. Erle ist nirgends zu sehen.

Ich schaue Rose an und nicke zur Tür.

Wortlos gehen wir hinaus und setzen uns auf die Terrasse, mit Blick auf die Grabanhöhe.

»Was hast du ihm gesagt?«, frage ich und schaue schnell durchs Fenster hinein, sehe Vater, der immer noch reglos dasitzt, als wäre er mumifiziert.

»Das, was gesagt werden musste.« Sie fährt sich mit den Fingern durchs Haar. »Die Polizei hat seine DNA genommen, sie rechnen damit, in ein paar Tagen das Ergebnis zu haben. Ich habe ihm gesagt, dass er so lange hier wohnen kann, wir ihn danach aber nicht mehr sehen wollen.«

»Aber ...«

»Birke!« Rose verdreht die Augen. »Es hat sich doch nichts verändert. Wir gehen bald fort von hier.«

»Hast du ihm auch das mit den Kindern gesagt ...« Ich gucke kurz auf ihren Bauch.

»Das musste ich ja wohl, er wollte wissen, wie es sein kann, dass Erle hier ist. Und er hat es überhaupt nicht verstanden. War geradezu azaleisch.«

»Das ist ja nicht gerade eine Überraschung«, bemerke ich nur. Vater und Azalea waren eigentlich immer einer Meinung. Und ihre gemeinsame Frustration über unsere Abmachung mit dem Nöck ist nicht schwer zu verstehen.

»Nein, aber zumindest hat er mir versprochen, mit der Schule über meine Schwangerschaft zu sprechen, damit ich mich jedenfalls darum nicht mehr kümmern muss.«

»Hast du ihm etwas von Azalea gesagt?«

Rose schüttelt den Kopf.

»Er war schon so außer sich, als ich ihm erklärt habe, dass

wir nicht wollen, dass er hierbleibt und dass wir fortgehen werden. Hätte ich ihm auch noch erzählt, dass Azalea hier gewesen ist ...«

Wieder werfe ich einen Blick ins Haus und sehe Vater, immer noch reglos, in sich zusammengesunken, dasitzen. Und es tut mir leid, dass er und Azalea sich nicht haben sehen können. Vielleicht hätte Vater der Schlüssel sein können, um die alte Azalea wieder zurückzubekommen.

Ich schaue hinauf in den Himmel, es wird immer dunkler, die Nacht nähert sich. Ich muss an die Nacht vor unserem Geburtstag denken. Wolken und Wind. Veränderungen und Verwirrung. So vieles entsprach der Wahrheit und das macht mir Angst, denn wir haben auch einen Blitz gesehen. Und ein Blitz bedeutet Tod.

Die Tür geht auf, Vater kommt zu uns heraus. Er sieht mich lange an, sagt aber nichts, und ich sage auch nichts – es gibt nichts zu sagen.

»Ich möchte gern mit Erle reden«, bittet er dann mit leiser Stimme.

Ich sehe Rose an, aber sie ist genauso voller Zweifel wie ich.

»Das letzte Mal habe ich sie unten am See gesehen ...«, sage ich. Ich mache mir Sorgen, weil sie noch nicht wieder zurückgekommen ist.

»Danke«, sagt Vater und macht sich auf den Weg dorthin.

»Ich bin mir nicht sicher, ob sie ihn sehen will«, sage ich. Und habe dabei irgendwie das Gefühl, ich müsste ihn warnen.

Vater bleibt stehen, also weiß ich, dass er meine Worte gehört hat, doch dann seufzt er nur und geht weiter in Richtung See.

»Sollten wir mitgehen?«, frage ich Rose flüsternd.

Sie schüttelt den Kopf.

»Ich glaube, es ist das Beste, wenn sie allein miteinander sprechen, auch wenn du offenbar Angst hast, sie könnte ihn erwürgen oder so.«

Ich schüttle den Kopf.

»Nein, nicht erwürgen …«, widerspreche ich. »Aber sie hat mir gesagt, sie könne ihm nicht verzeihen.«

»Kannst du ihr das verdenken?«, braust Rose auf. »Ich könnte das auch nicht.«

Sie steht auf.

»Aber was ist mit deinen Kindern?«, frage ich. »Werden die dir jemals verzeihen können?«

Rose schaut weg.

»Nein«, flüstert sie. »Das werden sie nicht.«

»Und trotzdem gibst du sie weg?«

Sie ballt die Fäuste.

»Was soll ich darauf antworten?«, fragt sie mit zusammengebissenen Zähnen. »Es hieß doch ihr oder sie, und ich konnte euch doch nicht sterben lassen.«

In der Nacht wache ich auf, als Erle in ihren Schlafsack schlüpft. Und obwohl ich sie am liebsten sofort ausfragen würde, wie es mit Vater gelaufen ist, ob sie miteinander geredet haben, bleibe ich stumm. Das muss bis morgen warten. Im Augenblick bin ich nur froh, dass sie nach Hause gekommen ist.

Als ich am nächsten Morgen aufwache, ist der Schlafsack leer. Ich setze mich auf, kann Stimmen unten aus der Küche hören. Schnell ziehe ich mir einen Pullover über und gehe nach unten.

Vom Treppenabsatz aus bietet sich mir ein Blick wie aus alten Zeiten. Alle drei sitzen am Tisch. Der Tee steht in der Mitte, sein Dampf steigt bis an die Decke, und von hier oben, mit dem Rücken zu mir, sieht Erle mit ihren dunklen Haaren aus wie Azalea.

»Guten Morgen«, sage ich.

»Guten Morgen«, erwidert Erle meinen Gruß, und ihre helle Stimme ist so anders als Azaleas, dass alle meine Illusionen sofort zerplatzen. Sobald ich unten angekommen bin, scheint sich die Stimmung im Raum zu ändern. Ich spüre eine wachsende Angespanntheit, die ich nicht verstehe.

Ich schenke mir Tee ein und gehe zum Kühlschrank, um mir Milch zu holen. Niemand sagt etwas, aber ich kann ihre Blicke im Rücken spüren.

»Was ist los?«, frage ich.

»Ich habe eine Entscheidung getroffen«, sagt Vater.

Rose und Erle tauschen kurze Blicke, die mir sagen, dass sie bereits wissen, was er beschlossen hat.

»Aha, und welche?«, frage ich.

Vater schluckt.

»Ich werde den Nöck töten.«

228

Mir fällt die Milch aus der Hand. Während sie sich am Boden ausbreitet, starre ich Vater an.

»Was?«

»Ich werde den Nöck töten«, wiederholt er, und obwohl seine Stimme ruhig klingt, kann ich sehen, dass seine Wangen noch blasser geworden sind.

»Aber das würde ja bedeuten, dass du ...«, stammle ich weiter.

»Selbst zum Wassermann werde«, beendet er meinen Satz. »Ich weiß.«

Ich reiße mich von seinem Blick los, schaue auf den Boden, auf dem der Milchsee wächst. Ich hebe den Karton auf und rette den letzten Rest der Flüssigkeit. Dann greife ich nach dem Küchenpapier, hocke mich hin und wische sie auf. Während meine Finger langsam kalt und klebrig von der Milch werden, flüstere ich:

»Warum?«

»Das wird Roses Kinder retten«, sagt er und wirft Erle einen Blick zu. »Und außerdem hätte ich das schon vor langer Zeit tun sollen.«

Ich sammle das tropfende Haushaltspapier auf.

»Du warst es ...«, sage ich und sehe Erle an. »Du hast ihn dazu überredet.«

Sie blinzelt ein wenig, als würde meine Wut sie überraschen.

»Ja«, sagt sie dann. Versucht nicht einmal zu lügen.

»Birke«, sagt Vater, aber ich ignoriere ihn.

»Er kann dabei sterben«, ich richte mich weiter an Erle.

»Begreifst du das nicht? Der Nöck kann ihn umbringen, und selbst wenn er ihn nicht tötet, ist er gezwungen, für den Rest seines Lebens im Bach zu hausen.«

»Ja«, sagt sie nur.

»Nur weil du gelitten hast, soll er jetzt auch leiden?« In diesem Moment hasse ich sie. Azalea hatte recht, es ist etwas Finsteres in ihr.

Erle öffnet den Mund.

»Das wird Roses Kinder retten«, sagt sie, aber ihr Blick funkelt dabei, und ich weiß, hier geht es nicht nur um die Kinder. Das ist ihr Preis dafür, dass sie ihm verzeiht. Ihre Rache.

»Birke ...«, mischt sich Rose ein. »Das ist eine gute Sache.«

»Das wird niemals eine gute Sache werden«, widerspreche ich.

Und gerade als Rose etwas erwidern will und sich daraus sicher eine lange Diskussion entwickeln würde, geht die Tür auf.

»Ratet mal, wer endlich freigelassen worden ist!«, ruft Aske fröhlich, und tritt ins Haus. Offensichtlich will er noch mehr berichten, doch da entdeckt er Vater.

»Was ist denn hier los?«

»Erle und Rose haben beschlossen, dass Vater den Nöck töten soll«, sage ich trocken.

Niemals egal

Ich wandere langsam auf die Stadt zu. Ertrage es nicht, den Wald und den Bach zu sehen. Ertrage nichts mehr hier draußen. Und schon gar nicht Erle, die mit der größten Selbstverständlichkeit den Plan vorgeschlagen hat, oder Rose, die ihr einfach nur recht gegeben hat. Was würde nur Azalea dazu sagen? Ich kann ja gut verstehen, warum sie das tun. Vater will Rose helfen. Und wenn die Polizei ihn sowieso schon des Mordes verdächtigt, dann will er lieber sein Leben für Roses Kinder opfern, als das Risiko einzugehen, verurteilt zu werden und den Rest seines Lebens hinter Gittern verbringen zu müssen. Aber dadurch wird es nicht richtig. Sollte er zum Nöck werden, ist er für alle Zeiten dort unten in der Dunkelheit gefangen.

Mir laufen die Tränen übers Gesicht, doch das ist mir gleich. Während ich wie in Trance einen Fuß vor den anderen setze, sehe ich viel zu spät, dass Malte vor der Kletterwand steht und damit beschäftigt ist, sich zu sichern.

Es macht keinen Sinn, umzukehren, also gehe ich einfach weiter auf ihn zu.

»Birke ...« Jetzt hat auch Malte mich entdeckt.

Aber ich gehe einfach weiter.

»Hey, Birke!«, ruft er.

Ich höre das Klicken, als der Karabiner sich öffnet, und kurz darauf ist er neben mir. Packt meinen Arm.

»Was ist los, Birke?« Seine Stimme zittert.

»Nichts, lass mich einfach ...«, erwidere ich und versuche mich loszureißen, doch das gelingt mir nicht.

»Birke ...« Er legt den Arm um mich.

»Lass mich«, weine ich. »Ich bin dir doch sowieso egal.«

»Ach, Birke.« Er drückt mich fester. »Du wirst mir niemals egal sein.«

»Nicht?«, frage ich.

»Niemals«, versichert er.

Unsere Blicke treffen sich, und in dieser Sekunde vergesse ich alles, was gewesen ist, und küsse ihn. Und er küsst mich. So verharren wir eine ganze Weile. Pressen uns aneinander, als hätten wir beide Angst, loszulassen.

»Ich habe dich so sehr vermisst«, sagt er.

»Ich habe dich auch vermisst«, flüstere ich.

Noch einmal küssen wir uns, und ich erinnere mich daran, wie er mir im Café von Næstbæk erklärt hat, dass man mindestens einmal die Woche etwas tun sollte, was einen froh macht. Für mich waren das die Treffen mit ihm, doch dann hat er mich verlassen und seitdem geht es nur ums Überleben. Darum, Erle zu retten, die Geheimnisse zu wahren, einen Tag nach dem anderen zu überstehen. Für Freude bleibt keine Zeit.

Doch als ich seine Lippen auf meinen spüre, ist sie wieder da. Die Freude, die Wärme, die Möglichkeit, einfach aufzuhören zu denken. Nur *hier* zu sein, mit ihm. Die Zeit steht still, wir sind in unserem Kuss gefangen, und als er den Mund öffnet, um etwas zu sagen, küsse ich ihn einfach wieder. Ich bin nicht bereit für Fragen oder Erklärungen, will einfach nur ihn haben …

»Birke …« Eine andere Stimme durchbricht das Idyll, lässt die Seifenblase zerplatzen.

Ich drehe den Kopf und entdecke Aske. Trotz des Schattens der Kletterwand kann ich erkennen, dass sein Gesichtsausdruck irgendwie verändert ist.

»Rose fragt nach dir«, sagt Aske, aber seine Stimme verrät, dass es nicht Rose ist, die fragt, sondern Vater.

Also will er es jetzt tun. Den Kampf mit dem Nöck aufnehmen, und er möchte, dass ich dabei bin. Natürlich muss ich dabei sein.

Ich schaue Malte an.

»Ich muss gehen«, flüstere ich.

Er nickt. Sein Blick ist genauso verwirrt, wie meine Gefühle, aber ich lasse ihn los.

Ich gehe zusammen mit Aske auf den Wald zu. Als wir ein Stück gegangen sind, kann ich sehen, was an seinem Gesicht so anders ist. Es ist sein Auge. Es ist angeschwollen und dunkle Schatten umrahmen es.

»Was ist denn mit deinem Auge passiert?«, frage ich, als Malte außer Hörweite ist.

»Ja, das ...« Vorsichtig tastet er es ab. »Na, dein Vater war wohl immer noch ziemlich wütend wegen der Sache mit Azalea.«

»Ach so ...«, sage ich nur.

»Das habe ich wohl verdient«, meint Aske.

Darauf sage ich nichts.

»Und du bist einfach so freigelassen worden?«, frage ich stattdessen.

»Ja. Malte hat seine Aussage zurückgezogen und damit hatten sie keinerlei Beweise.« Er breitet die Arme aus, als könnte er die Zellenwände immer noch um sich spüren.

»Dein Vater ... ich meine, das, was er jetzt tun will ...«, setzt Aske dann an.

»... ist einfach total dumm«, beende ich den Satz.

Aske seufzt. Er sucht meinen Blick.

»Nein, das ist die richtige Entscheidung«, widerspricht er mir. »Ich weiß, du schätzt ihn sehr, aber es ist genau das Richtige, was er tut.«

»Dein Vater hat dich mit einem Schrotgewehr verjagt«, entgegne ich. »Du kannst das hier gar nicht verstehen.«

»Birke ...« Er streckt die Hand nach mir aus, aber ich weiche zurück.

»Ach, lass mich einfach.«

»Was ist los mit dir?«, fragt er.

»Elexa ritzt sich wieder«, gebe ich als Antwort.

»Was?«, fragt er. Sieht mich ganz verwirrt an.

»Deinetwegen«, erkläre ich. »Sie war ja total verrückt nach dir und jetzt sollst du plötzlich der Vater von Roses Kind sein, da hat sie wieder damit angefangen.«

Sprachlos bleibt er stehen.

»Das tut mir wirklich schrecklich leid«, sagt er dann.

»Das reicht nicht, Aske!«, antworte ich. »Ich habe dir doch gesagt, du sollst nicht ... sie war verliebt in dich und dabei war sie dir vollkommen egal.«

»Nein, nicht egal«, widerspricht er.

»Ach, dann liebst du sie etwa?«, frage ich höhnisch.

»Birke ...«, versucht er sich zu rechtfertigen. »Du weißt doch selbst genau, wen ich ...« Wieder streckt er die Hand nach mir aus, wieder weiche ich zurück.

»Ach, hör doch auf. Seit du hier bist, hast du nur alles schlimmer gemacht, und Elexa ... sie erträgt das einfach nicht.«

»Entschuldige«, sagt er.

Ich seufze nur.

»Du redest die ganze Zeit immer nur davon, was ich tue, aber was ist mit dir selbst, Aske?«

»Wie meinst du das?«

»Du stiftest ein großes Durcheinander, weil du selbst nicht weißt, was du willst! Was wirst du denn tun, wenn du uns nicht länger nachjagst? Wo wirst du deinen Platz finden?«

Er öffnet den Mund, um mir zu antworten, aber es kommt kein Wort heraus.

»Das habe ich mir gedacht«, sage ich nur.

Worauf er nichts mehr sagt, und ich auch nicht. Dann sind wir am Haus angekommen.

Die anderen stehen schon davor, sie sind bereit und haben nur auf uns gewartet.

Ich schaue Vater an. Es sieht aus, als wollte er etwas sagen, und Roses leicht getrübter Blick verrät mir, dass er bereits mit Erle und Rose gesprochen hat. Sich verabschiedet hat, und ich weiß, ich sollte jetzt auf ihn zugehen und das Wort ergreifen, aber ich habe nichts zu sagen. Ich würde gern behaupten, sein Entschluss sei edel und gut. Gerecht, wenn überhaupt etwas. Doch das kann ich nicht. Für mich ist er nur einfach dumm.

Also sagt keiner etwas. Schweigend gehen wir gemeinsam hinunter zum See. Die ersten Schmetterlinge haben bereits ihre Puppen verlassen. Ein Nesselfalter fliegt an uns vorbei. Vater und ich entdecken ihn gleichzeitig, kurz begegnen sich unsere Blicke. Ich spüre, wie sich mein Magen zusammenzieht bei dem Gedanken, dass wir niemals wieder gemeinsam durch den Wald gehen können, sollte sein Plan gelingen.

»Nöck!« Vater tritt ans Ufer und ruft mit so lauter Stimme, dass die Vögel auffliegen. Und während sich der Himmel mit Vögeln füllt, starren wir alle wie gebannt auf die Wasseroberfläche.

Auf die kleinen Kreise, die zu Wellen anwachsen und in einem Strudel enden, aus dem der Wassermann hochschnellt.

»Daniel Bisgård!« Die Stimme des Nöcks zittert wie immer vor Kälte. »Du bist zurück.«

»Ja«, bestätigt Vater. »Rose sagt, sie hätte dir ihre Kinder im Tausch gegen Erles Leben versprochen.«

»Das ist richtig.«

»Hebe diese Abmachung auf. Verzichte auf Erle und auf Roses Kinder.«

Worauf der Nöck nur lacht.

»Warum sollte ich? Du hast mir vor vielen Jahren im Tausch gegen eure Sicherheit eine Frau gegeben, aber sie hat sich als ungeeignet und störrisch herausgestellt. Jetzt habe ich die Möglichkeit, gleich drei neue Frauen zu kriegen. Warum sollte ich diese nicht mit offenen Armen entgegennehmen?«

»Weil ich gezwungen bin, dich herauszufordern, wenn du es tust.«

Wieder lacht der Nöck schallend, doch Vater zieht entschlossen einen Dolch aus seinem Gürtel und hält ihn hoch in die Luft.

Ich kenne den Dolch. Seit wir klein waren, hat er ihn immer im Gürtel, er benutzt ihn, um Zweige abzuschneiden oder Kaninchen abzuziehen.

Das Lachen des Nöcks bricht ab.

»Mich herausfordern ...« Er schnaubt. »Mein alter Freund, willst du tatsächlich, dass deine Töchter zusehen müssen, wie ich dich umbringe?«

»Lass deine Finger von meiner Familie, und niemand muss sterben«, sagt Vater.

»Niemals«, ist die Antwort des Nöcks und dabei erhebt er sich wie eine Schlange aus dem Wasser.

»Dann lässt du mir keine andere Wahl«, sagt Vater. »Nöck, ich fordere dich hiermit zum Kampf heraus!«

»Du Narr!«, zischt der Nöck.

Ein gebogenes Messer kommt im Wasser zum Vorschein. Der Nöck ergreift es mit seinen Knochenfingern und kommt näher ans Ufer, bis er nur noch bis zur Taille im Wasser steht. Seine bleiche Brust ist jetzt zu sehen, während er auf Vater wartet.

Dieser zieht sich die Jacke aus und reicht sie Rose. Er streckt die Arme. Das leise Knacken im Rücken verheißt nichts Gutes. Er ist zu alt und zu erschöpft für das hier.

Dann macht er den ersten Schritt auf das Wasser zu. Begibt sich langsam ins Reich des Nöcks. Ich kriege Gänsehaut auf den Armen. Vater ist es nicht gewohnt, zu kämpfen. Sicher, er ist stark, und er war beim Militär, lange bevor wir geboren wurden. Aber in den letzten Jahren hat er all seine Kraft nur dafür genutzt, Baumstämme zu schleppen und Holz zu hacken.

Der Nöck dagegen ... Ich vergesse nie, wie problemlos er Benjamin übermannt hat.

Mit langsamen, ruhigen Schritten geht Vater dem Nöck entgegen. Dann stehen sie sich mit einer Armlänge Abstand gegenüber.

»Die Regeln sind einfach«, sagt der Nöck. »Gewinnst du, dann nimmst du meinen Platz ein. Gewinne ich, so kostet dich das dein Leben.«

Vater nickt. Ich kann sehen, wie das kalte Wasser langsam jede Farbe aus seinen Wangen zieht.

»Ich akzeptiere deine Bedingungen«, sagt er nur.

Der Nöck lächelt.

»Seit hundert Jahren hat mich niemand mehr herausgefordert«, erklärt er dann. »Hiermit soll das Duell beginnen.«

Ein Duell auf Leben und Tod

Langsam umkreisen sie sich. Beide warten auf den ersten Zug des anderen, doch während der Nöck ganz natürlich seine Kreise durchs Wasser zieht, sind Vaters Bewegungen unbeholfen und steif. Er ist es nicht gewohnt, sich im Wasser zu bewegen.

Mein Herz schlägt wild, als ich sehe, wie der Nöck den ersten Angriff gegen Vater startet. Er ist schnell wie eine Kobra und zerschneidet Vaters Hemd, sodass dessen Schulter zu sehen ist.

Ich zucke zusammen.

»Das ist nur eine Fleischwunde«, flüstert Aske mir zu.

Vater hebt die Hand zur Schulter. Schnell wischt er das Blut weg. Dann zieht er sein Hemd aus. Wahrscheinlich fürchtet er, es könnte ihn ins Wasser ziehen. Aber jetzt sieht er noch verletzlicher aus als vorher, mit dem nackten Oberkörper in dem kalten Wasser.

Der Nöck zeigt ein hämisches Grinsen. Vater richtet sich

wieder auf und die beiden beginnen erneut, sich zu umkreisen.

Dieses Mal ist es Vater, der einen Angriff direkt auf die Brust des Nöcks versucht.

Aber der Wassermann lässt sich nach hinten fallen, und ich höre, wie Erle aufstöhnt.

Jetzt greift der Nöck erneut an. Wirft sich in drei schnellen Sprüngen Vater entgegen. Dieser will ausweichen, stolpert dabei jedoch. Und jetzt bin ich es, die den Atem anhält, während unser Vater im Wasser verschwindet.

Schnell kommt er wieder hoch, sucht einen sicheren Halt. Er schüttelt sein Haar, dass die Wassertropfen nur so umherspritzen.

Der Nöck grinst überlegen und gibt ihm einen kurzen Moment, wieder den Halt zu finden, bevor er erneut angreift.

Ich greife nach Askes Hand. Drücke sie fest, während Vater durchs Wasser springt und ausweicht.

Wieder und wieder pariert er die Angriffe des Nöcks, bis er ihn wegstoßen kann. Noch hier am Ufer ist zu hören, wie er keucht, während der Atem des Nöcks nur wie ein leises Zischen klingt.

Wieder springt dieser vor. Dieses Mal trifft er Vater in der Seite, sodass er auf ein Knie niedersinkt und Blut ins Wasser fließt.

Das war nicht nur eine Fleischwunde. Ich gehe einige Schritte vor, will hinlaufen und ihm helfen, doch Aske hält mich zurück.

Vater kommt erneut auf die Beine, aber der Nöck ist gnadenlos und springt sofort wieder vor. Schlägt Vater den Dolch aus der Hand, und in dem Moment, als dieser auf die Wasseroberfläche trifft, greift er von Neuem an.

Ich kann das Messer gerade noch aufblitzen sehen, bevor es in Vaters Bauch verschwindet.

Er wankt, aber der Nöck packt ihn bei den Schultern. Bohrt das Messer tiefer ins Fleisch.

Vater schreit nicht, nur lautes Stöhnen ist von ihm zu hören und jetzt ist wirklich die letzte Farbe aus seinem Gesicht verschwunden.

»Vater!«, rufe ich.

Doch der Nöck löst seinen Griff nicht, er stößt das Messer tief in Vaters Leib und zieht es dann nach oben, schlitzt ihm den ganzen Bauch auf.

Vater kann uns gerade noch einen Blick zuwerfen, dann fällt er vornüber.

»Nein!«, schreie ich und sinke auf den Waldboden, immer noch mit Askes Armen um mich.

Der Nöck hält Vater weiterhin in seinen Händen. Er hebt ihn hoch, zieht ihn durchs Wasser.

»Hier ...« Er watet ans Ufer. Wirft uns Vaters Leiche vor die Füße. Dessen Augen sind offen, starren uns in einer Mischung aus Angst und Schock an. Erle keucht, während Rose die Tränen über die Wangen laufen.

Der Nöck geht weiter auf uns zu. Bleibt nur eine Handbreit vor Rose stehen, und sein Blick bohrt sich drohend in ihren.

»Versuche nicht, unsere Abmachung zu brechen«, sagt er drohend. »Die Kinder gehören mir.«

Rose hat keine Kraft, um zu antworten, sie nickt nur. Aske löst seinen Griff um mich und ich knie mich neben Vaters leblosen Körper.

Aske trägt Vater nach Hause. Rose hat ihm die Augen geschlossen. Dann ist Aske damit beschäftigt, ein Grab in der Anhöhe auszuheben, damit wir unseren Vater neben unserer Mutter beisetzen können. Erle sammelt Blumen, die wir darauflegen können, aber ich bin nicht in der Lage, überhaupt etwas zu tun. Beobachte die anderen nur wie ein stummer Geist, als sähe ich alles wie einen Film, als wäre ich ein Statist, verhaftet in einer Rolle ohne Text. Und dabei hoffe und warte ich die ganze Zeit, jemand möge »Cut« rufen. Vater stünde wieder auf und das Ganze wäre gar nicht wahr.

Aske klebt den Rest des Tages an meiner Seite wie ein Spinnennetz, das man nicht entfernen kann. Wie jemand, der gern trösten würde, aber kein Wort könnte das jetzt.

Vater ist tot. Er ist für uns gestorben. Ganz gleich, was man ihm vorwerfen kann – er hat uns geliebt. Er hat alles für uns getan, was er konnte. Obwohl wir doch Elfen sind. Obwohl er nie wusste, ob Mutter ihn jemals geliebt hat.

Als das Ganze überstanden ist, sitzen wir im Wohnzimmer, vor dem knisternden Kaminofen, gefüllt mit Brennholz, das Vater gehackt hat. Wir schauen hinaus auf die Anhöhe, auf der deutlich das Rechteck mit der dunklen, feuchten

Erde zu erkennen ist, und ich denke, dass Vaters Knochen nicht verschwinden und sich auflösen werden wie Mutters, dass er dort für jetzt und alle Zeiten liegen wird. Eine ewige Erinnerung daran, wofür er gekämpft hat.

»Birke …« Erle setzt sich neben mich. Sie nimmt meine Hand, doch ich reagiere nicht.

»Es tut mir so leid«, sagt sie, aber ich ziehe meine Hand zurück und gehe.

Der Wald heißt mich mit einem Sonnenuntergang willkommen, der alles rot färbt. Ich laufe ohne Ziel, ohne zu wissen, wohin. Will einfach nur weg. Weg vom Plätschern des Baches. Ich will ihn nie wiedersehen, nie wieder hören. Der Weg zwischen Haus und Bach wird mich ab jetzt jedes Mal nur daran erinnern, wie Aske Vaters toten Körper getragen hat. Er wird mich daran erinnern, wie Rose hinter ihm herging, um die Blutflecken zu verwischen. Der Wald wird nie wieder der alte sein und zum ersten Mal ist mir klar, dass ich nicht nur wegen Rose oder Azalea weggehen will. Ich kann nicht hierbleiben, ich kann hier nicht länger wohnen. Nicht hier, wo er ermordet wurde.

Und vielleicht liegt es an diesen Gedanken. Vielleicht hat der Verlust meines Vaters mich auf irgendeine Art und Weise gefühllos gemacht, jedenfalls beschließe ich, Malte eine SMS zu schicken.

Er antwortet mir sofort, und ich bitte ihn, zur Freiluftschule zu kommen. Ich will ihn dort treffen und ihm endlich die Wahrheit erzählen. Jetzt und hier. Kein Zögern und

Abwarten mehr. Ich werde bis ans bittere Ende gehen, jetzt heißt es alles oder nichts.

Ich warte im Aufenthaltsraum der Freiluftschule. Hier sitze ich auf einem der vielen alten Sofas, die Vater aus Haushaltsauflösungen und Umzügen ergattert hat. Ich erinnere mich, wie er half, die Freiluftschule einzurichten. Hier erinnert alles an Vater, genau wie das Haus, der Wald und alles andere.

Allein auf Malte zu warten tut weh. Wenn ich den Gedanken freien Lauf lasse, spielt sich vor meinen Augen immer wieder der gleiche Film ab. Ich sehe, wie der Nöck Vater aufschlitzt, als wäre er ein Fisch, der filetiert werden soll.

Endlich kommt Malte. Ich höre das leise Knirschen, als die Tür aufgeht, und ich bin erleichtert, dass ich jetzt all meine Gedanken auf ihn richten muss.

»Hey ...«, sagt er, als er eintritt. Der Anblick seines zerzausten Haars lässt mein Herz wieder schneller schlagen, als wäre alles, was mit Vaters Tod erstarrt ist, wieder erwacht.

Malte bleibt abwartend im Raum stehen, und auch wenn ich jetzt die größte Lust hätte, ihm einen Kuss zu geben, so halte ich mich zurück. Je näher er mir kommt, umso mehr Angst habe ich vor dem, was ich beschlossen habe. Aber ich darf keine Angst mehr haben.

»Du hattest recht«, sage ich, woraufhin er mich nur noch verwirrter ansieht. »Ich habe gelogen.«

»Okay.« Er schluckt. Wartet auf mehr.

Ich rufe mir die tausend verschiedenen Reden ins Gedächtnis, die ich im Kopf eingeübt habe, aber keine von ihnen fühlt sich wirklich richtig an. Sie sind ein Teil einer Welt, an die ich nicht länger glaube. Einer Welt, in der er nur lächeln und mich küssen muss, und alles ist in Ordnung. Aber nichts ist in Ordnung. Nicht mehr.

»Du weißt, wenn ich tanze ...«, beginne ich.

»Ja«, sagt er und ich kann sehen, wie Glut in seinem Blick entfacht wird.

»Ich bin nicht wie alle anderen«, fahre ich fort.

»Nein, keine tanzt wie du«, bestätigt er, und ich sehe ein kleines Lächeln in seinen Mundwinkeln, auch wenn der Ernst wie ein unsichtbares Spinnennetz zwischen uns hängt.

»Ich bin etwas Besonderes«, sage ich. »Rose, Azalea, Erle und ich ... Wir sind ...« Mir versagt die Stimme. Irgendwo tief in meinem Inneren weiß ich, dass ich jetzt etwas fühlen müsste. Nervosität. Angst. Irgendetwas ...

»Ihr seid was?« Malte kommt näher auf mich zu. »Birke, was willst du mir sagen?«

Mein Mund wird ganz trocken.

»Vielleicht ist es einfacher, wenn ich es dir zeige.«

»Mir zeigen - was?«, fragt er.

»Aber du darfst keine Angst haben«, sage ich weiter.

»Na, so schnell jagt man mir keine Angst ein«, erklärt er mit einem leichten Grinsen, das jedoch erlischt, als er meinen Blick sieht.

»Okay«, sage ich. »Bleib da stehen, dann ...« Meine Hände zittern, während ich langsam die Bluse ausziehe.

»Birke, was soll das?« Malte starrt mich nur an.

»Warte«, sage ich und öffne den BH. Stehe halbnackt vor ihm. Spüre seinen Blick auf meinem Körper.

So hat er mich noch nie gesehen. Nicht bei Licht.

»Ich ...«, setzt er an.

»Warte«, wiederhole ich, hole tief Luft und drehe mich um. Stehe mit dem Rücken zu ihm, schiebe die Haare beiseite.

Ich höre, wie er einen erschrockenen Laut von sich gibt. Weiß, er kann durch mich hindurch die Holzverkleidung der Wand sehen.

Am liebsten würde ich mich sofort wieder umdrehen, in sein Gesicht blicken. Ich brenne darauf, zu erfahren, was er denkt, aber ich weiß, ich muss noch einige Sekunden lang so stehen bleiben. Lange genug, damit er wirklich begreift, was er da sieht.

»Ich ...«

Er macht einen Schritt auf mich zu. Seine Hände berühren meine Schultern, streichen über den Rücken. Sie hinterlassen feurige Spuren, wo immer er mich berührt. Ein Schaudern durchfährt meinen gesamten Körper. Er läuft nicht davon, er ist immer noch hier.

Meine Hand findet seine. Zieht sie auf meinen Bauch, sodass wir ganz dicht beieinanderstehen, und ich kann seinen Atem in meinem Nacken spüren.

»Ich bin eine Elfe«, flüstere ich.

»Eine Elfe?« Seine Stimme birgt nichts als Fragen in sich, und ich drehe mich endlich um und schaue ihm in die Augen. Die sind voller Schock und Verwirrung. Aber er ist immer noch hier.

»Erinnerst du dich an das Foto, das du gemacht hast? Das so merkwürdig aussah?«, frage ich.

»Ja ...«

»Das lag nicht am Apparat. Das lag an mir«, sage ich. »Mein Kleid muss beim Tanzen weggerutscht sein. Der Blitz, den du siehst, stammt von dem Scheinwerfer hinter mir.«

»Ich verstehe es immer noch nicht«, sagt er.

»Ich bin eine Elfe. Wir haben ein Loch im Rücken. Wir leben vom Tanzen, und wenn wir nicht aufpassen, können wir Menschen zu Tode tanzen.« Ich rede langsam und ruhig, möchte, dass er es wirklich versteht.

»Zu Tode ...«, flüstert er.

»Ich tanze, um zu überleben«, sage ich. »Wenn ich tanze, hole ich mir Energie, und wenn ich zu viel nehme ...«

»Aber ...« Malte starrt mich immer noch an. Ich versuche, ihm in die Augen zusehen.

»Wie kannst du denn ... Wieso hat das niemand entdeckt ...?«

»Wir haben einen speziellen Blick«, erkläre ich weiter. »Wir können die Menschen verzaubern.«

»Verzaubern ...« Er bricht den Augenkontakt ab. »Du kannst jemanden verzaubern ...«

»Malte ...«, bitte ich.

Doch er sieht mich nicht an.

»Du ... du hast mich verzaubert«, flüstert er. »Damals, als

du weggehen wolltest, als wir uns vorher im Wald getroffen haben – da hast du mich verzaubert.«

»Ja«, sage ich. »Das war … Das tut mir leid.«

»Warum erzählst du mir das alles?«, fragt er. Sein Blick streift mich kurz, dann schaut er wieder weg.

»Ich muss bald fortgehen …«

»Fortgehen?«, fragt er.

»Das ist kompliziert«, sage ich. »Benjamin …«

»Habt ihr ihn umgebracht?« Seine Stimme zittert. Panik zeigt sich in seinem Gesicht.

Ich beiße mir auf die Lippe.

»Wenn ich auf diese Frage antworten soll, dann musst du mir versprechen, dass du erst gehst, wenn du alles gehört hast.«

»Oh nein«, stöhnt er.

»Versprich es mir, Malte …«

Er stützt sich auf der Rückenlehne eines Sofas ab. Dann setzt er sich und schaut mich an. Er schiebt die Hände in die Hosentaschen.

»Okay, erzähl alles«, sagt er.

Und ich erzähle ihm die ganze Geschichte. Wie Rose und Benjamin sich ineinander verliebt haben. Wie ich bei ihm den Elfenblick benutzt habe und wie Rose ihn danach bei Benjamin angewendet hat. Und ich erzähle, wie dieser Rose überfallen hat und was der Nöck dann hat tun müssen.

Maltes Gesichtsausdruck wechselt von Verwirrung zu Wut und Schock, als ich von Erle erzähle, und warum Vater sie dem Nöck gegeben hat und wie wir versucht haben, sie zu befreien. Langsam komme ich bis zur Gegenwart und berichte davon, wie Vater bei dem Versuch, den Nöck zu töten, umgekommen ist.

Als ich fertig bin, reibt er sich mit beiden Händen das Gesicht und starrt nur vor sich hin.

»Sag was«, bitte ich ihn.

»Ich weiß nicht, was ich sagen soll ...« Sein Blick ist auf den Fußboden gerichtet.

»Wirst du mit mir fortgehen?«, frage ich. »Wenn wir gehen, kommst du dann mit?«

»Warum willst du mich dabeihaben?«, fragt er.

»Weil ich dich liebe«, sage ich.

»Mich lieben ...?« Seine Stimme bricht ab. »Du hast mich verzaubert, mich angelogen und manipuliert, von mir meine Lebensenergie genommen. Wie kannst du da sagen, dass du mich liebst?«

»Aber Malte ...«, versuche ich es.

»Nein«, schneidet er meinen Satz ab. »Ich will nichts weiter hören.«

Ich strecke die Hand nach ihm aus, doch er weicht zurück.

»Ich kenne dich doch gar nicht«, sagt er.

»Ich weiß, wie schwer das zu verstehen ist und dass du Zeit dazu brauchst, aber eines musst du mir versprechen, Malte, nämlich dass du niemals jemandem ...«

»Dir versprechen ...« Seine Stimme zittert. »Es handelt sich hier um Mord, Birke! Wie sollte ich da ...«

»Malte!«, sage ich jetzt energischer und gehe zu ihm. Versuche, ihn dazu zu bringen, dass er meinen Blick erwidert, aber er weigert sich, mir in die Augen zu sehen.

»Nein«, sagt er und weicht vor mir zurück. »Lass mich einfach.« Und dann dreht er sich um und geht.

Ich sinke auf dem Boden zusammen, als Malte durch die Tür verschwunden ist. Das war der Stich, der die Blase zum Platzen gebracht hat, und ich versinke in Tränen.

Zitternd suche ich mein Handy. Drücke die Tasten.

»Hallo?«, meldet Aske sich.

»Hilf mir«, flüstere ich.

Erinnern oder Vergessen?

Ich erzähle Aske alles. Bitte ihn, zu tun, was getan werden muss. Das heißt, Malte dazu zu bringen, den ganzen Abend zu vergessen. Zu dem Zeitpunkt zurückzukehren, als wir uns getrennt haben, weil er der Meinung war, ich hätte zu viele Geheimnisse vor ihm. Ich hasse es, Aske darum zu bitten, aber so, wie Malte war, als er gegangen ist ... Ich weiß nicht, auf welche Ideen er kommen könnte. Und wenn er seiner Mutter nun etwas von dem erzählt, was ich ihm gesagt habe? Dann haben Rose und ich wirklich ein großes Problem.

Ich weiß nicht, wie lange ich in der Freiluftschule warte. In mir klafft eine einzige große Wunde, die mit jedem Herzschlag ein wenig weiter aufgerissen wird. Vater ist tot. Malte ist fort. Vielleicht bin ich diejenige, die in den Bach springen sollte. In dem dunklen Wasser verschwinden.

»Birke ...«

Ich schaue auf. Da steht Aske. Die Tropfen auf seinem

Haar sagen mir, dass es geregnet hat. Was ich überhaupt nicht bemerkt habe.

»Hast du es geschafft?«, frage ich nur.

»Noch nicht«, sagt er. »Er ist auf der Kletterwand. Du musst mir helfen, ihn runterzukriegen, damit ich … damit ich es tun kann.«

Auf der Kletterwand. Schon der Gedanke an die Wand weckt viele Erinnerungen in mir.

»Okay«, sage ich nur und stehe auf.

»Birke, es tut mir wirklich …«, setzt Aske an, aber ich hebe nur die Hand, um ihn zu stoppen. Stattdessen gehen wir Richtung Stadt.

Malte ist immer noch auf der Kletterwand. Er sitzt oben auf ihr und ist als eine Silhouette gegen den hellen Frühlingshimmel zu sehen.

»Malte!«, rufe ich, aber er antwortet nicht. Sein Blick ist zu den Sternen gerichtet, die sich zum Teil hinter den Wolken verstecken. Der Wind zerrt an seinen Locken.

»Malte!«, rufe ich wieder, aber er rührt sich nicht. Das hier ist sein Zufluchtsort, seine Festung. Alle Sicherheitsseile hat er hochgezogen. Nur sein eigenes hängt herunter, doch das kann ich nicht benutzen, ohne ihn mit herabzuziehen.

Ich gehe auf die Mauer zu. Schließe die Hand um einen der Griffe. Spüre, wie mein Puls schneller wird. Ich bin noch nie ohne Sicherungsseil geklettert, aber jetzt bleibt mir nichts Anderes übrig. Meine Höhenangst zu überwinden ist nur ein zaghafter Versuch, das Chaos ein wenig zu lichten, das ich geschaffen habe.

Ich hebe den Fuß, setze ihn auf einen Griff und beginne zu klettern.

Malte ignoriert mich weiterhin, doch ich setze meinen Weg unverdrossen fort. Klettere langsam und zögernd, die ganze Zeit den Blick auf ihn gerichtet.

Das habe ich schon einmal getan, aber da war er an meiner Seite. Hat mir geholfen und mich unterstützt, aber jetzt ... jetzt will er mich nicht sehen.

Mein Fuß rutscht ab, mein Körper spannt sich vor Angst an, bis ich wieder Halt finde. Ich schnappe nach Luft und kann sehen, dass auch Malte leicht zusammenzuckt, obwohl er sich immer noch alle Mühe gibt, mich nicht anzusehen.

Ich mache kurz Pause, bis mein Körper aufhört zu zittern. Dann klettere ich weiter. Langsam und vorsichtig nähere ich mich dem Top.

Als ich mich das letzte Stück hochziehe und dann neben ihm auf den Rand setze, steht er auf. Dreht sich weg und will sich nach unten abseilen. Vor mir flüchten.

»Was ist ...?«, frage ich. »Liebst du mich nicht mehr?«

Malte stützt sich mit den Füßen von der Mauer ab, er hält mitten in der Bewegung inne, steht senkrecht zur Wand und zögert.

»Was würde das bedeuten?«, fragt er. »Du kannst mich doch einfach wieder verhexen, nicht wahr? Denn das tust du doch. Du spielst mit meinen Gedanken ...«

»Nein, ich ...«

»Du hast mich angelogen, Birke.« Sein Blick begegnet meinem zum ersten Mal, seit ich ihm die Wahrheit gesagt habe, und er ist so voller Wut und Hass, dass ich fast hintenüberfalle.

»Du hast mich vom ersten Tag an belogen«, sagt er. »Alles war nur erstunken und erlogen. Und dann fragst du *mich*, ob ich *dich* liebe? Du bist doch diejenige, die mich nie geliebt hat.«

»Das stimmt nicht«, widerspreche ich. »Meine Gefühle ...«

»Doch, es stimmt«, schneidet er mir das Wort ab. »Wenn du mich irgendwann geliebt hättest, dann hättest du mich niemals so behandelt.«

»Es tut mir so leid, Malte.«

»Dafür kann ich mir auch nichts kaufen, kapierst du das nicht?«, zischt er. »Und weißt du, was das Schlimmste ist?«, fragt er dann, wartet aber gar keine Antwort ab. »Dass ich dich wirklich geliebt habe. Ich habe noch niemals jemanden so geliebt wie dich und jetzt kann ich nicht sagen, ob das überhaupt echt war.«

»Das war echt!«, beharre ich.

Er schnaubt verächtlich.

»Versuche mal zu tanzen, während du das behauptest. Könnte sein, dass ich dir dann glaube.«

»Malte ...«

»Ach, hör auf«, sagt er. »Tu einfach das, weshalb du hergekommen bist ... Du bist doch hier, um mich zu manipulieren, damit ich alles vergesse, oder?«

»Ja, schon ...«

»Dann leg los ...« Er sieht mich mit Tränen in den Augen an. »Lösche es, lösche das alles. Ich will mich nicht mehr daran erinnern.«

»Lass uns runterklettern«, flüstere ich. »Aske will mir dabei helfen.«

»Ist Aske auch ein Elf?«, fragt er.

Ich nicke.

»Ja, natürlich ist Aske ein Elf«, sagt er kühl und breitet die Arme aus. »Wunderbar. Dann lass ihn das tun. Hauptsache, es ist weg. Hauptsache, alles ist weg.«

Ich erwidere nichts, nicke nur Aske zu, der unten auf dem Boden wartet und sich bereit macht. Währenddessen seilt sich Malte ruhig und wortlos ab. Er versucht nicht zu fliehen, im Gegenteil, er geht direkt auf Aske und das Vergessen zu.

Und ich weiß, eigentlich sollte ich froh sein, dass er es mir so leicht macht, doch die Tatsache, dass er alles so gern vergessen will, zerreißt mir das Herz.

Verliebt in Idioten

Nachdem es überstanden ist, muss ich weinen. Aske lässt Malte an der Mauer zurück, mit der Erinnerung, dass er einfach wie fast jeden Abend hierhergekommen ist, um zu klettern. Wir gehen nach Hause.

»Er hat dich wirklich geliebt«, sagt Aske auf dem Heimweg.

Ich schüttele den Kopf.

»Doch«, beharrt er. »Ich konnte es in seinen Gedanken spüren. Er hat dich wirklich geliebt.«

»Nein«, sage ich. »Denn er hat mich doch gar nicht gekannt. Und genau das hast du doch selbst immer gesagt, dass er mich gar nicht lieben kann, solange er nicht weiß, wer ich wirklich bin. Jetzt weiß er es, und er zieht es vor, alles zu vergessen.«

Aske legt einen Arm um meine Schulter.

»Na, du hast ihm auch nicht gerade viel Zeit gegeben, sich mit den neuen Tatsachen abzufinden.«

»Wir haben keine Zeit«, erkläre ich. »Seine Mutter leitet die polizeilichen Untersuchungen. Ich konnte ihn doch nicht einfach nach Hause gehen lassen.«

Ich bleibe stehen.

»Was ist?«, fragt Aske.

»Ich würde gern ein bisschen allein sein«, sage ich nur.

»Okay.« Er streichelt leicht meinen Arm, bevor er mich verlässt.

Ich gehe zu Großmutters Haus. Natürlich kann ich nicht hineingehen, es ist vor langer Zeit verkauft worden. Jetzt wohnt eine fremde Familie darin. Ein Mädchen läuft zwischen den Blumenbeeten umher. Obwohl alles ganz anders ist, liegt immer noch ein Hauch von Großmutter über diesem Ort. Ich glaube nicht, dass sie gewusst hat, dass Vater Erle dem Nöck gegeben hat. Das kann ich nicht glauben. Und es ist schön, zu wissen, dass es zumindest eine Person gibt, der ich voll und ganz habe vertrauen können.

Ich höre Schritte hinter mir im Gras. Als ich mich umdrehe, sehe ich Rose.

»Woher hast du gewusst, dass ich hier bin?«, flüstere ich.

»Ich kenne dich doch, Birke«, sagt sie nur und setzt sich neben mich.

Es ist schön, einfach nur nebeneinanderzusitzen, den Moment ohne Diskussion oder Streit zu genießen.

»Aske hat mir erzählt, was mit Malte passiert ist«, sagt sie schließlich.

Ich schüttle den Kopf. Will nicht darüber reden.

Jetzt ist sie es, die den Arm um meine Schultern legt.

»Er ist ein Idiot«, sage ich dann.

Wieder beginnen die Tränen in mir aufzusteigen.

»Aber ich liebe ihn«, sage ich.

»Ja«, antwortet Rose. »Wir verlieben uns gern in Idioten. So sind wir anscheinend.«

»Azalea nicht«, sage ich. »Guck dir Thomas an ... Ich glaube nicht, dass er ein Idiot ist.«

»Vielleicht nicht.«

»Ganz sicher nicht.«

»Malte und Benjamin sind auch keine Idioten«, sagt Rose darauf nur. »Sie sind nur ... nicht so wie wir.«

»Nein«, sage ich.

»Was willst du jetzt mit Malte machen?«, fragt Rose dann.

»Ich weiß es nicht. Aske sagt, er erinnert sich jetzt an nichts mehr, ich kann einfach weitermachen wie vorher.«

»Hmm«, überlegt Rose. »Das wird nicht leicht sein.«

Ich nicke. Unmöglich. Ich werde nie sein Gesicht vergessen, seine Reaktion. Seine Wut und Abscheu. Niemals werde ich den Blick vergessen, den er mir zuwarf.

Daheim sitzen Aske und Erle zusammen, und als wir hereinkommen, spüre ich sofort, dass etwas nicht stimmt.

Ohne ein Wort setze ich mich aufs Sofa. Rose setzt sich neben mich.

»Die Polizeiinspektorin Eva Jeppesen hat angerufen«, berichtet Aske und mein Blut erstarrt zu Eisklumpen. Waren wir zu spät? Hatte Malte seiner Mutter bereits alles erzählt?

»Sie hat nur angerufen, um zu sagen, dass die DNA-Probe eures Vaters nicht mit den Spuren übereinstimmte, die sie an Benjamin gefunden haben.«

Seine Worte ätzen sich wie Säure in mir ein. Dann wäre Vater also doch nicht verurteilt worden. Jetzt erscheint sein Tod noch tragischer.

»Wessen ist es dann?«, frage ich.

»Die des Nöcks«, sagt Erle. »Ich weiß nicht, warum wir nicht selbst diese Möglichkeit bedacht haben.«

»Ja, dann werden sie nie den Schuldigen finden«, sage ich.

»Nein«, stimmt Rose mir zu.

Einige Tage später fragt Erle, ob ich mit ihr spazieren gehen will. Seit Vaters Tod haben wir nicht viel miteinander gesprochen. Rose hat Erle mit allem, was die Schule betrifft, geholfen, und auch wenn sie in den meisten Fächern rettungslos hinterherhinkt, ist das eigentlich ganz gleich, weil wir ja sowieso nur noch wenige Monate hierbleiben wollen. Überhaupt erscheint alles hier vollkommen unwichtig. Wie ein langer Countdown, bis wir endlich wegkommen. Doch jetzt möchte Erle mit mir spazieren gehen und mir ist klar, dass sie mit mir reden möchte.

Wir haben den halben Weg bis zum See zurückgelegt, als sie zur Sache kommt.

»Bist du wegen Vater immer noch wütend auf mich?«, fragt sie.

Ich seufze nur. Langsam weiß ich sowieso nicht mehr, was ich eigentlich fühle.

»Ich kann ja gut verstehen, dass ihr die Kinder retten wolltet«, sage ich dann. »Ich hätte mir nur gewünscht ...«

»Ich auch«, unterbricht sie mich. »Wäre er noch am Leben, hätte ich ihn vielleicht kennenlernen können.«

»Er hat sich Sorgen um dich gemacht«, sage ich. »Und er hat seine Entscheidung gehasst.«

Erle sagt nichts dazu, aber ich kann sehen, dass meine Worte einen gewissen Eindruck auf sie machen.

»Ich habe nur dich und Rose. Ohne euch bin ich ganz allein.«

Ich nicke leicht. Mir geht es ja genauso.

»Was wird passieren, wenn wir weggehen?«

Ich zucke mit den Schultern.

»Ich weiß es nicht. Wir nehmen es, wie es kommt. Das Wichtigste ist, dass wir zusammen sind«, sage ich.

»Dann hast du es nicht bereut?«, fragt sie. »Dass du mich in eure Welt geholt hast?« Ihre Stimme zittert.

Ich lege den Arm um sie und drücke sie an mich.

»Keine Sekunde.«

»Danke«, sagt sie. »Aber darf ich dich noch etwas fragen?«

»Natürlich.«

»Kann ich bei eurer nächsten Tanzshow mittanzen? In ein paar Wochen brauche ich wohl auch neue Energie.«

»Ja, natürlich«, sage ich. Und ich könnte mich selbst dafür ohrfeigen, dass ich nicht daran gedacht habe. Natürlich braucht auch Erle Energie. Sie ist immer noch eine Elfe, auch wenn der Nöck sie 16 Jahre in seiner Macht hatte.

»Danke. Wann wird das sein?«

»Ich weiß es nicht. Wir mussten uns jetzt um so viele Dinge kümmern, dass wir dafür noch keine Zeit hatten«, erkläre ich. Ich sage nicht, dass ich ganz bewusst noch keine neue Show geplant habe, weil ich nicht weiß, ob ich überhaupt tanzen will. Aber vor allem Rose wird bald wieder neue Energie brauchen.

»Ist schon in Ordnung. Das eilt nicht«, versucht Erle mich zu beruhigen.

»Okay. Ich rede mit Rose, wir werden das schon schaffen. – Wie hast du das denn bisher gemacht?«, frage ich dann.

»Auf dem Grund des Sees«, sagt sie. »Ich habe zwischen den Algen getanzt. Und konnte so die Energie aus allen Wasserpflanzen und Fischen ziehen.«

Ich unterdrücke ein Lächeln und wünschte, wir könnten es auch so machen. Dann bräuchten keine Menschen zu Schaden kommen. Aber drei Elfenmädchen würden den See wahrscheinlich aller Energie berauben. Ganz zu schweigen davon, dass ich fürchte, der Nöck würde uns nie wieder freilassen, sollten wir dort unten ankommen.

Die nächsten Tage ziehen wie in einem unwirklichen Nebel vorbei. Elexa bemüht sich, mich für die Vorbereitung unserer Prüfungen zu interessieren. Diese Woche sind die letzten Unterrichtsstunden. Wenn wir nicht über das Examen reden, dann spricht Elexa von Aske. Sie ist immer noch verrückt nach ihm, auch wenn es zwischen den beiden aus ist. Gleichzeitig spüre ich, wie der Hunger wieder in mir erwacht, und deshalb soll in zwei Wochen die nächste Show stattfinden.

»Gustav ist freigelassen worden«, verkündet Emma in der Pause.

»Ich verstehe das nicht«, sagt Katinka. »Er hat doch den Mord gestanden.«

»Ja, aber die DNA-Spuren sagen, dass er es nicht war.«

»Wieso sollte er denn einen Mord gestehen, den er gar nicht begangen hat?«, fragt Katinka.

»Vielleicht deckt er einen anderen?«, spekuliert Annabel, und ich kann spüren, wie ihre Blicke zu uns herüberwandern. Also stehen wir wieder unter Verdacht. Aber zumindest ist Vater entlastet.

»Mein Vater sagt, seine Geschichte war schon die ganze Zeit nicht schlüssig«, sagt Emma.

Ich gehe schnell weiter, fliehe ans andere Ende des Hofs, schaue dabei nicht nach rechts oder links. Und fast wäre ich mit Malte zusammengestoßen. Ohne ein Wort zu sagen, weichen wir einander aus.

Malte ist ... Ich kann es nicht erklären. Alles ist eigentlich wie zu der Zeit, bevor ich ihm mein Geheimnis erzählt habe. Und trotzdem ... Manchmal treffen sich unsere Blicke und ich könnte schwören, er sieht dann so aus, als könne er sich erinnern. Aber vielleicht interpretiere ich das nur in seinen Blick hinein, weil ich immer wieder an Askes Worte denken muss: dass Malte eventuell nur mehr Zeit gebraucht hätte.

Plötzlich entdecke ich Azalea auf dem Schulhof. Und

könnte ich nicht gleichzeitig jeden einzelnen Regentropfen auf meiner Wange spüren, würde ich schwören, dass sie nur eine Erscheinung ist. Sie kann doch gar nicht hier sein. Und trotzdem ist sie es.

»Ist es wahr?«, fragt sie und die Trauer in ihrer Stimme sagt mir, dass sie weiß, was mit Vater passiert ist.

Ich nicke.

Sehe, wie ein Schaudern ihren Körper durchläuft.

»Wollen wir ein Stück zusammen gehen?«, fragt sie.

»Ja, klar.«

Wir verlassen die Schule und gehen Richtung Wald. Es hat letzte Nacht geregnet und die Feuchtigkeit hat kleine Pilze aus der Erde schießen lassen.

»Ich dachte, es wäre zu gefährlich für dich hier«, sage ich.

»Ich musste einfach kommen«, erwidert Azalea. »Im Traum habe ich gesehen, wie Vater gestorben ist. Außerdem glaube ich, meine Vision war vielleicht verkehrt.«

»Verkehrt?«

»Ja, ich habe geglaubt ...« Sie schluckt. »Meine und auch Dahlias Visionen sagten beide, dass ich sterben werde, wenn ich hier in Tørneby bleibe.«

Ich muss schlucken.

»Ich hatte auch eine Vision«, flüstere ich. »Als du fort warst, da habe ich dich in der Freiluftschule gesehen, in der Rose und ich gewohnt haben. Ich habe gesehen, wie du gestorben bist.«

Azalea seufzt.

»Ja«, nickt sie dann. »Und dazu kam der Blitz an unserem

Geburtstag. Es schien in den Sternen zu stehen, dass ich sterben muss, aber diese Zeichen stimmten nicht. Es ging dabei nicht um mich, sondern um ihn ...«

Wir haben die Anhöhe erreicht.

Azalea kniet nieder. Streicht mit den Fingern über die feuchte Erde.

»Hat er gelitten?«, fragt sie.

Wieder sehe ich alles vor mir. Wie der Nöck sich nach vorn wirft und das Messer in Vaters Bauch bohrt.

»Es ging ganz schnell«, antworte ich nur.

»Gut. Wie geht es Rose?«

»Gut«, sage auch ich. »Inzwischen hat sie wirklich einen dicken Bauch. – Bleibst du jetzt hier bei uns?«, frage ich dann.

Sie nickt.

»Ja, jedes Mal, wenn ich weggehe ...« Azalea seufzt.

Ich weiß, was sie meint. Jedes Mal, wenn sie uns verlässt, geschehen schreckliche Dinge.

»Wenn du bei uns wohnen willst, musst du Erle aber gut behandeln«, sage ich.

»Sie ist immer noch da?«

Ich nicke.

»Was hast du denn gedacht?«

»Das weiß ich nicht«, antwortet sie. »Aber du hast recht, ich bin es ihr schuldig, ihr eine Chance zu geben.«

Plötzlich höre ich Schritte im Gras hinter uns.

»Wer ist da?«, ruft Azalea, bekommt aber keine Antwort.

Sie steht auf und wir hören jemanden, der durch Büsche

und Unterholz davonläuft. Ich kann ihn nur kurz sehen, aber sofort erstarrt alles in mir zu Eis.

Gustav. Es war Gustav, den ich gesehen habe. Er ist gerade erst freigelassen worden, und das Erste, was er tut, ist hierherzukommen ...

Rache

»Warum ist er hergekommen?«, frage ich.

Aske seufzt. Wir sitzen im Haus. Alle Türen sind verschlossen, die Fenster zu. Dennoch hängt mein Blick die ganze Zeit an den Scheiben, hinter denen die Dunkelheit sich langsam über den Wald senkt.

»Er hat mich im Gefängnis gesehen. Vielleicht erinnert er sich an etwas«, überlegt Aske.

»Aber warum gerade hierher?«, frage ich nach.

»Nun, hier wurde die Leiche gefunden«, erwidert Azalea nur.

»Das kann er doch nicht wissen, oder?«, fragt Rose.

»Nein«, stimmt Aske zu. »Er kann sich nur an mich erinnern, und vielleicht noch an dich, Rose, denn dich hat er auch im Gefängnis gesehen.«

»Kannst du etwas dagegen tun?«, frage ich.

Aske seufzt.

»Unser Elfenblick ist ja eine Verzauberung. Wenn sie den

Verdacht bekommen, es könnte etwas nicht stimmen, ist es sehr schwer, sie dazu zu bringen, das wieder zu vergessen.«

»Wir müssen einfach, solange wir noch hier sind, damit zurechtkommen«, sagt Rose energisch. »Und sobald die hier mich verlassen haben, gehen wir fort.« Dabei klopft sie sich leicht auf den Bauch.

Wir alle nicken.

»Okay«, sagt Aske. »Ich werde mal eine Runde drehen, bevor ich in die Stadt gehe und sehen, ob alles ruhig ist.«

»Ich gehe mit dir«, sage ich nur.

Wir verlassen das Haus. Dicht nebeneinander.

»Brauchst du etwas?«, fragt er, während wir gehen.

»Nun ... ja, ich brauche Energie.« Das passt jetzt eigentlich gar nicht, aber wenn ich hier Energie von ihm bekomme, dann muss ich vielleicht nicht bei der nächsten Show mittanzen. Denn auch wenn Malte wohl nicht dabei sein wird, so werden im Publikum immer noch viele andere aus der Schule sitzen. Unter anderem Elexa. Die Vorstellung, ihr Lebensenergie zu stehlen, erzeugt bei mir eine Gänsehaut.

»Okay, dann nimm sie von mir«, sagt Aske und streckt die Hand nach mir aus.

»Bist du auch sicher, dass du genug hast?«, frage ich. »Ich meine, schließlich sind das momentan ja auch für dich ziemlich anstrengende Tage.«

»Das ist schon in Ordnung«, beruhigt er mich.

Wir tanzen in der Dunkelheit. Still und dicht zusammen,

und während seine Energie in mich hineingleitet, kann ich spüren, dass es nicht nur das ist, sondern auch seine Nähe. Unsere Wangen reiben sich aneinander, und Ruhe, Sicherheit und Liebe erfüllen mich. Das Ganze legt sich wie eine heilende Haut auf die Wunde, die immer größer geworden ist, seit Malte und ich uns getrennt haben.

Ich spüre, dass er müde wird.

»Ich habe zu viel genommen«, flüstere ich. »Komm, ich gebe dir welche zurück.«

»Willst du wirklich?«, fragt er.

»Ja, du musst mir nur sagen, was ich tun soll.«

»Du musst …« Sein Blick gleitet in meinen hinein. »Wenn wir tanzen, öffnen wir Schleusen, aber statt zu nehmen, musst du ein wenig Energie hinausfließen lassen.«

Ich versuche es. Spüre es wie einen langen Faden, den ich ausrolle und ihm reiche.

Und er nimmt ihn sanft und vorsichtig entgegen. Mir kommt der Gedanke, dass er mich jetzt so spürt, wie ich ihn immer spüre, wenn er mir von seiner Energie gibt. Ein leises Lächeln auf seinen Lippen verrät mir, dass dem so ist.

»Das reicht jetzt sicher. Du musst ja auch was für dich behalten«, sagt er und bleibt stehen. Und auch wenn er das ganz sanft tut, so tut es weh. Der Energieaustausch war wie ein Rettungsanker in all dem Dunkel.

»Danke«, sage ich nur. »Komm, ich gehe mit dir bis zur Stadt.«

Und während wir uns der Stadt nähern, in der die Straßenlaternen kleine Lichtpfade zeichnen, merke ich, dass ich keine Lust habe, Aske zu verlassen. Ich folge ihm den ganzen Weg an der Klettermauer vorbei, bis zu seiner Wohnung. Vor seiner Haustür bleiben wir stehen.

»Du musst nicht jedes Mal nach Hause gehen«, sage ich.

»Wie meinst du das?«, fragt er.

»Du kannst bei uns schlafen, wenn du willst.«

»Ich dachte, du möchtest gern einen gewissen Abstand wahren.«

»Das ...« Meine Stimme versagt. Und ich schaue weg, doch er dreht mein Gesicht zu sich.

»Ich fürchte, es ist zu gefährlich, wenn ich zu lange so dicht bei dir bin«, sagt er.

»Du hast recht«, flüstere ich.

»Du liebst immer noch Malte«, fügt er dann mit einem Kopfnicken in Richtung Kletterwand hinzu.

Und ich nicke auch, gehe aber trotzdem nicht, denn auch wenn ich Malte liebe, so ist es Aske, der hier ist. Aske, der hiergeblieben ist und mir mit allem geholfen hat.

Und momentan wünsche ich mir einfach nur jemanden, der bei mir ist. Als Aske sich zu mir vorbeugt, halte ich ihn nicht auf, sondern erwidere seinen Kuss.

»Was tust du da?«

Ich höre einen Ruf hinter mir und drehe mich um – Elexa.

»Du bist einfach unmöglich!«, schreit sie.

»Was machst du hier?«, frage ich nur.

Aber sie antwortet mir nicht, schreit nur weiter.

»Er ist der Vater des Kindes deiner Schwester und du ... du hast es gewusst ...« Ihre Augen füllen sich mit Tränen. Und da verstehe ich. Sie ist gekommen, um mit Aske zu sprechen, weil sie ihn immer noch nicht vergessen hat, weil sie ihn immer noch liebt.

»Und du ...« Jetzt wendet sie sich Aske zu. »Du bist einfach so was von widerlich.« Dann dreht sie sich um und läuft davon.

Ich stehe da, mit Lippen, die vor Schuldgefühl und Scham brennen.

Aske lässt mich los.

»Ich werde mit ihr reden«, sagt er und läuft ihr hinterher.

Währenddessen bleibe ich unter der Straßenlampe stehen und fühle mich wie der schlechteste Mensch auf der Welt. Doch ich weiß, dass es keinen Sinn hat, ihnen nachzulaufen. Elexa wird mir das hier niemals verzeihen. Ich habe soeben meine einzige Freundin verloren.

Aske kommt nicht zurück. Wahrscheinlich wird das Gespräch der beiden die ganze Nacht dauern. Also gehe ich zurück nach Hause. Die Dunkelheit des Waldes umgibt mich und ich möchte am liebsten in ihr verschwinden. Mich verlaufen und nie wieder zurückfinden. Doch bis Rose die Kinder geboren hat, sind wir an diese Stadt gebunden, in der die Geheimnisse und Lügen sich zu riesigen Bergen auftürmen. Es gab eine Zeit, in der ich mir nichts sehnlicher wünschte, als hierzubleiben, aber jetzt will ich nur noch fort. Nicht zu den Elfen. Einfach nur weg. In eine neue Stadt, einen neuen Anfang machen, an irgendeinem Ort, an dem ich noch nicht alles kaputt gemacht habe.

»Ach, hier bist du«, sagt Rose. »Ich habe mir schon Sorgen gemacht. Warum warst du so lange fort?«

»Das wollte ich nicht«, sage ich. »Lass uns nach Hause gehen.«

»Nein, warte noch«, widerspricht sie. »Komm, wir machen einen kleinen Umweg.«

»Warum?«, frage ich.

»Es geht um Azalea und Erle«, sagt sie. »Endlich reden die beiden miteinander und damit meine ich wirklich reden. Ich habe mich hinausgeschlichen, um sie dabei nicht zu stören.«

»Das ist gut«, sage ich, aber meine Stimme zittert vor unterdrückten Tränen.

»Was ist denn, Birke?«, fragt sie.

Und da fange ich an zu weinen und erzähle ihr alles.

Wir sitzen auf einem Stamm der Bäume, die Vater letzten Sommer gefällt hat. Und alles platzt einfach aus mir heraus.

»Was für ein Chaos«, sage ich.

»Vielleicht ist nicht alles schlecht«, wendet Rose ein.

»Wie meinst du das?«, frage ich nach.

»Nun, das mit Aske ist ja eigentlich ...«

»Rose, hör auf. Das war ein Fehler.«

»Birke, er war von Anfang an verknallt in dich, und er hilft uns und ... mit ihm zusammen zu sein, könnte ich mir auch vorstellen. Willst du nicht ...?«

»Nein«, sage ich nur.

Rose fasst sich plötzlich an den Bauch und stöhnt.

»Was ist?«, frage ich.

»Sie treten. Und wenn eine erst einmal anfängt, dann machen die anderen gleich mit.«

»Darf ich fühlen?«, frage ich.

Sie nickt und ich lege eine Hand auf ihren Bauch. Kurz darauf kann ich spüren, wie ein kleiner Fuß gegen meine Hand tritt. Und dann noch einer.

»Die sind ja lebhaft«, sage ich.

Als ich aufschaue, hat Rose Tränen in den Augen.

»Ach, Rose!«

»Entschuldige.« Sie wischt sich energisch die Tränen ab. »Ich weiß ja selbst, dass es keine andere Möglichkeit gibt. Aber ich hätte nicht gedacht, dass ich sie so lieb haben könnte.«

»Das lässt sich wohl gar nicht vermeiden«, sage ich und der Tritt des kleinen Fußes gegen meine Hand lässt mich erschaudern. Es sind nicht nur Roses Kinder, es sind auch meine Nichten.

»Es wird schon gehen«, sagt sie. »Die können da unten ja aufeinander aufpassen.«

Ich nicke verhalten.

»Vielleicht können sie glücklich werden«, fährt Rose fort. »Jedenfalls glücklicher als zusammen mit ihrer Mutter, die ihren Vater umgebracht hat.«

Ich streichle ihre Hand.

»Wenn sie kommen«, flüstert sie dann. »Dann bring sie sofort von mir weg. Ich will sie nicht sehen, will nicht wissen, ob sie Benjamin ähnlich sehen.«

»Okay«, versichere ich ihr und drücke sie fest an mich.

»Wir werden eine Möglichkeit finden, sie zu retten«, flüstere ich.

»Nein«, wehrt sie ab. »Keine weiteren Rettungsversuche mehr. Du hast den Nöck gehört. Er bringt euch um, wenn ihr es versucht.«

Plötzlich hören wir ein Rascheln im Gebüsch hinter uns.

»Wer ist da?« Rose dreht sich um, die Hand immer noch auf dem Bauch.

Wir versuchen beide, im Dunkel etwas zu erkennen. Schauen durch die Zweige, die inzwischen ihre Blätter entfaltet haben, ein perfekter Sichtschutz.

Eine große, dünne Gestalt tritt hervor.

Gustav. Sein Blick ist dunkel und wild. Er zeigt auf Rose.

»Dich kenne ich«, flüstert er, und wieder durchfährt mich ein Schaudern, diesmal jedoch vor Angst.

Ein gebrochenes Versprechen

Gustav tritt zu uns. Sein blondes Haar ist zerzaust, die Kleidung voller Erde und Gras und sein Blick so zornig, wie ich es noch nie zuvor gesehen habe.

»Lass uns in Ruhe«, sage ich und trete vor Rose.

»Ich kenne dich ...« Seine knochigen Finger zeigen auf Rose. »Hier drinnen ...« Er tippt sich mit einem Finger an den Kopf.

»So viele Gedanken – nicht meine Gedanken, aber dich – kenne – ich ...«

Vorsichtig weichen Rose und ich zurück. Wir versuchen, so viele Baumstämme wie möglich zwischen ihn und uns zu bringen.

»Du irrst dich«, sage ich. »Wir kennen dich nicht.« Aber Gustav hört gar nicht auf mich. Er ist in seiner eigenen Welt versunken.

»Du kennst ihn«, sagt er, »den, der das mit mir gemacht hat.« Er zerrt an seinen Haaren.

»Lass uns in Ruhe«, wiederhole ich. Hinter mir kann ich Roses Atem hören. Wir sind zu weit weg von unserem Haus, aber zur Freiluftschule könnten wir es vielleicht schaffen. Ich greife nach Roses Hand und ziehe sie in die richtige Richtung.

»Er hat gesagt, ich habe den Jungen umgebracht ...«, fährt Gustav fort. »Ich habe ihn unter Wasser gedrückt, so lange, bis er ertrunken ist, aber ich glaube das nicht. Ich glaube, er lügt.«

Gustav kommt näher, und mit jedem Schritt, den er geht, wird mir klarer, in welcher gefährlichen Situation wir uns befinden. Rose kann nicht laufen mit ihrem dicken Bauch. Zumindest nicht schnell genug.

Und wir sind hier ganz allein.

Das Handy liegt in meiner Hosentasche, aber ich fürchte, wenn ich es heraushole, wird er uns sofort angreifen. Plötzlich fällt mir ein, was uns jetzt noch helfen könnte. Ich konzentriere mich, sehe Erle vor mir.

Hilfe. Das Wort blinkt in meinen Gedanken wie eine Alarmleuchte auf.

»Ich habe früher mal einen umgebracht«, fährt Gustav fort. »Und da kann ich mich an alles erinnern. Weiß noch genau, wie ich seinen Kopf gegen den Kühlschrank geschlagen habe, wie es einen Knacks gab ...«

Sein Blick verändert sich, als würde er sich selbst in Rage reden.

»Sie haben nie rausgekriegt, dass ich das gewesen bin«, sagt er dann mit einem Lächeln. »Nur ich weiß noch alles.

Aber mit Benjamin ... Da kann ich mich nicht erinnern. Ich weiß nichts, außer das, was er gesagt hat. Aske ...«

Ein Zweig knackt unter meinem Fuß, während wir weiter zurückweichen.

»Das ist sein Kind«, sagt er und zeigt auf Roses Bauch.

Mein Mund ist ganz trocken.

Hilfe. Hilfe. Hilfe.

Birke, wo seid ihr? Endlich antwortet Erle.

Ich zeige es ihr in Gedanken, das ist einfacher, als es in Worte zu fassen.

In dem Moment springt Gustav nach vorn. Er packt mich am Hals und donnert meinen Kopf gegen einen Holzstamm.

Ich stöhne auf, während ein scharfer Schmerz mich durchfährt und mir schwarz vor Augen wird. Ich sehe gerade noch, wie Gustav Rose packt, während ich auf dem Boden zusammensinke.

Alles verschwindet in einem Nebel. Der Schmerz in meinem Kopf schwillt immer noch an und droht mich zu verschlingen.

Zwischen den Fingern spüre ich Gras. Ich will mich aufsetzen, schaffe es aber nicht. Mit der Hand betaste ich meinen Hinterkopf. Spüre feuchtes, klebriges Blut.

Dann höre ich einen Schrei. Jetzt kann ich Rose erkennen.

Gustav hat seine Hände um ihren Hals gelegt. Sie versucht, seine Finger loszureißen, während sie nach Luft ringt.

»Ihr habt mir das angetan«, zischt Gustav.

Rose zerkratzt ihm das Gesicht. Lange blutige Striemen

laufen über seine Wange, sie versucht, seine Augen zu fassen zu bekommen, aber er lockert seinen Griff nicht.

Ich will aufstehen, komme schwankend auf die Knie. Dann versuche ich mich hinzustellen, doch als Gustav das bemerkt, tritt er mich in die Seite, sodass ich wieder hinfalle.

Rose gelingt es endlich, ihm einen Finger ins Auge zu drücken. Gustav schreit wütend auf.

»Du wirst sterben«, zischt er und drückt fester zu.

Rose hebt das Knie und tritt ihm in den Schritt.

Er brüllt, lässt aber immer noch nicht los. Stattdessen ballt er die Faust und boxt ihr mehrmals kräftig in den Bauch.

Worauf Rose einen Schrei von sich gibt, wie ich ihn noch nie gehört habe. Weder als Benjamin sie überfallen hat noch als sie damals als Kind vom Baum gefallen ist. Es klingt, als gehe etwas in ihr in Stücke. Sie sinkt in sich zusammen und ich kann Blut auf ihrer Hose sehen.

Auf allen vieren krieche ich zu ihr.

»Lass sie los.«

Wieder tritt Gustav nach mir. Ich schwanke. Versuche erneut aufzustehen, während er sich über Rose beugt, um seine Tat abzuschließen.

In dem Moment höre ich Schritte, jemand kommt herbeigelaufen.

»Birke! Rose!«

Gustav schaut auf. Er entdeckt Azalea, die zwischen den Bäumen auftaucht. Aber sie hat keine Waffe dabei, ist nur ein zartes Mädchen, genau wie wir.

Gustav grinst, als er sie sieht, dann dreht er sich wieder nach Rose um.

Doch dahinter kommt Erle angelaufen. Sie schleppt Vaters alte Axt mit sich.

»Verschwinde von hier!«, schreit sie mit einer Stimme voller Panik.

Wieder lacht Gustav, scheint nicht zu glauben, dass Erle weiß, wie man eine Axt benutzt.

Er packt Rose erneut, doch Erle springt dazwischen.

»Hau ab«, sagt er nur. Blut tropft von seinem Gesicht, aus den Wunden, die Roses Fingernägel hinterlassen haben.

Er will die Axt packen, doch Erle kann sie vorher hochheben und schlägt ihm mit dem Schaftende auf den Kopf.

Ein dumpfer Schlag ist zu hören. Dann fällt Gustav um.

Reglos bleibt er auf dem Boden liegen.

»Ist er ...?«, flüstert Erle und wirft die Axt von sich.

Azalea beugt sich über ihn und hält die Hand über seinen Mund.

»Er atmet«, sagt sie. »Seid ihr ...« Weiter kommt sie nicht, denn Rose stöhnt plötzlich auf.

Erle kniet neben ihr. Ich krieche hinzu, immer noch betäubt von Gustavs Tritt.

Wir helfen Rose, sich aufzusetzen, doch sie wimmert und hält sich den Bauch. »Da stimmt etwas nicht«, sagt sie mit zusammengebissenen Zähnen.

Erle schaut auf den blutigen Fleck auf Roses Hose, der immer größer wird.

»Du verlierst sie«, flüstert Erle.

»Nein!«, jammert Rose und zieht ihre Beine an. Ein Krampf durchfährt ihren Körper und mit einem weiteren Schrei bricht sie zusammen.

»Birke, hilf Rose!«, sagt Azalea.

Ich helfe ihr, so gut ich kann. Rose umklammert meinen Arm und schreit wieder, als eine neue Krampfwelle ihren Körper durchfährt.

Sie folgen schnell und schmerzhaft aufeinander, sodass Rose in meinem Griff schwankt. Erle hält sie auf der anderen Seite, schaut mich voller Panik an.

»Wir müssen die Blutung stoppen«, sagt Azalea, während Rose die Zähne zusammenbeißt.

Azalea öffnet Roses Hose und zieht sie hinunter. Den Slip auch, schmeißt ihn fort, während das Blut Roses Beine hinunterläuft.

Wieder schreit sie.

»Was passiert da?«, fragt Rose panisch.

Azalea schaut zu ihr auf.

»Du bist ja schon so weit in der Schwangerschaft – die Geburt hat eingesetzt.«

»Die Geburt?«, flüstert Rose ungläubig.

Azalea nickt.

»Aber sie sind doch noch viel zu klein.«

Mehr bringt Rose nicht heraus, bevor sie erneut auf den Waldboden sinkt.

Azalea spreizt Roses Beine.

»Du hast gar keine andere Wahl, sie sind bereits auf dem Weg«, flüstert sie.

Nach einer weiteren Wehe kommt das erste Kind.

Es ist nicht größer als meine Handfläche. Azalea nimmt es entgegen. Es liegt ganz still in ihrem Arm, keine Bewegung, kein Weinen.

Azalea zieht ihre Jacke aus und wickelt sie um die kleine Gestalt.

»Ist es ...?«, flüstert Rose, doch bevor Azalea etwas antworten kann, schreit Rose abermals auf. Drei Wehen später kommt das nächste Kind, welches ich entgegennehme.

Vorsichtig ziehe ich es heraus, aber es ist genauso reglos wie das erste. Ich befühle seine Brust, doch da ist kein Atem. Kein Herzgeräusch.

»Was können wir tun?«, flüstere ich und sehe Azalea an.

»Nichts.« Sie streichelt dem winzigen Kind die Wange. »Sie sind zu klein, als dass wir sie wiederbeleben könnten.«

Aber die Geburt ist noch nicht vorbei. Weitere Wehen durchfahren Rose. Erle stützt sie, und ich halte die beiden toten Kinder, während Azalea das letzte entgegennimmt.

Der Wald scheint verstummt zu sein. Kein Herzgeräusch. Kein Kinderweinen. Kein Tier ist zu hören.

»Sind sie ...?«, flüstert Rose, die Augen voller Tränen.

Azalea schaut auf. Auch sie hat Tränen in den Augen.

»Gib mir deine Jacke, Erle«, sagt sie.

Erle will sie Azalea gerade reichen, da bricht sie mit einem Schrei zusammen. Und erst jetzt sehe ich es.

Die Erde wimmelt von kleinen dunklen Würmern. Sie kommen auch auf mich zu. Kriechen auf meine Haut. Azalea kann mir gerade noch die Kinder aus dem Arm nehmen, da haben sich die Würmer um meinen Hals gelegt und mich zu Fall gebracht.

Ich bekomme keine Luft mehr. Kann Roses Blut riechen und Azalea sehen, die die drei Babys hoch über ihren Kopf hebt, damit die Würmer sie nicht erreichen können.

Ich höre Wasser rauschen und plötzlich kann ich sehen, wie eine Flutwelle sich ihren Weg zwischen den Bäumen bahnt. Mitten im Wasser steht der Nöck, wie ein Kutscher auf seinem Wagen.

Er hat den Bach dazu gebracht, über die Ufer zu treten, und das Wasser wie einen Strom durch den Wald geschickt.

Als er uns erreicht, stoppt das Wasser. Der Nöck beugt sich über Azalea und streift die drei Kinder in ihrem Arm.

»Meine Frauen sind tot«, sagt er mit Augen, die vor Wut funkeln. »Wer hat das getan?«

Er sieht Rose an. Sie ist ganz blass und schwach von dem großen Blutverlust. Hat nicht genug Kraft, um zu antworten.

»Er war das«, flüstert Erle fast lautlos und zeigt auf Gustav. Die Würmer schnüren ihr noch fester die Kehle zu, sie kann nur noch röcheln. Und auch ich spüre, wie die Lunge sich auf der verzweifelten Jagd nach Luft zusammenkrampft.

Der Nöck entdeckt Gustav, der immer noch bewusstlos dort liegt, wo Erle ihn niedergeschlagen hat.

Er stößt einen schrecklichen Schrei aus, und alle Würmer lassen von uns ab und werfen sich auf Gustav. Sie decken ihn wie ein schwarzes Leichentuch zu.

Rose hat genug Kräfte gesammelt, um auf die Knie zu kommen. Sie kriecht zu Azalea. Hinterlässt eine Blutspur. Sie streckt die Arme nach den Kindern aus.

»Sind sie tot?«, flüstert sie.

»Vollkommen tot«, antwortet der Nöck. »Ihr habt unsere Abmachung gebrochen.«

Ich spüre, wie der Griff um meinen Hals wieder enger wird.

»Das war nicht unsere Schuld«, sagt Azalea. »Wir haben alles getan, um sie zu retten.«

»Das ist mir vollkommen egal!« Der Ruf des Nöcks hallt im Wald wider. »Ihr habt mir meine Frau genommen und mir drei neue versprochen, und ich habe euch gesagt, was passieren wird, wenn ihr nicht euer Wort haltet.«

Immer enger wird die Schlinge um meinen Hals. Ich schaue zu Erle. Sie schnappt wie ein Fisch auf dem Land nach Luft. Wenn das nicht bald aufhört, erstickt sie.

»Nimm mich«, röchle ich. »Ich kann deine Frau sein, wenn du nur Erle verschonst.«

Der Nöck lacht.

»Du?«, sagt er mit hasserfülltem Blick. »Du hast mich schon zu oft belogen.«

Rose sitzt weinend da. Sie hat die toten Kinder in ihren Schoß genommen.

Mein Hals und meine Lunge brennen. Ich winde mich und versuche so, ein wenig Luft zu bekommen, und ich weiß, lange halte ich es nicht mehr aus.

»Nimm mich und lass meine Schwestern leben.« Azalea

tritt vor. »Ich habe noch nie mein Wort dir gegenüber gebrochen.«

Ich spüre, wie der Druck sich lockert, und ringe keuchend nach Atem.

Wie eine Schlange windet sich der Wassermann um Azalea.

»Das ist in Ordnung«, sagt er und der Druck auf meinen Hals verschwindet. »Der Handel ist akzeptiert.«

»Nein!«, schreie ich.

Azalea sieht mich an. »Das ist in Ordnung, Birke. So soll es sein. Du hast sie gesehen, ich habe sie gesehen – schwarze Schatten«, sagt sie und nickt den Würmern zu. Ich kann Tränen in ihren Augen sehen.

»Nein«, wiederhole ich.

Der Nöck nimmt ihre Hand. Sie tritt hinaus ins Wasser, das sich langsam wieder zum Bach hin zurückzieht.

Ich sehe Azalea zwischen den Bäumen verschwinden, bis sie mit einem Platschen im Wasser untertaucht.

Rose weint ununterbrochen, während Erle und ich immer noch nach Luft schnappen. Da hören wir jemanden heranlaufen. Ich drehe den Kopf. Hoffe in einer verzweifelten Sekunde, es wäre Azalea, die eine Möglichkeit gefunden hat, sich zu befreien. Aber es ist Aske.

»Was ist passiert?« Seine Augen sind starr vor Schreck.

Ich will antworten, aber es kommen nur Tränen.

Zweifel

In den folgenden Tagen ist Rose sehr krank, aber wir haben unterrichtsfreie Zeit, so wundert sich wenigstens niemand darüber, dass wir nicht in der Schule sind. Ich könnte mir jetzt keine Ausreden ausdenken. Gustav hat mir ein Loch in den Kopf geschlagen, als er ihn gegen den Baum donnerte, das jedoch langsam heilt.

Schlimmer steht es um Rose. Sie hat sehr viel Blut verloren und Aske versucht, ihr mit verschiedenen Kräutern zu helfen. Langsam kommt sie wieder zu Kräften, weint aber immer noch jeden Tag. Streicht sich immer und immer wieder über ihren Bauch. Und wenn ich sie frage, was sie möchte, dann sagt sie, sie wolle nur weg von hier. Und ich verspreche ihr, dass wir von hier fortgehen, sobald sie kräftig genug dafür ist.

Jeden Tag gehe ich hinunter zum Bach und laufe an ihm entlang. Ich habe hundertmal den Nöck gerufen, aber er antwortet nicht. Er weiß, worum ich ihn bitten will, und das will er erst gar nicht hören. Er hat eine Frau bekommen und an anderem ist er nicht mehr interessiert.

Wenn ich dastehe und auf das schwarze Wasser schaue, koche ich vor Verbitterung und wünsche mir, diejenige zu sein, die da unten sein muss. Denn hier oben gibt es nicht mehr besonders viel, was noch einen Sinn hat.

Als Azalea bei den Elfen war, habe ich sie vermisst, aber da wusste ich, dass es jemanden gab, der sich um sie kümmerte. Jetzt ist sie ganz allein.

Inzwischen wohnt Aske bei uns im Haus. Er kümmert sich um Rose, und auch wenn er es nicht gesagt hat, so kann ich ihm ansehen, dass er voller Schuldgefühl darüber ist, dass er nicht da war, als wir angegriffen wurden.

Die Tage fließen ineinander. Rose und ich wünschen uns nur fort von hier. Hier im Wald erinnert mich alles an das, was wir verloren haben, und allein das Geräusch des plätschernden Baches tut mir weh.

An einem dieser Tage gehe ich zusammen mit Aske in die Stadt, um die letzten Dinge für unsere Reise zu kaufen, da entdecke ich Malte.

Ich kehre sofort um, weil ich es nicht ertragen kann, mit ihm zu reden.

»Warte!« Malte läuft hinter uns her.

»Was ist?«, frage ich mit tonloser Stimme. Sein Anblick lässt kleine Flämmchen in dem Dunkel in mir aufblitzen.

»Du bist heute nicht zu den Prüfungen gekommen«, sagt er.

»Ich lasse euch mal lieber allein«, flüstert Aske und verschwindet in Richtung Wald.

»Nein«, sage ich nur. Mag keine weiteren Lügen mehr.

»Aber ...«, setzt er an.

»Ich muss jetzt gehen«, erkläre ich, während ich mich umdrehe.

»Ich kann mich an alles erinnern«, sagt er plötzlich und ich zucke zusammen.

»Was?« Ich schaue ihn erschrocken an.

»Ich habe es aufgenommen.« Malte holt sein Handy aus der Tasche. »Bevor ihr mich auf der Kletterwand gefunden habt. Ich habe alles draufgesprochen, was du mir erzählt hast, denn mir war schon klar, dass du mich dazu bringen wolltest, alles zu vergessen.«

Er schluckt.

Ich bin sprachlos. Er hat alles, an was er sich erinnern wollte draufgesprochen ... Er wusste ... Ich kann mich an den Moment erinnern, als er mich bat, ihn alles vergessen zu lassen. Er war so ruhig gewesen, so kalt, jetzt verstehe ich das besser.

»Ich habe immer wieder darüber nachgedacht«, sagt er und breitet die Arme aus. »Zuerst wollte ich euch anzeigen, aber dann ...« Ihm versagt die Stimme, während ich ihn wortlos anstarre. Jetzt fallen mir auch die sonderbaren Blicke ein, die er mir in der Schule immer wieder zugeworfen hat. Ich hatte so ein Gefühl, als könne er sich erinnern. Aber dabei dachte ich, es liege nur an Aske, dass er nicht gründlich genug gewesen war. Dass er einen leichten Schatten von etwas zurückgelassen hatte. Nie wäre ich auf die Idee gekommen, dass Malte alles wusste.

»Hast du mich wirklich geliebt?«, fragt er.

Ich sehe ihn nur an. Tränen steigen in mir auf. Ich dachte, ich hätte keine Tränen mehr, aber das hier ist für mich wie ein Licht der Hoffnung in all dem Dunkel. Roses Kinder sind tot. Vater ist tot. Und Azalea ist auf dem Grund des Bachs gefangen.

»Denn ich habe dich auch geliebt«, fährt Malte fort. »Da bin ich mir ganz sicher, obwohl du mich verzaubert hast.«

»Ich habe nie etwas an deinen Gefühlen manipuliert«, sage ich.

»Und ich habe nie jemanden so geliebt wie dich«, fährt er fort und da bricht in mir etwas auf, für das ich einfach noch nicht bereit bin.

»Malte ...«, sage ich nur.

»Ich möchte gern ...« Er tritt näher. »Vielleicht, wenn wir es noch einmal versuchen. Aber dieses Mal keine Lügen. Könnten wir dann ...?«

»Ich bin nicht gut für dich«, sage ich. Und denke an Elexa, an Rose, Erle und Azalea. An alles, was schiefgegangen ist, weil ich nicht mitgegangen bin, als Rose fortwollte. Ich bin wie eine Bombe, und jedes Mal, wenn ich explodiere, verletze ich alle um mich herum.

»Kann sein«, sagt er. »Aber du erträgst doch den Gedanken auch nicht, von mir zu gehen. Lass mich mitkommen.«

»Du wirst niemals ein normales Leben führen können«, flüstere ich. »Wir werden nirgends lange bleiben können.

Du wirst dich von vielem, was du kennst, verabschieden müssen.«

Sein Blick flackert.

»Du bist unsicher«, flüstere ich.

»Ein wenig«, sagt er. »Aber ... lieber bin ich unsicher und versuche es, als Angst zu haben und nicht ...«

Ich schüttele den Kopf.

»Ich werde dir nur schaden«, sage ich. »Das tue ich doch immer. Ich mache alles kaputt.«

»Aber Birke ...«

Ich sage nichts weiter, gehe einfach weg.

Danach sehe ich Malte nicht wieder, und wir bereiten unsere Abreise vor. Rose ist inzwischen wieder einigermaßen zu Kräften gekommen. Auch wenn in ihrem Blick immer noch eine Finsternis zu sehen ist, die sie vielleicht niemals verlassen wird, ist mir klar, dass wir aufbrechen müssen. Wir wollen zu den Elfen gehen und sehen, ob sie uns und Erle für einige Zeit aufnehmen. Auch wenn weder Rose noch ich große Lust haben, dort zu leben, so scheint das momentan die einzige Möglichkeit zu sein. Sie können Rose gesundpflegen, und wenn es ihr besser geht, wollen wir weiterziehen.

Am Tag vor unserer Abreise verspricht die Wettervorhersage ein heftiges Gewitter. Also warten wir noch einen warmen Regen ab, bevor wir endgültig alles hinter uns lassen.

»Gehst du eine Runde mit mir spazieren?«, fragt Aske

mich, obwohl die Wolken drohend dunkel am Himmel hängen.

»Jetzt?«, frage ich und schaue zum Fenster hinaus.

Er nickt und etwas in seinem Blick lässt mich nicht weiter fragen. Ich hole mir meine Regenjacke.

Dann brechen wir auf. Schweigend gehen wir nebeneinanderher, und das ist mir nur recht. Maltes Angebot hängt immer noch in meinen Gedanken. Morgen werden wir von hier fortgehen. Und ich habe es ihm noch nicht gesagt. Ich kann ihn nicht bitten, mitzukommen. Nicht, solange Rose noch so schwach ist. Ich brauche meine ganze Kraft, um ihr zu helfen. Und um irgendwie herauszufinden, wie wir nach allem, was passiert ist, weiterleben können. Da hat Malte momentan einfach keinen Platz, und ich bin mir auch nicht sicher, ob er wirklich bereit ist. Schließlich ist es ein vollkommen anderes Leben, das ihn erwartet, wenn er mit mir geht.

»Ich würde gern herumreisen«, sagt Aske plötzlich.

»Was?«, frage ich nach.

»Du hast doch einmal gefragt, was ich tun würde, wenn ich an eurer Stelle wäre. Ich würde nicht zu den Elfen gehen. Dort passt ihr nicht hin«, sagt er. »Nicht einmal ich passe dort hin. Also würde ich herumreisen. Eine Tanzshow, die durchs Land zieht, jede Woche in einer anderen Stadt. Ewig auf Reisen. Ewig frei.«

»Eine Tanzshow, die durchs Land zieht?«, frage ich nach. Er nickt.

»Wenn die Leute nur zu einer einzigen Show kommen,

dann sind es nur ein paar Minuten, die ihr ihnen raubt. Nichts, was groß etwas an ihrem Schicksal ändert.«

»Tja«, überlege ich. »Das könnte eine Idee sein. Wenn erst alles ...« Ich wollte *gut geworden ist* sagen, aber das wird nie passieren. Azalea haben wir für immer verloren. »Wieder normal ist«, sage ich stattdessen.

»Du könntest Malte mitnehmen«, sagt Aske.

Darauf erwidere ich nichts. Wundere mich nicht darüber, dass er unser Gespräch gehört hat. Mit unserem Gehör hätte er sehr weit weggehen müssen, um das zu vermeiden.

»Vielleicht ...«, sage ich nur.

»Ich möchte, dass du glücklich bist«, sagt Aske und nimmt meine Hände in seine. »Und ich glaube, das kannst du. Trotz all der schrecklichen Dinge, die passiert sind, glaube ich fest daran, dass ihr alle zusammen glücklich werden könnt.«

Ich seufze nur leise. Denn ich bin mir nicht einmal sicher, dass es irgendwann aufhören wird, wehzutun. Glücklich sein, das erscheint mir momentan ein unerreichbares Ziel zu sein.

Aske geht weiter, führt mich zum See, obwohl dessen Anblick mich nur noch trauriger macht. Wie so oft mustere ich die Wasseroberfläche, aber es gibt kein Zeichen dafür, dass Azalea dort unten ist, und sie hat nicht Erles Fähigkeit, vom Wasser aus durch Gedanken zu kommunizieren.

Ich knie am Ufer nieder. Lasse die Finger durchs Wasser gleiten. Das ist der einzige Abschied, den ich ihr geben kann.

»Ich weiß, du willst Azalea eigentlich nicht verlassen«, sagt er.

Ich nicke. Denn schließlich sind wir zurückgekommen, um eine Schwester zu retten, und jetzt haben wir zwar Erle befreit, dafür aber Azalea verloren.

»Er wird es nie zulassen, dass ich mit ihr spreche«, sage ich. »Er vertraut mir nicht.«

»Nein«, stimmt Aske mir zu. »Aber wenn er gar nicht die Wahl hat?«

»Wie meinst du das?«, frage ich.

Aske öffnet seine Jacke. Ich sehe ein Messer in seiner Innentasche.

»Ich kann zwar Roses Kinder oder deinen Vater nicht wieder zum Leben erwecken, aber ich kann Azalea retten.« Seine blauen Augen glänzen.

»Was?«, flüstere ich ungläubig.

Er packt das Messer.

»Ich will, dass du glücklich wirst«, sagt er. »Und das wirst du nicht, solange er Azalea hat.«

Aske tritt direkt ans Ufer. Lässt das Messer durchs Wasser gleiten.

»Nöck!«, ruft er mit lauter Stimme.

Ich erschaudere, als mir klar wird, was er tun will.

Aske zieht sich das Hemd aus. Sein muskulöser Oberkörper ist nackt, und als er sich umdreht, kann ich das Wasser durch seinen Rücken schimmern sehen.

»Nöck!«, ruft er noch einmal und zieht sich auch die Hose aus, sodass er nur in Boxershorts dasteht.

Kleine Kreise bilden sich. Das Wasserrauschen wird lauter, dann springt der Nöck aus der Tiefe empor.

»Was willst du?«, faucht er.

»Ich fordere dich heraus!«, erklärt Aske mit erhobenem Messer.

Das letzte Duell

»Du lächerlicher kleiner Elfenmann!«, zischt der Nöck gehässig.

Ich sage nichts. Mein Hals ist wie ausgetrocknet und ich ertrage den Gedanken nicht, dass der Nöck noch einen zu sich nimmt, der mir lieb ist.

»Ich fordere dich heraus«, wiederholt Aske und zeigt mit dem Messer auf die Brust des Wassermanns.

Dessen Augenbrauen ziehen sich zusammen. Er kann diese Herausforderung nicht ablehnen.

»Dann komm ins Wasser und stirb«, sagt der Nöck und zieht sich in die Mitte des Sees zurück.

»Aske ...«, flüstere ich.

»Es ist in Ordnung«, sagt er. »Ich weiß, was ich tue.«

Doch hinter dem selbstsicheren Lächeln sehe ich auch Angst.

Aske tritt ins Wasser. An seinem ganzen Körper bildet sich Gänsehaut.

Langsam und selbstsicher geht er hinein, während ich am Ufer stehen bleibe.

Die beiden umkreisen sich. Der Nöck ähnelt einer Schlange, die darauf wartet, zuzubeißen, während er mit zusammengekniffenen Augen Aske fixiert.

Die schwarzen Würmer haben dem Wassermann sein Messer gereicht. Es blitzt in seiner Hand. Jetzt holt er damit nach Aske aus.

Der springt schnell zurück und das Messer zerschneidet dort, wo eben noch sein Bauch war, nur die Luft.

Wieder greift der Nöck an. Panik steigt in mir auf. Ich erinnere mich nur allzu gut daran, wie sich das Wasser beim letzten Mal rot färbte.

Am liebsten würde ich die Augen schließen. Ich ertrage es nicht, Aske sterben zu sehen.

Doch dieser hebt zum Gegenschlag an. Es wird eine ganze Folge von Ausfällen, aber der Nöck pariert sie alle.

Beide atmen schwer, während sie immer wieder einen neuen Angriff starten. Aske schaut kurz zum Himmel. In der Sekunde, in der er den Nöck aus den Augen lässt, springt dieser vor. Sein Messer streift Askes Brust, sodass dieser erschrocken zurückweicht.

Der Nöck grinst, während er das Messer hochhebt. Die Spitze ist rot von Askes Blut.

Für einen Augenblick sieht mich Aske an. Ohne Worte bitte ich ihn, nicht zu sterben.

In dem Moment spüre ich, wie mich ein Tropfen trifft. Aske merkt es auch.

Ich schaue nach oben. Die grauen Wolken sind jetzt direkt über uns. Zuerst fallen nur kleine Tropfen, dann immer größere, und es beginnt heftig zu regnen. Dadurch wird die Wasseroberfläche unruhig. Der Wolkenbruch ist direkt über uns.

Der Nöck hält inne. Er zittert am ganzen Körper. Ich kann mich daran erinnern, was Erle gesagt hat, dass er alles im Wasser spüren kann. Jedes Leben, jede Bewegung.

Er folgt den unzähligen Tropfen, wird von deren Vibration abgelenkt.

Aske lächelt erleichtert. Er springt vor. Greift seinen Gegner immer und immer wieder an, während ihn eine sonderbare Ruhe überkommt. Er wusste das mit dem Wolkenbruch. Er hat ihn mit eingeplant.

Der Nöck ist jetzt langsamer geworden. Je stärker es regnet, umso unbeholfener werden seine Bewegungen. Aske trifft ihn in den Bauch. Dunkles Blut tropft auf die Wasseroberfläche.

Der Nöck schreit auf, stürzt sich auf seinen Gegner und beide verschwinden im See.

Das Wasser ist in Aufruhr. Ich sehe Luftblasen aufsteigen, während Aske und der Nöck am Grund weiterkämpfen. Plötzlich ist ein lautes Platschen zu hören, danach ist alles still.

Ein dunkelroter Fleck breitet sich im Wasser aus.

Ich starre auf die Oberfläche.

Warte darauf, dass Aske auftaucht, aber er kommt nicht.

»Nein!«, stöhne ich.

Ich lasse mich am Ufer zu Boden sinken und weine, während der blutige Fleck immer größer wird.

Die schwarzen Würmer sind ganz still. Alles ist still.

Nach einer gefühlten Ewigkeit regt sich etwas im Wasser. Tränen laufen mir übers Gesicht, während ich darauf gefasst bin, das höhnische Lachen des Nöcks zu hören. Aber es ist nicht sein bleicher Schädel, der aus dem Wasser aufsteigt. Stattdessen kommt dunkles Haar zum Vorschein.

»Aske!«, rufe ich.

Aber das ist auch nicht Aske.

»Azalea«, flüstere ich, als die Gestalt aus dem Wasser steigt.

Langsam bewegt sie sich aufs Ufer zu. Sie trägt ein Kleid aus Algen, genau wie Erle eines anhatte.

»Was ist passiert ...? Ist er ...?«

»Sieh selbst«, sagt meine Schwester und tritt zur Seite, als noch jemand auftaucht.

»Aske ...«

Er lächelt und folgt Azalea bis ans Ufer, bleibt aber kurz davor stehen.

»Ich kann nicht näher kommen«, sagt er. »Ich bin jetzt ein Nöck.«

»Und ich dachte ...«

»Du hast mir noch nie vertraut, Birke«, sagt er mit einem schiefen Lächeln.

Dann wendet er sich Azalea zu.

»Du bist jetzt frei«, sagt er. »Als Nöck schenke ich dir und deinen Schwestern die Freiheit.«

»Danke«, flüstert Azalea.

Vorsichtig verlässt sie das Wasser.

»Wo ist Rose?«, fragt sie.

»Sie ist im Haus«, antworte ich.

Azalea wirft Aske noch einen dankbaren Blick zu, dann geht sie davon. Ich bleibe stehen, sehe Aske an.

Als Azalea außer Hörweite ist, sage ich: »Das hättest du nicht tun müssen.«

»Solange sie gefangen war, wärst du niemals glücklich geworden«, erklärt er. »Aber jetzt seid ihr alle vier frei.«

Ich lächle schwach.

Aske hat recht. Zum ersten Mal sind wir vereint und frei.

»Und was ist mit dir?«, frage ich.

»Ich bleibe hier«, antwortet er. »Ich werde immer hier sein.«

»Aber ...«

»Zieh hinaus und erlebe die Welt, Birke«, sagt er. »Liebe Malte, genieße dein Leben, und wenn du ein ganzes Menschenleben mit ihm geteilt hast, dann komm zurück zu mir.«

»Dann willst du auf mich warten?«, frage ich.

»Natürlich. Es ist doch der Fluch des Nöcks, hoffnungslos in ein Elfenmädchen verliebt zu sein.«

Er zeigt sein ganz spezielles Aske-Grinsen und auch ich muss lächeln, obwohl mir eher zum Weinen zumute ist.

»Geh jetzt, Birke«, fordert er mich auf.

»Lebe wohl«, sage ich traurig.

»Nein, auf Wiedersehen«, entgegnet er.

»Auf Wiedersehen, Aske«, flüstere ich und dann verschwindet er im Wasser.

Ich gehe zurück zum Haus. Askes Worte kreisen in meinen Gedanken: *Liebe Malte. Genieße dein Leben. Komm zurück zu mir.* Ich hole mein Handy hervor und schreibe eine SMS.

Lieber Malte,
 heute gehen wir fort von hier. Meine Schwestern und ich brauchen eine Weile nur für uns und auch du brauchst sicher noch Zeit, um nachzudenken. Aber du sollst wissen, dass ich dich liebe. Und wenn du in einem Jahr immer noch mitkommen willst, dann treffen wir uns im Café in Næstbæk. Dann machen wir uns gemeinsam auf die Reise und erleben die Welt.
 Ich küsse dich!
 Birke

Nicole Boyle Rødtnes
Die Töchter der Elfe. Schicksalstanz
Der erste Band der Elfen-Trilogie
Aus dem Dänischen von Christel Hildebrandt
Roman, 282 Seiten (ab 14), Gulliver 74595
Ebenfalls als E-Book erhältlich (74604)

Mit ihren magischen Tänzen ziehen Birke, Rose und Azalea alle in ihren Bann. Die wunderschönen Schwestern müssen ein düsteres Geheimnis verbergen: Sie sind Elfen und saugen beim Tanzen ihren Zuschauern die Lebensenergie aus den Körpern. Doch alles droht aufzufliegen, als der faszinierende und undurchschaubare Malte in die Stadt kommt und Birke sich Hals über Kopf in ihn verliebt. Das Schicksal nimmt seinen Lauf …

Nicole Boyle Rødtnes
Die Töchter der Elfe. Unheilsblick
Der zweite Band der Elfen-Trilogie
Aus dem Dänischen von Christel Hildebrandt
Roman, 304 Seiten (ab 14), Gulliver 74642
Ebenfalls als E-Book erhältlich (74650)

Nichts ist mehr wie es war: Seit Birke und Rose wissen, dass ihr Vater die totgeglaubte Schwester Erle dem Wassermann geopfert hat, brechen sie für immer mit ihm. Als der Elf Aske auftaucht und die Schwestern beschützen will, fühlt sich Birke von ihm wie magisch angezogen. Doch was sind die wahren Gründe für sein plötzliches Erscheinen?

 www.beltz.de
Beltz & Gelberg, Postfach 10 01 54, 69441 Weinheim

Nicole Boyle Rødtnes
Wie das Licht von einem erloschenen Stern

Aus dem Dänischen von Gabriele Haefs
Roman, 243 Seiten (ab 14), Beltz & Gelberg 82104
Ebenfalls als E-Book erhältlich (74710)

Seit Vega bei einer Party gestürzt ist, kann sie weder sprechen, lesen noch schreiben. Diagnose: Aphasie. Doch war es wirklich ihr eigenes Verschulden? Oder wurde sie absichtlich gestoßen?
Als Vega diesen Verdacht gegenüber ihrer besten Freundin Ida und ihrer Schwester Alma andeutet, wenden sich beide vor den Kopf gestoßen von ihr ab. Vega ist frustriert und fühlt sich völlig unverstanden und entsetzlich einsam. Bis sie Theo trifft und sie gemeinsam die fehlenden Puzzlestücke in Vegas Erinnerung zusammensetzen …

Nova Weetman
Lily Frost
Fluch aus dem Jenseits

Aus dem Amerikanischen von Friederike Levin
Roman, 235 Seiten (ab 14), Gulliver 74654
Ebenfalls als E-Book erhältlich (74657)

Lily Frost zieht mit ihrer Familie in ein altes Haus in einer verschrobenen Kleinstadt. Ihr Zimmer auf dem Dachboden ist ihr unheimlich: Lily entdeckt Buchstaben, die in die Dielen geritzt sind – sie ergeben ihren Namen. Jemand scheint mit ihr kommunizieren zu wollen. Ist es Tilly, das Mädchen, das früher hier gelebt hat? Lily gerät auf ihrer Suche nach Antworten in tödliche Gefahr und begreift: Ihr Schicksal ist auf unheilvolle Weise mit Tilly verbunden.

GULLIVER   www.beltz.de
Beltz & Gelberg, Postfach 10 01 54, 69441 Weinheim

Amy Talkington
Liv, Forever
Aus dem Amerikanischen von Sophie Zeitz
Roman, 320 Seiten (ab 14), Gulliver TB 74736
Ebenfalls als E-Book erhältlich (74502)

Liv spürt augenblicklich, dass es im Internat
»Wickham Hall« nicht mit rechten Dingen
zugeht: Was verbirgt sich in dem alten
Gemäuer? Weiß der scheinbar unnahbare
Malcolm etwas darüber? Liv verliebt sich in
ihn. Unsterblich. Doch dann wird Liv
hinterrücks ermordet. Aber sie ist nicht tot,
sondern geistert mit den Seelen vieler anderer
verstorbener Mädchen durch die Schule. Ist sie
verflucht? Wie lässt sich der Bann brechen?
Und kann Liv zu Malcolm zurückkehren?

Danielle Vega
Survive the night
Aus dem Amerikanischen von Inge Wehrmann
Roman, 272 Seiten (ab 14), Gulliver 74731
Ebenfalls als E-Book erhältlich (74743)

Casey lässt sich von ihrer Freundin Shana
überreden, auf eine der legendären illegalen
»Survive the night«-Parties mitzukommen. Die
findet in einem stillgelegten U-Bahn-Tunnel
statt und die Stimmung ist gigantisch. Bis ein
Mädchen aus ihrer Clique tot aufgefunden
wird. Grausam zugerichtet. Casey, Shana und
ihre Freunde wollen fliehen. Denn der Mörder
scheint unter ihnen zu sein. Schon gibt es ein
neues Opfer. Die Panik steigt. Wer oder was ist
hinter ihnen her?

 www.beltz.de
Beltz & Gelberg, Postfach 10 01 54, 69441 Weinheim

Karen Foxlee
Das nachtblaue Kleid

Aus dem Englischen von Beatrice Howeg
Roman, 334 Seiten (ab 14), Gulliver TB 74702
Die besten 7 Bücher für junge Leser (Deutschlandfunk)
Ebenfalls als E-Book erhältlich (74506)

Etwas Schreckliches ist passiert. Ein Mädchen ist verschwunden. Es trug in dieser unerträglich schwülen Nacht das magische Kleid. Ist es Rose oder Pearl?
Karen Foxlee erzählt in diesem Roman weit mehr als die Geschichte eines Mädchens, das seinen Platz in der Welt sucht. Eine Geschichte über Freundschaft, Liebe und Verrat vor der Kulisse des tropischen Regenwaldes von Australien. Ein Meisterwerk, bewegend und von großer Intensität.

Nataly Elisabeth Savina
Love Alice

Roman, 160 Seiten (ab 14), Gulliver TB 74526
Peter-Härtling-Preis 2013
Die besten 7 Bücher für junge Leser (Deutschlandfunk)
Peter-Härtling-Preis
Ebenfalls als E-Book erhältlich (74415)

Wieder eine neue Stadt, wieder eine andere Schule: Alice hat das Nomadenleben ihrer Mutter, einer exzentrischen Opernsängerin, satt. Dann trifft sie Cherry. Vorsichtig lassen sich die beiden Mädchen aufeinander ein, testen ihre Grenzen, spielen gefährliche Spiele. Doch dann passiert das Unvorstellbare, das Alice für immer verändern wird.

 www.beltz.de
Beltz & Gelberg, Postfach 10 01 54, 69441 Weinheim

Brenna Yovanoff
Schweigt still die Nacht

Aus dem Amerikanischen von Jessika Komina und Sandra Knuffinke
Roman, 400 Seiten (ab 14), Gulliver 74388

Der unheilvolle Pakt – zwischen einer
Kleinstadt und der Unterwelt.
Mackie – ein Wesen, das zwischen beiden
Welten lebt.
Die Liebe – für die Mackie alles wagt und sich
den dunklen Mächten stellt.

Ein beeindruckender Mystery-Roman –
sinnlich, böse und verdammt gut!

Corina Bomann
Krähenmann

Roman, 416 Seiten (ab 14), Gulliver TB 74734

Im Eliteinternat Rotensand auf Rügen treibt ein
grausamer Serienmörder sein Unwesen. Seinen
Opfern näht er Vogelflügel an. Die Spur reicht
weit zurück in die Vergangenheit der Schule.
Doch als die 16-jährige Clara das wahre Motiv
des »Krähenmanns« herausfindet, ist es
beinahe zu spät: Denn der rachedurstige Killer
hat sie selbst längst im Visier …

GULLIVER www.beltz.de
Beltz & Gelberg, Postfach 10 01 54, 69441 Weinheim